ELOGIOS PARA *"LA NOVENA REVELA...*

"Un libro fabuloso; una nueva forma de e...
—Elisa...

"El libro que definirá nuestra década."
*—Baton Rouge Magazine*

"Un clásico espiritual... un libro para leer y releer, para querer y
regalar a los amigos."
*—Dra. Joan Borysenko,*
*autora de* **Fire in the Soul**

"Una parábola sorprendente... Un libro singular, esclarecedor aún
para los escépticos."
*—San Gabriel Valley Newspaper*

"Rico en moral y en temas espirituales."
*—Morning News*

"Con un ritmo intenso desde el comienzo... un mensaje oportuno."
*—Lexington Herald-Leader*

"Una parábola espiritual avasalladora que describe el crecimiento de
la conciencia humana, y pone de manifiesto sentimientos y experiencias
que todos compartimos."
*—Movingwords*

"Un manual práctico para comprender el significado de la vida...
Es mucho lo que hay para elogiar en esta obra."
*—Calgary Herald*

"Aporta revelaciones que provocan reflexión y discusión."
*—Aquarius*

"El mensaje es contundente, como son contundentes todas las fábulas y parábolas perdurables. Apela a nuestra necesidad de dar sentido a nuestras vidas."

*–Toledo Blade*

"Desde el punto de vista filosófico, rompe esquemas... Mi más sincera recomendación es que consiga un ejemplar lo antes posible."

*–Dr. Avram Leiv,*
***New Frontier Magazine***

"Provocó y sigue provocando un cambio profundo en mi conciencia y en mi vida."

*–Terry Cole Whittaker,*
*autor de* ***Love and Power in a World Without Limits***

"Puedo recomendar LA NOVENA REVELACIÓN con toda el alma."

*–Fred Alan Wolf,*
*autor de* ***Taking the Quantum Leap***

"El proyecto más fascinante que he leído para el crecimiento espiritual."

*–Ken Keyes, Jr.,*
*autor de* ***Handbook to Higher Consciousness***

"Simple, directo y atinado."

*–David Applebaum,*
*revista* ***Parabola***

"Un deleite."

*–Dra. Karen Sherman,*
***The New York Times***

"Una aventura cautivante llena de intriga, suspenso y revelaciones espirituales."

*–Commonwealth Journal*

# LA NOVENA REVELACIÓN:
# GUÍA VIVENCIAL

# LA NOVENA REVELACIÓN:
# GUÍA VIVENCIAL

## James Redfield
## y Carol Adrienne

**Traducción:**
Cristina Sardoy

**EDITORIAL ATLANTIDA**
BUENOS AIRES

Adaptación de tapa: Peter Tjebbes

Título original THE CELESTINE PROPHECY: An experiencial guide
Copyright © 1995 by James Redfield
Copyright © Editorial Atlántida, 1995
Derechos reservados. Quinta edición publicada por
EDITORIAL ATLANTIDA S.A.
Azopardo 579, Buenos Aires, Argentina
Hecho el depósito que marca la ley 11.723
Libro de edición argentina
Impreso en Argentina. Esta edición se terminó de imprimir
en el mes de septiembre de 1995 en los talleres gráficos
de Indugraf S.A., Buenos Aires, Argentina.

I.S.B.N. 950-08-1439-0

Queremos dedicar este libro a nuestros hijos:

Kelly y Megan Redfield
Sigrid Emerson y Gunther Rohrer

y a todas las personas que vibran con
*La Novena Revelación*

# Índice

# Agradecimientos

En primer lugar, queremos dar las gracias a todos los que leyeron *La Novena Revelación* y recomendaron el libro entre amigos. Sin su entusiasmo y su disposición a aprender más, este libro no habría sido posible.

Un agradecimiento especial a Candice Fuhrman por reunir a los autores y promover este proyecto conjunto. También queremos manifestar una profunda gratitud a Joann Davis por su apoyo, su asesoramiento y sus correcciones.

Gracias también a Penney Peirce y Ellen Looyen por insistir en que Carol Adrienne leyera *La Novena Revelación*. Agradecemos profundamente a quienes aportaron tiempo, energía e ideas en nuestros talleres de trabajo en Sausalito y Mount Shasta, California: sobre todo a Donna Hale, Larry Leigon, Donna Stoneham, Paula Pagano, Annie Rohrbach, Bob Harlow, y a todos aquellos cuyas historias ilustran puntos claves del libro. Queremos destacar la colaboración de Salle Merrill-Redfield, quien actuó como guía intuitiva y asesora del proyecto.

También queremos expresar nuestra gratitud a todos los escritores y pensadores que influyeron en nuestro trabajo y que tanto han contribuido a la evolución de la conciencia.

# Prefacio

Al poco tiempo de la publicación de *La Novena Revelación*, muchos lectores empezaron a pedir más información y a sugerir que escribiera una guía de estudio. Mi primera respuesta fue vacilar. Después de todo, considero que la novela es una "parábola aventura", un intento por relatar una historia que ilustra la nueva conciencia espiritual que muchos de nosotros vemos surgir en nuestro planeta. Y no estaba seguro de que fuera apropiada una guía. Nuestra nueva cosmovisión no es sólo una serie de hechos intelectuales para debatir a favor o en contra. Es mucho más intuitivo y vivencial. De hecho, puede sostenerse que quienes aborden este tema con un enfoque estrictamente intelectual serán los últimos en "entenderlo".

La mejor manera de pensar el cambio de Paradigma que está produciéndose en nuestra época es como un nuevo sentido común, o como lo que Joseph Campbell denominó una "nueva mitología". Puede ser el resultado de décadas de descripción intelectual, pero en el momento en que la descripción pasa a ser vivida, nuestra nueva visión se basa en la experiencia, no en la teoría. Al reconocer nuestra capacidad semiconsciente para seguir presentimientos, aprovechar las oportunidades coincidentes y sentir una guía espiritual superior activa en nuestras vidas, lo que hacemos es tomar contacto con algo que sabíamos pero no nos dábamos cuenta. Se trata menos de un cambio de filosofía que de un cambio en la forma de sentir y abordar la vida.

No obstante, existe una diferencia entre oír hablar de este nuevo enfoque de la vida y tener las percepciones necesarias para adoptarlo. Estoy convencido de que este nivel de la experiencia es el destino de la humanidad, pero no es real para ninguno de nosotros hasta que no lo descubrimos individualmente y lo diagramamos en nuestros propios términos. De ahí que la mejor manera de comunicar dicha conciencia sea a través del relato y la parábola, de la transmisión de hechos biográficos y del contagio de una persona que ve una verdad superior en la vida de otra y luego llega a esa misma experiencia sola.

Puede imaginarse, entonces, mi ambivalencia respecto de una guía de estudio. Pensaba que ese proyecto debía proporcionar una definición estricta de las ideas y percepciones que era mejor dejar abiertas a la interpretación del lector. No obstante, gracias al impulso de Carol Adrienne y otros, llegué a entender que una guía de estudio no tenía por qué ajustarse a ese molde. Podíamos, en esencia, trabajar en base a las ideas planteadas en *La Novena Revelación* de una manera coherente con el espíritu de la novela: dando más información, pero alentando al lector a investigar esta elaboración de una manera autodirigida. Eso es lo que tratamos de hacer en este libro. Lo que usted encontrará es material adicional y opciones para elegir a medida que vaya explorándolo. Algunas de las ideas se presentan como complementación, otras aparecen simplemente como tangentes interesantes. Todas, esperamos, contribuirán a esclarecer la experiencia transmitida en el libro original.

Esta guía está pensada para lectores individuales y para los que buscan el debate grupal. No hace falta designar a un líder o un mediador en el grupo. A la manera de la Octava Revelación, los miembros del grupo pueden ser líderes en distintos momentos, lo cual se determina en forma intuitiva y a través del consenso. Si conoce a alguien que cobra por enseñar los conceptos de la *Revelación*, mi consejo es que ponga en práctica la misma discreción que emplearía al comprar cualquier cosa de un extraño. No hay ninguna escuela de la *Revelación* en la que se gradúen formadores acreditados y nunca la habrá, y no respaldamos a nadie que organice talleres sobre el tema, aunque mucha gente buena se sienta llamada a hacerlo.

Gran parte de la energía, el estilo y la técnica de grupos proviene de Carol Adrienne, que parece tener un talento especial para comunicar el punto de vista de la *Revelación*. Sin su visión inicial de esta guía, además de su determinación, el libro no sería una realidad. Es nuestro deseo que esta guía contribuya a lo que ya es un diálogo energetizado sobre la experiencia de la espiritualidad.

Recuerde, las Revelaciones nos llegan a todos al mismo tiempo, pero ponerlas en práctica constituye un proceso de persona a persona. La aparición de una conciencia espiritual más plena en el Planeta Tierra está produciéndose gracias a individuos como usted, que dan un paso atrás y deciden que la vida es en realidad más misteriosa de lo que creía y que luego echa por tierra los hábitos del escepticismo y la negación... para encontrar una misión y una forma propias de elevar el mundo.

James Redfield
*Agosto 10, 1994*

# Las Nueve Revelaciones

## 1
## Una masa crítica

Un nuevo despertar espiritual está produciéndose en la cultura humana, un despertar generado por una masa crítica de individuos que viven sus vidas como una evolución espiritual, un viaje en el que somos conducidos por misteriosas coincidencias.

## 2
## Un ahora más permanente

Este despertar representa la creación de una cosmovisión nueva y más completa que reemplaza la preocupación por la supervivencia y el confort seculares de estos últimos quinientos años. Si bien esta preocupación tecnológica constituyó un paso importante, nuestro despertar a las coincidencias de la vida nos abre al objetivo real de la vida humana en este planeta y a la verdadera naturaleza de nuestro universo.

# 3
## Una cuestión de energía

Ahora sentimos que no vivimos en un universo material sino en un universo de energía dinámica. Todo lo existente es un campo de energía sagrada que podemos sentir e intuir. Más aún, los seres humanos podemos proyectar nuestra energía concentrando la atención en la dirección deseada ("donde se fija atención, fluye la energía"), influyendo sobre otros sistemas de energía y aumentando el ritmo de las coincidencias en nuestras vidas.

# 4
## La lucha por el poder

Con frecuencia, los hombres se apartan de la fuente mayor de esta energía y se sienten entonces débiles e inseguros. Para obtener energía tratamos de manipular o forzar a los demás a prestarnos atención y por ende, energía. Cuando logramos dominar a otros de esta forma, nos sentimos más fuertes, pero ellos quedan debilitados y a menudo se resisten. Competir por la energía humana deficitaria es la causa de todos los conflictos entre las personas.

# 5
## El mensaje de los místicos

La inseguridad y la violencia terminan cuando experimentamos una conexión interior con la energía divina interna, una conexión descripta por los místicos de todas las tradiciones. Un sentido de levedad —entusiasmo— y la constante sensación de amor son las medidas de esta conexión. Si estas medidas aparecen, la conexión es real. Si no, es sólo fingida.

# 6
# Poner en claro el pasado

Cuanto más tiempo estamos conectados, más conscientes somos de los momentos en que perdemos conexión, generalmente cuando estamos estresados. En esos momentos, podemos ver nuestra forma particular de robar energía a los demás. Una vez que nuestras manipulaciones pasan al nivel de conciencia personal, nuestra conexión pasa a ser más constante y entonces podemos descubrir nuestro propio camino de crecimiento en la vida, y nuestra misión espiritual, la forma personal en que podemos colaborar con el mundo.

# 7
# Fluir

Conocer nuestra misión personal aumenta aún más el flujo de coincidencias misteriosas al tiempo que somos guiados hacia nuestros destinos. Primero tenemos una pregunta, y luego los sueños, los ensueños y las intuiciones nos conducen hacia las respuestas, que en general nos son dadas en forma sincrónica por la sabiduría de otro ser humano.

# 8
# La ética interpersonal

Podemos aumentar la frecuencia de las coincidencias guías elevando a cada persona que entra en nuestras vidas. Debemos cuidar de no perder nuestra conexión interna en relaciones románticas. Elevar a los otros resulta especialmente eficaz en grupos donde cada miembro puede sentir la energía de todos los demás. En el caso de los niños, es sumamente importante para su seguridad y su desarrollo tempranos. Al ver la belleza en cada cara, elevamos a los demás hasta su "self" más sabio e incrementamos las posibilidades de oír un mensaje sincrónico.

# 9
## La cultura emergente

**A** medida que vayamos evolucionando hacia el mejor cumplimiento de nuestras misiones espirituales, los medios tecnológicos de supervivencia irán automatizándose en tanto que el hombre se concentrará en el crecimiento sincrónico. Dicho crecimiento llevará a los hombres a estados de energía cada vez más elevados, transformando en definitiva nuestros cuerpos en forma espiritual y uniendo esta dimensión de la existencia con la dimensión ultramundana, con lo cual se terminará el ciclo de nacimiento y muerte.

# Capítulo 1

# Una masa crítica: Las coincidencias que van configurando nuestras vidas

## Comienza el misterio

*En* La Novena Revelación, *el protagonista tiene un encuentro inesperado con una vieja amiga justo en el momento de su vida en que se siente desencantado y piensa en cambiar de rumbo. Charlene, recién llegada de un viaje a Perú, donde se descubrió un antiguo Manuscrito, es capaz de arrojar cierta luz sobre la causa de su inquietud.*

*Nuestro personaje, que no tiene nombre, se enfrenta con la Primera Revelación: tomar conciencia de las coincidencias que se producen en su vida. Pese a su escepticismo en cuanto a la idea de un Manuscrito que explique el secreto de la existencia humana, se siente intrigado por el misterio.*

*Esa noche, al regresar a su casa, tiene un sueño referido a la naturaleza de las coincidencias y a que siempre implican la aparición de una persona con información. Entusiasmado por su creciente interés, hace una reserva para viajar a Perú.*

## LA PRIMERA REVELACIÓN

Despacito, sin ningún estrépito, está produciéndose una transformación global. Tal como lo describen las antiguas enseñanzas del Manuscrito hallado en las ruinas Celestine, el primer signo de que estamos despertando a esta profunda llamada interior es un marcado sentido de inquietud. Esta inquietud puede describirse como insatisfacción (aun después de alcanzar metas), un malestar vago o la sensación de que falta algo. Cada tanto, un hecho fortuito nos sorprende y nos intriga. Es como si algún objetivo superior fuera revelado, y por un momento nos sentimos conectados con un misterio que no obstante nos resulta imposible capturar.

La combinación de la búsqueda interior ("Tiene que haber algo más en la vida") con alguna sacudida cósmica ocasional (¡Uauh! Qué extraña coincidencia. Me pregunto qué significa") constituye un proceso cargado de fuerza. Misteriosas y excitantes, las coincidencias tienen como objetivo hacernos avanzar en nuestro destino. Nos hacen sentir más vivos, como si estuviera en marcha un plan más grande.

Cuantos más seamos (una masa crítica) los que tomemos conciencia de este movimiento misterioso del universo en nuestras vidas individuales, más rápido descubriremos la naturaleza de la existencia humana. Si abrimos nuestras mentes y nuestros corazones, seremos parte de la evolución de una nueva espiritualidad.

## ¿Qué significa coincidencia?

La Primera Revelación en *La Novena Revelación* tiende a atraer nuestra atención y a desatar nuestra imaginación porque apela a lo que nuestra realidad mítica siempre enseñó, que hay una Llave Dorada, una magia extraña, un sueño significativo o una clave inesperada que aparece para guiarnos sin esfuerzo hacia el tesoro o la oportunidad que buscamos. El psicólogo suizo Carl Jung lo denominó el arquetipo del "efecto mágico" y afirmó que es un rasgo universal en los seres humanos. Reconocer el importante papel que desempeña la coincidencia en la movilización de nuestras vidas nos retrotrae a los instintos del cazador alerta y equilibrado que reza ante la aparición de la presa, y el estado receptivo profundamente armonizado de un poderoso shaman o una curandera. Las coincidencias son la materia prima de historias junto a la luz del fuego, de recuerdos divertidos de casamientos, y relatos de éxito desmesurado y sublime ironía. Las historias de vida están salpicadas por los misteriosos subproductos de encuentros casuales, de trenes perdidos, libros abiertos en un pasaje significativo, de puertas entreabiertas, conversaciones oídas al pasar, un cruce de miradas en un cuarto atestado. La mayor parte de la literatura y el teatro no existirían sin premisas como la de dos personas que se encuentran accidentalmente en un corredor o mientras esperan para abordar el ferry a Hong Kong. Una gran proporción de la naturaleza a veces confusa de los curricula vitae puede explicarse por el efecto de las oportunidades de trabajo surgidas por casualidad, no como parte de un proyecto de carrera.

Por ejemplo: Elisabeth Kübler-Ross, la famosa experta en el tema de la muerte y la forma de morir, describe en *Women of Power* (de Laurel King) un momento crucial mientras trabajaba en una residencia con el Dr. Sydney Margolin: "...un día, mientras estaba armando un polígrafo, se acercó y me dijo que tenía que viajar y que yo debería hacerme cargo de sus charlas. ¡Era como reemplazar a Dios! He tenido mil muertes... Dijo que (la charla) debía ser sobre psiquiatría pero que podía elegir cualquier tema. Fui a la biblioteca para ver si había algo escrito sobre la muerte y la agonía porque pensé que los alumnos realmente necesitaban saber algo al respecto". Tal vez la elección del tema había sido configurado inconscientemente por sus experiencias anteriores en ayuda de guerra en Europa, que le dejaron grabadas las imágenes de los que perecieron en los campos de exterminio. O tal vez fue un momento de intervención divina. Más allá de lo que haya guiado la elección de su tema ese día, la conferencia inicial de Kübler-Ross sobre la muerte y la agonía empezó una cadena de sucesos que cambió el rumbo de su vida e inició lo que se convertiría en una misión de vida.

La Primera Revelación nos hace empezar por el principio, en el punto mismo de convergencia en que el misterio de la vida se despliega ante nuestros ojos, fuera de nuestras expectativas lógicas y nuestra experiencia. Tomar conciencia de la realidad de las coincidencias y de sus mensaje y significado constituye el primer paso para evolucionar en forma consciente y con mayor rapidez.

> Para mí sólo existe el viaje por caminos que tienen corazón, por cualquier camino que tenga corazón. Por allí viajo, y el único desafío válido para mí es cruzar toda su extensión... mirando, mirando, jadeante.
>
> CARLOS CASTANEDA,
> *The Teachings of Don Juan*[1]

¿Cuándo fue la última vez que experimentó algo fuera de lo común?

Quizás, esta mañana estaba pensando en una persona y justamente recibió un llamado telefónico de ella. ¿Cuántas veces dijo: "Justamente estaba pensando en vos". ¿Le envió esa persona algún mensaje significativo? ¿Analizó *el por qué pudo haberse producido esa coincidencia? ¿Qué fue lo que ocurrió después?* Tendemos a dar por sentados muchos de los sucesos casuales comunes y sutiles y a menudo se trata sólo de los hechos realmente sorprendentes que nos hacen mover la cabeza con asombro.

Tal como lo predecía el Manuscrito, la idea de considerar que las coincidencias tienen un interés más que superficial empezó a surgir cuando la psicología reveló la existencia del inconsciente. Más o menos en la misma época en que Einstein descubría que el espacio y el tiempo son relativos a un punto de referencia y no conceptos absolutos, otro gran pionero, el psicólogo suizo Carl Jung, estudiaba en profundidad la idea de las "coincidencias significativas", y su trabajo impulsó investigaciones considerables en las últimas tres décadas. Este fenómeno, al que denominó *sincronicidad*, constituía para él un principio conector tan natural como el de causa y efecto. No obstante, con la sincronicidad, no podemos ver el vínculo causal de manera inmediata. De todas maneras, la coincidencia resulta una forma primaria de evolución del universo y muchos de nosotros hemos sentido este efecto en nuestras vidas. Reconocer la importancia de la coincidencia constituye el trabajo preparatorio para las restantes Revelaciones, a través del cual descubrimos que el universo responde a nuestra conciencia y nuestras expectativas, creando las oportunidades casuales para avanzar. Con la conciencia de la coincidencia, nos armonizamos con el misterio del principio implícito de orden en el universo.

Como decía Jung: "La sincronicidad indica que existe una interconexión o unidad de hechos no relacionados causalmente"[2], y postula así un aspecto unitario del ser.

Los individuos se preguntan a veces si una coincidencia es un hecho fortuito que sirve para despertarlos o si es una respuesta a una pregunta inconsciente. Hasta captar la Primera Revelación en toda su dimensión, una coincidencia parece ser un desvío divertido o interesante de "la vida real". Una vez que entendemos que la evolución a menudo avanza a saltos de hechos transcausales, la Primera Revelación nos permite buscar con más empeño la respuesta o el significado ocultos. Para cuando aprendemos a mantener nuestros interrogantes actuales en el primer plano de la conciencia, y a hacer las preguntas *correctas*, ya sabemos que una coincidencia es una respuesta al movimiento arquetípico hacia el crecimiento en lo profundo de la psiquis.

Jung, fascinado por el fenómeno que observaba constantemente en sus pacientes, lo denominó sincronicidad. Según Ira Progoff, quien interpretó y popularizó gran parte del pensamiento de Jung sobre el tema, la sincronicidad aparentemente se produce de la siguiente manera:

Imagine a dos mujeres, Claire y Danielle, que convinieron reunirse para hablar de un taller sobre la intuición. Claire invita a Danielle a ir a su casa a las diez de la mañana. Claire, según su propio camino de causa y efecto, se levanta, se ducha, prepara café, saca lápiz y papel y se pone a esperar que Danielle toque el timbre.

Danielle, siguiendo su propio camino de causa y efecto, se levanta, se viste, sube al auto, sigue las indicaciones de Claire, estaciona y toca el timbre en lo de Claire. Hasta entonces, están en carriles paralelos en los que, para cada una de ellas, hay un pasado, un presente y un futuro.

En el transcurso de su reunión de planificación, suena el teléfono. Es Bill, para decir que acaba de leer un libro buenísimo sobre sanación psíquica y quiere comentárselo a Claire. "Qué curioso que hayas llamado. Danielle está acá y justamente estábamos organizando nuestro taller sobre intuición", exclama Claire, energetizada con la misteriosa interacción de hechos.

Bill, que también conoce a Danielle, le dice a Claire que le haga llegar su saludo y corta. Danielle abre los ojos sorprendida y le dice a Claire: "Qué extraño. Cuando te levantaste para atender el teléfono, se me cruzó por la mente la cara de Bill". Las dos mujeres se sienten excitadísimas por la misteriosa coincidencia.

De acuerdo con las teorías de Jung, los caminos de vida de Danielle y Claire eran dos carriles verticales de hechos que la llamada de Bill cruzó a través del tiempo u horizontalmente. La llamada de Bill resultó significativa porque las mujeres habían sido activadas por un arquetipo interno común; en este caso, quizás, el arquetipo del maestro que reúne información ya que su intención era planificar su taller.

Para Jung, en el momento en que se producen los hechos coincidentes, parece haber un cambio en el equilibrio de la energía psíquica presente en el inconsciente y en las zonas conscientes. A la manera de un sube y baja, la coincidencia disminuye por un instante la atención de la energía psíquica consciente, impulsando hacia arriba el material inconsciente desde las profundidades primordiales. Este movimiento psíquico podría parecerse, quizás, a un shock electrizante, de ahí que Claire y Danielle sintieran que algo excitante había ocurrido. De pronto se sienten más vivas.

Naturalmente, la belleza de la sincronicidad radica en que es un don del flujo universal de la energía. No necesitamos una explicación racional para que nos mueva. No obstante, una vez que hemos sentido la conexión podríamos querer jugar un poquito más con ella para ver qué está tratando de promover. Por ejemplo, Danielle, Claire y Bill podrían reunirse con la intención consciente de descubrir por qué la energía se concentró repentinamente en este triángulo. ¿Tienen que seguir trabajando juntos? ¿Existe alguna conexión no descubierta hasta ahora?

Alan Vaughan, autor de *Incredible Coincidence*, una deliciosa colección de coincidencias de la vida real, comenta:

> Los hechos sincrónicos de la vida cotidiana no difieren en su forma de los hechos sorprendentes y espectaculares que despiertan nuestro asombro y nos hacen decir: "¡Qué coincidencia increíble!". La

principal diferencia es su sutileza, la forma en que se configuran y estructuran los hechos menores de la vida. A menudo los consideramos fruto del azar, mas si reflexionamos un momento, nos damos cuenta de que el papel del azar en nuestras vidas se extiende incluso a los hechos pequeños, personales y significativos... las coincidencias de todos los días ponen en evidencia la habilidad de nuestras mentes inconscientes para crear nuestras vidas. Lo mínimo que podemos hacer es admirarlo. Lo máximo que podemos hacer es dar nuestro total apoyo a esa expresión creativa.[3]

## Las coincidencias como respuestas a la oración

Las sincronicidades parecen producirse cuando más las necesitamos. Podría ser muy bien que el estado de desasosiego, incertidumbre, confusión, frustración y caos ampliara la posibilidad de que el azar desempeñara un papel protagónico. Como dice la Primera Revelación, nuestra inquietud interior es signo de que algo se prepara, y si pudiéramos ver entre bambalinas, tal vez nos sorprendería ver el "movimiento de muebles" que hay. "¿El momento más oscuro es siempre antes del alba?" ¿Qué historias tiene para contar sobre préstamos prácticamente olvidados que son devueltos el día que vence el alquiler y la cuenta en el banco no tiene fondos, o algún relato similar de ruego atendido?

Las coincidencias salen a la luz con mayor facilidad cuando nos hallamos en un estado sumamente expectante. La mayor parte de la literatura esotérica señala que la combinación de una carga emocional y una imaginación vívida estimula la capacidad de atraer a nuestras vidas lo que deseamos, de una u otra manera. Hasta los experimentos parapsicológicos realizados en Duke University en la década de los '50 demostraron, sin posibilidad de dudas, que los factores más importantes para el éxito en los tests de Percepción Extrasensorial son: entusiasmo, sumo interés en producir conjeturas acertadas —especialmente al comienzo del día— y una sensación generalizada de "expectativa optimista".

Donna Hale, psicoterapeuta en Sausalito, California, relata la siguiente historia. Hace unos años, había decidido que quería vivir en Corinthian Island, una zona muy exclusiva de Marin County, en California. Una amiga se burló de su idea por considerarla imposible ya que la zona era muy cara. Estimulada por el deseo de probarle a su amiga que sí podía encontrar un lugar para vivir allí, siguió buscando departamento.

Un día, vio un aviso que ofrecía una casa justo en el barrio que ella quería y concertó una cita para verla al día siguiente. Pese a que se quedó encantada porque la casa reunía todas las condiciones que quería, el alquiler era muy superior al que tenía pensado pagar. Recuerda que estaba parada frente a la luz cegadora que entraba por el ventanal, analizando si debía alquilarla o no, cuando de repente oyó una foca gritando afuera en el agua. En ese instante recordó un fragmento de un sueño de la noche anterior en el que cinco focas gritaban nadando en el océano. La coincidencia de la escena que estaba protagonizando con el sueño le pareció tan asombrosa que la tomó como signo para seguir adelante y alquilar la casa. Al poco tiempo de mudarse, su empresa creció y pudo pagar fácilmente el alquiler más alto.

Por lo tanto, más allá del pensamiento o la voluntad, la coincidencia es elegante, enigmática y a veces divertida. La coincidencia es el mecanismo del crecimiento, el *cómo de la evolución*. Puede abrir misteriosamente nuevas oportunidades a través de las cuales trascendemos viejas ideas autolimitadoras, y experimentar la prueba directa de que la vida es mucho más que supervivencia materialista o mera confianza intelectual en la fe. La vida es espiritualmente dinámica.

## Cómo Usar la Primera Revelación y Aumentar sus Beneficios

- Tome conciencia de que su vida tiene un propósito y los hechos ocurren por alguna razón.

- Inicie el proceso de encontrar un sentido detrás de cada hecho de la vida.
- Reconozca la energía inquieta como un signo de necesidad de cambio y conciencia más profunda. Escuche a su cuerpo.
- Tome conciencia de que aquello a lo cual dedique su atención se expandirá.
- Preste atención cuando sienta la señal de hablar con alguien capaz de ayudarlo con sus interrogantes actuales. ¿Adónde se dirige su atención? ¿Qué notó hoy?
- Confíe en su proceso. Viva dejándose guiar, no con una serie forzada de objetivos. Sepa que usted está cumpliendo el destino de su vida.
- Empiece un diario personal para registrar hechos sincrónicos. Escribir en un diario le servirá para poner en claro sus pensamientos.

## RESUMEN DE LA PRIMERA REVELACIÓN

La Primera Revelación es la revelación del despertar. Miramos en derredor y nos damos cuenta de que están pasando más cosas en nuestras vidas de las que pensábamos. Más allá de las rutinas y los desafíos de todos los días podemos detectar la misteriosa influencia de lo divino: "coincidencias significativas" que parecen enviarnos mensajes y llevarnos en una dirección especial. Al principio, vamos tan apurados que apenas las vemos, ni les prestamos atención siquiera. Pero a la larga empezamos a disminuir la velocidad y a observar esos hechos más detenidamente. Abiertos y alertas, somos más capaces de detectar el siguiente hecho sincrónico. Las coincidencias parecen entrecruzarse y fluir, unas veces precipitándose en una rápida sucesión, otras dejándonos en medio de la calma. De todos modos, sabemos que hemos descubierto el proceso del alma que guía nuestras vidas. Las siguientes Revelaciones esclarecen cómo aumentar la frecuencia de esta misteriosa sincronicidad y descubrir el destino último hacia el cual somos conducidos.

# ESTUDIO INDIVIDUAL Y GRUPAL

La experiencia personal de las revelaciones puede enriquecerse concentrando más la atención en ellas en nuestra vida. Los siguientes ejercicios pueden utilizarse de manera que cada persona realice un estudio individual en soledad o con un amigo o juntamente con un grupo de estudio. En cada capítulo de esta guía de estudio aparecen los formatos para las sesiones grupales a continuación de las secciones destinadas al Estudio Individual.

Para la Primera Revelación organizamos dos sesiones grupales. Siéntase libre de agregar, cambiar o eliminar ejercicios. Por ejemplo: es posible que algunas personas quieran más tiempo de discusión informal y otras deseen utilizar las sesiones tal como se presentan. Para aprovechar al máximo el grupo de estudio lo mejor es formar una comunidad en la que todos puedan ampliar su pensamiento, conocerse y crear una sensación de diversión. Estos ejercicios están pensados como punto de partida. El resto queda librado a su creatividad.

## ESTUDIO INDIVIDUAL DE LA PRIMERA REVELACIÓN

Para quienes no trabajan en un grupo de estudio, los ejercicios que aparecen a continuación pueden explorarse en forma individual o con un amigo y también pueden complementarse con trabajo grupal. Ya que la Primera Revelación de *La Novena Revelación* nos enseña a ser más conscientes de las coincidencias, le sugerimos que esté abierto a atraer al compañero perfecto para estudiar, alguien que haya leído el libro o esté dispuesto a leerlo y a estudiar con usted. Trabajar en compañía puede aumentar la profundidad de su estudio... ¡y ser más divertido!

### EJERCICIO 1. Trabajo con el diario-Coincidencias pasadas

*Objetivo:* Al prestar una atención especial a las coincidencias del pasado fortalecemos nuestra capacidad para comprenderlas mejor en el futuro.

> 1° Paso: Responda las nueve preguntas de las páginas 38-39 sobre la Casa, el Trabajo y la Relación.
>
> 2° Paso: Analice sus respuestas solo o con un amigo buscando similitudes en la manera en que generalmente le suceden las cosas. ¿Qué aspectos similares tuvo, llegado el caso, conocer una relación significativa y conseguir trabajo o un departamento nuevo? ¿Fue capaz de ver los signos cuando aparecieron? ¿Actuó siguiendo sus corazonadas? ¿Acostumbra correr pequeños riesgos como hablarle a alguien con quien tuvo un contacto visual?

## Ejercicio 2. Observación diaria

### Señales externas

Empiece a notar cualquier signo externo que parezca llevarlo en una dirección determinada. Por ejemplo: Bill nos contó que, durante una semana, él y su jefe se habían puesto todos los días corbatas del mismo color (y cada día un color distinto). En su opinión, esa coincidencia indicaba que estaba de alguna manera "en sincro" con su jefe. Pese a que lo hacía sentir un poco incómodo contar esa observación, decidió tomar la coincidencia como un signo para acercarse a su jefe y hablarle de un nuevo proyecto que quería hacer. "Lo primero que me dijo el jefe, fue: 'Bill, no podría haber elegido mejor momento. He estado pensando exactamente lo mismo'."

Las señales externas pueden ir desde hacer el seguimiento de un mensaje perdido que de repente aparece en su escritorio, a ver una información en el diario relacionada con una inquietud presente o una orientación de carrera, un desvío o cualquier cambio de planes. Pregúntese ¿qué información está cruzándose en mi camino? ¿A qué debo prestarle atención aquí? No todo contiene un mensaje especial para usted, pero al abrirse a estas "puertitas" aumenta su sentido de la aventura.

## Señales internas

La intuición es nuestro sentido interno de la percepción. Con las señales externas oímos, vemos, tocamos o nos guía algo exterior a nosotros (o al menos así parece). Con las señales internas, tenemos que prestar atención a nuestros sentidos interiores. Generalmente, éstos nos dan una devolución muy exacta si aprendemos a escuchar de verdad. Por ejemplo, si usted se siente abrumado o tiene un presentimiento, tal vez necesite hacer un alto para postergar una decisión o ganar más tiempo y conseguir información. Son muchas las veces que dejamos de lado nuestros sentimientos o negamos y desdeñamos señales, y nos embalamos tomando decisiones que resultan contraproducentes. Una buena regla consiste en no tomar decisiones importantes cuando uno está enojado, apurado, frustrado, cansado o con cualquier otro estado de ánimo negativo. Si está haciendo entrevistas por trabajo y el ambiente de una oficina lo hace sentir incómodo, temeroso o apático, probablemente sea un signo de futura insatisfacción.

En los próximos días, empiece a notar qué señales internas surgen en distintas situaciones, como endurecimiento del cuello o el estómago, presión de las mandíbulas, pérdida de energía, respiración entrecortada, dedos nerviosos, piernas o brazos cruzados o irritación con los ruidos. Pregúntese: "¿Qué pasa realmente? ¿Qué estoy captando?"

# GRUPO DE ESTUDIO
## PARA LA PRIMERA REVELACIÓN

### Sesión 1

2 horas 30 minutos

*Objetivo de la sesión*: La primera sesión permitirá que las personas se conozcan y se concentren en cómo afectan sus vidas las coincidencias.

*Preparación*: Traer fichas en blanco de 7,50 cm por 15 cm (las necesarias para dos o tres por persona) para utilizar en el Ejercicio 2.

## Presentación

*Objetivo:* La presentación permite que todos se conozcan, se sientan cómodos y expresen por qué se acercaron al grupo de estudio.

*Tiempo*: 15-20 minutos

*Indicaciones*:

1° Paso: Es posible que la gente quiera contar cómo llegó a leer *La Novena Revelación*. Si su grupo supera las treinta personas, divídanse en dos para ganar tiempo. Lo ideal es que cada uno tenga la posibilidad de oír la presentación de todos los demás.

2° Paso: Una vez que cada uno expresó sus razones para unirse al grupo, muchas veces resulta útil hacer una especie de resumen del objetivo del grupo respecto del cual todos coincidan. Por ejemplo: "El propósito de este grupo de estudio es el apoyo mutuo para elaborar los principios en la novela y así poder acelerar nuestra evolución".

3° Paso: El hecho de adherir a este grupo ya puso de manifiesto que usted siente un deseo de crecimiento. Todos están aquí por una razón. Con un espíritu de diversión y apertura, cada uno debe mantenerse abierto de manera que puedan alcanzarse los objetivos individuales y grupales. Acuérdese de respetar el carácter confidencial de lo que cada uno confía al grupo.

## Ejercicio 1. Debate sobre el significado de la Primera Revelación

*Objetivo:* Una breve discusión referida a cómo entiende cada miembro la Primera Revelación podría resultar útil para aportar nuevos puntos de vista y ampliar la percepción de cada participante.

*Tiempo*: 15-20 minutos

*Indicaciones*: Podrían empezar con alguien que leyera en voz alta el resumen de la Primera Revelación en las páginas 21 y 22 de esta guía de estudio. Luego, que cada uno manifieste cómo entendió la Revelación la primera vez que leyó la novela. Una vez que todos han tenido la oportunidad de hablar, pasar al siguiente ejercicio.

## EJERCICIO 2. Calentamiento: Primeras impresiones positivas

*Objetivo*: El objetivo de este ejercicio es ver cómo evaluamos intuitivamente a los demás en las primeras impresiones. Se trata de un ejercicio divertido y aumenta el nivel de energía al tiempo que genera confianza y familiaridad cuando se inicia el grupo.

*Tiempo*: 30 minutos

*Indicaciones*:
1° Paso: En caso de haber dieciséis o más participantes, divídanse en grupos de cuatro. Si el grupo es más pequeño, divídanse de a tres. Distribuyan un par de fichas de 7,50 por 15 cm para cada persona. Es conveniente que una persona lleve el control del tiempo para que todos tengan la posibilidad de participar.
2° Paso: Para romper el hielo y permitir que la gente revele algo de su personalidad, compartan entre ustedes qué tuvo de divertido o sincrónico la forma en que cada uno llegó a la reunión de hoy. (*Limitarlo a un par de minutos por persona.*)
3° Paso: Un voluntario será el encargado de iniciar el ejercicio.

Dicha persona debe dar vuelta su silla y sentarse de espaldas a los demás.

4° Paso: Cada uno empieza entonces a decir qué cualidades positivas ve en esa persona. Mientras los demás expresan impresiones positivas, la persona escucha y escribe los atributos en las fichas de 7,50 por 15 sin hacer ningún comentario. Sean divertidos y originales siempre y cuando los comentarios no dejen de ser positivos. Sugieran en qué se les ocurre que esa persona podría ser buena, aunque no la conozcan. (*Emplear unos 5 minutos por persona o hasta que la energía disminuya.*)

5° Paso: Una vez que todos recibieron sus primeras impresiones positivas, se reúne nuevamente el grupo entero para comentar durante unos minutos cómo fue el ejercicio. (¡Guarde sus fichas de Impresiones Positivas para un día en que necesite ánimo!) Continúen con el Ejercicio 3 - Intercambio de interrogantes.

## Ejercicio 3. Intercambio de interrogantes/temas actuales

*Objetivo*: El objetivo de este ejercicio es explorar (a) qué necesidades comunes *más elevadas* trajeron a cada uno a este grupo específico de tres o cuatro personas; (b) si alguna señal como un contacto visual o una sensación de familiaridad trajo aparejada la adhesión al grupo; (c) si hay alguna coincidencia entre las vidas de cada miembro; y (d) la práctica de prestar mucha atención a cada persona que habla.

*Tiempo*: 30-40 minutos

*Indicaciones*:

1° Paso: Cada persona expresa brevemente cuál es el tema principal de su vida en este momento. ¿Problemas? ¿Necesidades? ¿Circunstancias de vida? Mientras la persona habla, todas las demás concentran su atención en ella. (*Unos 3 minutos por persona.*)

2° Paso: Una vez que todos hablaron, exprese brevemente por qué piensa que está sentado o sentada con esta gente en su grupo. Que una persona haga una lista de todas las preguntas o temas de ese grupo.

3° Paso: ¿Alguna persona percibió señales sutiles que la hicieran unirse al grupo de cuatro personas, tales como un contacto visual espontáneo o una sensación de confianza?

4° Paso: Una vez que todos terminaron este ejercicio (o antes si se acaba el tiempo), todos vuelven a reunirse en el grupo principal para compartir cuáles fueron los temas comunes hallados en el grupo. ¿Cómo seleccionó cada uno el grupo o la persona con los cuales trabajar?

Este es un buen momento para que todos se presenten de una manera un poco más completa a todo el grupo. Por ejemplo: cada uno podría decir su nombre, dónde vive y qué hace. (Si el grupo supera las treinta personas, pueden dividirse en segmentos manejables de

La gente de un grupo de estudio de Sausalito, California, comentó cómo había elegido sus grupos:

"Creí que la conocía, y no. Ella creyó que me conocía y no. Pero al final nos preocupaban las mismas cosas. Si me lo hubiera propuesto no podría haber elegido un grupo mejor."

"Sencillamente, me sentí arrastrado al fondo de la habitación."

"¡Nuestro grupo tenía un dinamismo! Nos interrumpíamos constantemente, pero era porque nos sentíamos muy comprometidos unos con otros."

"En nuestro grupo teníamos muchísimos intereses en común. Enseguida hubo una conexión que se mantuvo."

"En nuestro grupo todos habíamos sufrido conmociones en nuestras vidas. Las cosas que dijeron sobre mí son las que estoy tratando de sacar al mundo. Alguien dijo (en las Primeras Impresiones Positivas): "Daría la impresión de que quieres cambiar algo en el mundo. Me sentí tan agradecida por eso."

"Mi mirada se cruzó rápidamente con la de una de las personas que estaba sentada en el sofá."

acuerdo con el tiempo disponible.) Resultará interesante ver qué similitudes existen entre los miembros. Por ejemplo: en un grupo de Sausalito, California, catorce de dieciséis personas trabajaban en forma independiente o eran propietarios únicos.

## Cierre

*Tiempo*: 20-30 minutos

*Pedidos de apoyo:* Tal vez quieran terminar la sesión pidiendo recibir información y ayuda que resulten útiles para sus necesidades actuales.

1° Paso: Verbalicen por turnos para qué les gustaría contar con apoyo en la semana. Utilicen lenguaje positivo como por ejemplo: "Me gustaría sentirme lleno de energía la semana que viene", antes que "Me gustaría sacarme de encima este resfrío". Cada uno debe mantener la atención en lo que quiere antes que en lo que no quiere. Por ejemplo, una persona pidió: "Desearía mantenerme sereno y centrado la semana que viene mientras mudo mi oficina".

2° Paso: Después de hacer cada pedido en voz alta, afirmen el pedido y envíen energía afectiva hacia la persona y su situación.

Para la próxima sesión

Durante la próxima semana, observe si aparecen coincidencias, signos y sueños, anótelos en su diario y llévelo al siguiente encuentro.

## GRUPO DE ESTUDIO
## PARA LA PRIMERA REVELACIÓN

*Sesión 2*

2 horas 30 minutos

*Objetivo de la sesión*: Explorar el flujo de las coincidencias en nuestras vidas.

## Introducción

Comiencen la reunión dando a cada uno la posibilidad de compartir cualquier tipo de coincidencia que se haya producido en la semana transcurrida. ¿Hubo una mayor percepción derivada del trabajo realizado en el último encuentro? ¿Qué clase de apoyo se recibió en respuesta a los pedidos de la semana pasada? Compartir las reacciones positivas fortalece a todo el grupo.

## EJERCICIO 1. Desarrollar la sensibilidad a las coincidencias

*Objetivo:* Este ejercicio tiene por objeto reconocer coincidencias pasadas y ser más conscientes de su efecto en nuestras vidas. Al concentrarnos en lo que ocurrió en el pasado, estimulamos al mismo tiempo la búsqueda de una conciencia más elevada para producir más coincidencias.

*Tiempo:* 2 horas (30 minutos para cada uno) más la discusión

*Indicaciones:*
1° Paso: Elija un compañero para trabajar.
2° Paso: Una persona lee en voz alta las siguientes preguntas y la otra va respondiéndolas. Al responder, busque posibles coincidencias en esos hechos pasados. (*Alrededor de 30 minutos por persona.*)

*Casa*
1. ¿Se dio alguna coincidencia o algún signo especial en relación con el espacio en que está viviendo (números de casa significativos, encuentros con vecinos, retrasos en negociaciones, llamadas telefónicas mezcladas, nombres especiales de calles o cualquier otro detalle).

*Trabajo*
2. ¿Cómo consiguió su trabajo actual? Piense cómo llegó, con quién habló y qué mensajes pudo haber recibido.

3. ¿Cuáles fueron sus primeras impresiones del lugar de trabajo?
4. ¿Notó algún indicio que pudiera presagiar algo que luego ocurrió?
5. ¿Fue algo que usted habría querido saber antes de aceptar el empleo?

_Relaciones_
6. Describa cómo conoció a su relación más importante. ¿Qué lo llevó a estar en ese lugar en ese momento?
7. ¿La persona que conoció le recordó alguna otra?
8. ¿Cuál fue su primera impresión de esa persona? ¿Fue acertada?
9. ¿Notó algún signo (un sueño después de conocer a dicha persona, una coincidencia extraña, una postergación, una confusión)?

3° Paso: ¿Ve algún esquema en la manera en que le suceden las cosas? ¿Cuál fue la similitud, si la hubo, entre conocer a su relación significativa y conseguir trabajo o un nuevo departamento? Preste especial atención a las preguntas 1, 4 y 9. Prestar atención a los llamados "augurios" relacionados con puntos cruciales es fundamental para reunir el máximo de información a partir de las coincidencias y aumentar la capacidad precognoscitiva cuando se producen coincidencias futuras.

4° Paso: Vuelvan a formar el grupo grande y compartan lo que descubrieron en el ejercicio. Por ejemplo: ¿qué clases de coincidencias se dieron al encontrar casas, empleos, parejas? ¿En qué medida influyeron las coincidencias en cada uno?

En un grupo, Laurie Friedman, dueña de una empresa especializada en control de desastres naturales, contó la historia de un momento trascendental que confirmó su decisión tentativa de estudiar la carrera de administración: "Acababa de mudarme a Eugene, Oregon, y necesitaba trabajo. Fui a la biblioteca y miré algunos catálogos de la universidad. El único masters abierto en ese momento era el de la Facultad de Asuntos

Públicos en la Universidad de Oregon. Fui a la facultad y presenté una solicitud. A la semana me aceptaron para hacer el masters, pero seguía necesitando plata. Volví a la oficina y presenté una solicitud para una beca de docencia y me dijeron que pidiera una beca de estudiante. Estaba parada junto al mostrador de la oficina de becas llenando los formularios cuando sonó el teléfono y el funcionario de becas dijo: 'Era el Decano Hill de la facultad de Asuntos Públicos. Dijo que olvide la beca de estudiante. Van a darle un puesto como docente graduada'." Laurie mira ahora el camino que la llevó al éxito actual de su empresa y ve cómo se presentaron determinados hechos. "Si bien no sabía cómo resultarían las cosas a la larga, siento que algo me guiaba. Lo que hacía yo era prestar atención y seguir adelante y realmente funcionó a las mil maravillas."

## Cierre

Pedidos de apoyo (ver detalles en página 37)

Antes de la próxima sesión
Manténgase atento a las coincidencias, los signos y los sueños y escríbalos en su diario.

# CAPÍTULO 2

# Un ahora más permanente: La expansión del contexto histórico

*En el vuelo a Perú, nuestro personaje conoce al profesor de historia Dobson. Casualmente, Dobson ya está familiarizado con la Segunda Revelación y expone la importancia de comprender qué ha ocurrido en el pensamiento occidental en los últimos mil años en momentos en que completamos este milenio y seguimos adelante.*

## LA SEGUNDA REVELACIÓN

*El Contexto para la Coincidencia.* La Segunda Revelación ubica a nuestra "coincidencia significativa" dentro de un marco histórico más amplio. Responde los siguientes interrogantes: ¿Nuestras percepciones de estas coincidencias de vida son importantes en la historia o son simplemente un capricho o manía de nuestra época en especial, interesantes para nosotros pero inconsecuentes para el futuro? ¿Nuestro interés en la forma en que la dimensión espiritual parece impactarnos y llevarnos hacia adelante (en forma sincrónica) se desvanecerá al evolucionar la sociedad humana? La Segunda Revelación nos hace volver atrás y analizar la larga sucesión de hechos que esclarece el sentido de nuestras nuevas percepciones.

*La pérdida de la cosmovisión medieval.* Desde nuestro punto de vista privilegiado en estos últimos años del siglo XX —a caballo

41

entre el fin de un milenio y la aurora de otro— nos hallamos en una posición ideal para ver exactamente nuestra evolución histórica. Como indica el Manuscrito del libro, estamos librándonos de las preocupaciones de estos últimos quinientos años —preocupaciones que empezaron al final de la Edad Media— con la reacción de los reformadores contra la influencia excesiva de al iglesia medieval.

*La separación de la ciencia y la espiritualidad.* Por medio de las denuncias de corrupción política y de adhesión dogmática de la iglesia a hechos no probados científicamente, los reformadores del Renacimiento intentaban quitar las trabas intelectuales de una cosmología a la que consideraban llena de conjeturas y superstición. En esta batalla con la iglesia medieval finalmente se llegó a un acuerdo. La ciencia podía tener la libertad de explorar los fenómenos mundanos sin interferencia si se abstenía de investigar los aspectos del universo considerados del ámbito de la religión: la relación de la humanidad con Dios, los ángeles, los milagros o cualquier otro fenómeno sobrenatural. De ahí que, al principio, la ciencia se haya concentrado totalmente en el mundo físico exterior. Los descubrimientos no tardaron en producirse. Empezamos a rastrear y poner nombre a los aspectos de la naturaleza que encontrábamos a nuestro alrededor, teniendo siempre cuidado de hablar de ellos en términos de fenómenos concretos y causas físicas. Al mismo tiempo, se inventaron nuevas tecnologías y se desarrollaron fuentes de energía. La Revolución Industrial apareció como un subproducto que aumentó la producción de bienes y elevó cada vez a más gente a un nivel nuevo de seguridad secular.

*Una cosmovisión secular.* A comienzos del siglo XVIII, la iglesia ejercía una influencia mucho menor. Una nueva visión del mundo basada en el materialismo científico empezó a reemplazar las viejas ideas sobre la vida dirigidas por la iglesia. Fue una época de gran optimismo. Con la ciencia como instrumento de exploración, sentimos que a la larga podríamos descubrir todo acerca de la situación existencial de la humanidad, incluido si había un Dios y, en ese caso, nuestra relación con Él. Llevaría tiempo, lógicamente, y por el momento deberíamos contentarnos con dedicar la atención a dominar los peligros de la vida, a procurarnos a nosotros mismos y nuestros hijos una nueva seguridad secular que reemplazara la seguridad espiritual que se había desvanecido cuando la iglesia medieval perdió su prestigio. Una nueva llamada a la acción motivaba a la época. Si bien habíamos perdido nuestra certeza sobre Dios, la humanidad podía enfrentar la vida y las duras realidades del universo confiando en el conocimiento y la ingenuidad. Con el trabajo intenso y la astucia, utilizando nuestra tecnología en desarrollo, teníamos la libertad de tomar la vida en nuestras manos. Podíamos explotar los recursos que encontrábamos en el planeta y crearnos una mayor seguridad. Habíamos perdido la certeza de nuestro lugar en el universo dado por la iglesia medieval, pero podíamos reemplazarla por una fe en la ciencia y una nueva ética de trabajo en torno de la idea de "progreso".

Podemos ver en esto la preocupación psicológica que inspiraba a la edad moderna. A lo largo de todo el siglo XVIII, el XIX y el XX, se expandió la cosmovisión moderna y se instituyó en nuestra psiquis colectiva. Cuanto más detectábamos y designábamos los fenómenos físicos en el universo, más pensábamos que el mundo en que vivíamos era explicable, predecible, seguro y hasta ordinario y mundano. Sin embargo, para sostener esta ilusión teníamos que cubrir y reprimir psicológicamente todo aquello que nos recordaba el misterio de la vida. La idea de evitar los fenómenos religiosos se convirtió lisa y llanamente en un tabú. Hasta ir a la iglesia pasó a ser una mera ocasión social. Los bancos de las iglesias siguieron llenándose los domingos, pero en general como una manifestación de creencia intelectual y una forma de evitar cualquier consideración de lo espiritual durante el resto de la semana. A mediados del siglo XX, el universo ya estaba casi totalmente secularizado, reducido a sus componentes materiales. De todos modos, para crear esta ilusión de un mundo seguro y explicado, teníamos que limitar nuestra conciencia de la vida, asumir una especie de visión tecnológica entubada que dejara de lado toda idea de lo milagroso. Para sentirnos seguros, teníamos que mantenernos preocupados, obsesionados incluso, con la conquista tecnológica del mundo.

*Despertar al misterio.* Entonces, empezamos a despertarnos.

Los motivos son muchos. En los años '50, la ciencia misma de la física empezó a rever la visión muy materialista que había establecido. Se supo que el universo no era en absoluto materialista, sino un esquema de sistemas de energías entrelazados donde el tiempo puede acelerarse y disminuir su velocidad, donde la misma partícula puede aparecer en dos lugares a la vez y donde el espacio es curvo y finito pero no obstante interminable y quizá multidimensional. Más aún, la manipulación tecnológica de este tejido de espacio-tiempo-energía había derivado en la creación de armas masivas, capaces ahora de poner fin a la vida en la Tierra.

Casi simultáneamente, otras ciencias empezaron a hacer tambalear nuestra visión del mundo, revelando el daño ambiental derivado de la explotación de los recursos de la Tierra. La contaminación envenenaba poco a poco los sistemas de sustento de nuestra vida biológica. Era evidente que estábamos destruyendo el mismo mundo que esperábamos mejorar con nuestro progreso.

En la década de los '60 nos despertamos lo suficiente como para intuir masivamente que la cultura occidental había ignorado las dimensiones más elevadas de la vida humana. La seguridad material había crecido a un punto en que podíamos empezar a abordar problemas sociales importantes: la desigualdad y el prejuicio entre razas y entre hombres y mujeres, los problemas de la contaminación y la guerra. Fue una época de gran idealismo, pero también de conflicto entre quienes querían que la sociedad cambiara y aquellos que preferían el status quo. Al final de la década, nos dimos cuenta de que si queríamos abrirnos y concentrarnos en nuestro potencial inexplorado en tanto seres humanos, no era cuestión de que un grupo le dijera a otro que debía cambiar, tratando de *forzar* la evolución social. La cuestión era que cada persona mirara dentro de sí misma, que se transformara interiormente y que después, por efecto colectivo, transformara a la sociedad.

*Exploraciones interiores.* Esta parece ser la conciencia que trajo aparejado el autoanálisis introspectivo que caracterizó gran parte de los años '70. Fue la década que vio una gran expansión de la exploración orientada al potencial humano. La psicología humanística, el desarrollo de los programas de doce etapas para las adicciones, y la primera investigación sobre la relación del estrés y las actitudes al inicio de la enfermedad causaron un impacto significativo en la mente de la gente. Además, en Occidente surgió un interés generalizado por la religión y el pensamiento orientales. El yoga, las artes marciales y la meditación adquirieron una gran popularidad.

El objetivo de nuestras exploraciones y terapia parecía ser la preocupación materialista en sí. La concentración exclusiva en el aspecto tecnológico y económico de la vida había dejado de lado un amplio espectro de la experiencia. La apreciación plena de la belleza estaba así ensombrecida por una visión venal y utilitaria en la que un árbol, por ejemplo, era apreciado no por su belleza intrínseca sino por su valor en madera. Nuestras propias emociones de dolor, amor, pérdida, comprensión, eran amortiguadas o totalmente reprimidas. En esta década, de pronto pasó a considerarse aceptable ver a un terapeuta, procesar la a menudo difícil socialización de la infancia, encontrar de alguna manera una parte de nosotros mismos perdida o quizá nunca experimentada. No obstante, en nuestra larga introspección finalmente llegamos a otra revelación. Nos dimos cuenta de que podíamos procesar indefinidamente nuestras vidas interiores y no cambiar nada, pues lo que la mayoría de nosotros ansiábamos, lo que la mayoría de nosotros esperábamos recuperar, era la experiencia trascendente, una conexión interior con lo divino.

Esta conciencia nos hizo volver a lo espiritual en la década de los '80. En las iglesias tradicionales adoptó la forma de un vuelco hacia lo esencial y un alejamiento de la iglesia como reunión social. Fuera de las religiones tradicionales, esta conciencia se manifestó en forma de enfoques espirituales descubiertos individualmente, en general combinaciones de verdades religiosas particulares y a menudo sintetizadas con las descripciones místicas de distintos visionarios de Oriente, lo que se dio en llamar en forma un poco impropia movimiento de la Nueva Era. Los '80 probaron ser un amplio muestreo experimental de distintos enfoques espirituales: religiones orientales, reencarnación, caminatas sobre el fuego, búsqueda de visiones, comunicaciones mediúmnicas, experiencias extra-corporales, energías en cristales, desarrollo de poderes psíquicos, observación de OVNIs, peregrinaciones a lugares sagrados, meditación de todo tipo, paganismo, lectura del aura y cartas, por mencionar algunos. Todos eran observados e investigados mientras buscábamos la experiencia espiritual real. Algunos resultaron tontos, otros útiles, pero, al mirar nuestra situación en los '90, vemos que esta experimentación activa, esta selección, nos dejó en una posición única.

*Crear una nueva cosmovisión.* Liberados de nuestra preocupación secular de estos últimos cinco siglos, estamos logrando juntos un consenso en cuanto a nuestra naturaleza espiritual superior. Impulsar el cambio en la conciencia constituye el proceso de despejarnos y abrirnos psicológicamente y la exploración de una serie de caminos espirituales. Al hacer la síntesis de lo que valoramos en el campo psico-espiritual con lo que habíamos descubierto en el campo científico, estamos despertando nada menos que a una realidad nueva, más importante y más verdadera.

La Segunda Revelación solidifica, entonces, nuestra percepción de las coincidencias misteriosas como rasgo central de toda una nueva forma de enfocar la vida.

# La conexión con la energía espiritual

El Manuscrito enseña que para evolucionar, debemos primero volver a conectarnos con aquello

> Nuestro planeta se ha revelado bajo una nueva luz, no como un mundo estático o cíclico, sino como un teatro en el que durante varios cientos de millones de años se ha producido una graduación tras otra de especies. Este avance estupendo indica que los humanos podrían desarrollarse más. La evolución hasta el presente constituye un gesto ineludible que apunta hacia un futuro misterioso para las formas vivas... Albergamos capacidades transformadoras. No es ilógico pensar que, pese a nuestras muchas deficiencias, podríamos acceder a un progreso mayor, incluso a un nuevo tipo de evolución.
>
> MICHAEL MURPHY
> *The Future of the Body*[1]

para lo cual sobrevivimos como raza humana. Para que toda la cultura prospere, un número considerable de personas deben abrirse a la idea de permitir que la intuición las guíe nuevamente hacia una conexión con lo espiritual.

Por lo tanto, la Segunda Revelación es la visión macrocósmica de nuestra conciencia de grupo, la que nos llevó a preocuparnos por competir, controlar y conquistar. Los frutos de ese sistema de creencias son lo que estamos viviendo actualmente. En esencia, lo que pensábamos era lo que teníamos.

## Encrucijadas

Estamos en una encrucijada sumamente interesante con una amplia gama de posibilidades hasta ahora nunca vistas. Este período de trans-fertilización entre los avances científicos en la física y las telecomunicaciones y las especies emergentes de espiritualidad, ecología, sanación alternativa y psicología ya está preparándonos para el futuro. Ahora, nuestra tarea, tanto cultural como individual, es seguir eligiendo prioridades más expansivas y enriquecedoras de la vida. Su voluntad misma de tomarse el tiempo de estudiar *La Novena Revelación* forma parte del proceso evolutivo. *La cantidad de conciencia que usted aporta a la mente colectiva es parte de su contribución.*

> Sólo cuando se complementa con una entrega a un orden "superior" o más abarcador puede el esfuerzo de lo personal dar frutos sanos.
>
> PHILIP NOVAK[2]

## Tiempo personal, de lo macrocósmico a lo microcósmico

Esta visión macrocósmica de la historia que presenta la Segunda Revelación puede ser vivida en el microcosmos de cada una de nuestras vidas. La historia es la historia de nuestras vidas a través del tiempo, y nuestra vida presente refleja nuestra vida colectiva. Jung decía, refiriéndose a los temas espirituales en los sueños: "Debemos tener siempre presente que cada hombre, en cierto sentido, representa a toda la humanidad y su historia. Lo que fue posible en la historia de la humanidad en general también es posible en pequeña escala en cada individuo. Lo que ha necesitado la humanidad puede en definitiva ser una necesidad del individuo también..."[3] Por lo tanto, aplicar, la Segunda Revelación a nuestra historia de vida nos ayuda a comprender parte de la inquietud y la búsqueda de significado que nos afecta.

Para ver esquemas más amplios en acción en su propia vida, convendría que reflexionara sobre las etapas que le parecieron más importantes y escribiera cuáles fueron las principales enseñanzas. Este procedimiento resulta muy útil para revelar de qué manera cambiamos las creencias, los valores y las expectativas. La Segunda Revelación muestra que muchos de nosotros estamos empezando a darnos cuenta de que nuestro destino común es vivir la vida desde un punto de vista más espiritual. Aplique esta Revelación a su propia historia y vea qué descubre. Al final de esta sección, aparecen ejercicios para marcar un tiempo personal tanto para el estudio individual como grupal.

## Preocupaciones actuales

Cada pensamiento que tenemos, cada decisión y acción que adoptamos cada día crea nuestra realidad continua. Somos nítidamente conscientes de esto cuando nos fijamos una serie de objetivos concretos como por ejemplo "voy a bajar cinco kilos antes de las vacaciones" o "empiezo a ahorrar para las vacaciones". Con metas específicas como éstas, a la larga vemos si tuvimos éxito, fracasamos o nos quedamos cortos en nuestra intención. Los pensamientos que tenemos diariamente constituyen un nivel más visible de preocupación, sobre todo al despertarnos a la mañana y al acostarnos a la noche. Se estima que tenemos alrededor de 90.000 pensamientos por día, ¡en su mayoría negativos!

# Creencias fundamentales

Sutiles y omnipresentes, las creencias fundamentales son factores invisibles determinantes en nuestras vidas. Estos pensamientos organizan imperceptiblemente nuestro campo de energía interna y determinan nuestra realidad continua. En la base oculta de nuestros pensamientos de todos los días referidos a lavar la ropa, ir a buscar a los chicos al colegio o querer más dinero hay supuestos básicos que rara vez cuestionamos. Estos supuestos comunes aprendidos de nuestra cultura son creencias tales como "soy un individuo separado que debe competir para sobrevivir" o "estoy envejeciendo" o "lo que cuenta realmente es el mundo de la materia". Este nivel profundo de preocupación debe ser primero traído a la conciencia para luego poder expandirse o cambiar. Esta idea del poder de las creencias fundamentales para modelar nuestra vida cotidiana y atraer la sincronicidad constituye el fundamento de lo que llamamos el pensamiento del nuevo paradigma. Un paradigma es un modelo o esquema ideal de pensamiento o acción. Nuestro nuevo modelo de vida, entonces, muestra de qué manera nuestras creencias crean gran parte de lo que nos pasa.

Joseph Campbell, gran estudioso de la mitología, describe el proceso evolutivo de ir más allá de lo conocido en lo que llama "el camino de la mano izquierda". En los mitos, que contienen los paradigmas vivientes de todas las culturas, el Héroe tradicionalmente elige el camino de la mano izquierda como lugar donde encontrará nueva información y descubrirá la verdad. El camino de la mano derecha es el dilema actual, el status quo, el lugar donde están todos los problemas. Para transformar el dilema, debe incorporarse nuevo material. De ese modo, los mitos despiertan en nosotros el arquetipo del viaje hacia la transformación. Nunca nos falta la esperanza de descubrir y recuperar.

Como bien señala la Segunda Revelación, el nuevo paradigma o nuevo pensamiento empezó a aparecer en la década del '60 a través del movimiento del Potencial Humano. El nuevo pensamiento surgió en muchos campos, demostrando así la verdad de la unidad del cuerpo y la mente. Libros muy difundidos como los del físico Deepak Chopra, *Ageless Body, Timeless Mind* constituyen pruebas de la popularidad y la aceptación crecientes de este nuevo pensamiento. Chopra resalta algunos de los puntos fundamentales que distinguen al nuevo y el viejo pensamiento. Compara, por ejemplo, el viejo supuesto básico:

> Existe un mundo objetivo independiente del observador, y nuestros cuerpos son un aspecto de este mundo objetivo.

con el concepto del nuevo paradigma:

> El mundo físico, incluidos nuestros cuerpos, es una respuesta del observador. Creamos nuestros cuerpos del mismo modo que creamos la experiencia de nuestro mundo.[4]

Pese a la riqueza de la literatura metafísica que siempre enseñó que somos nosotros los que creamos nuestra realidad, esta idea es sorprendente para aquellos de nosotros que nos sentimos frustrados por nuestras vidas, nuestros trabajos, el estado de nuestras finanzas o nuestra salud. Como vio nuestro personaje de *La Novena Revelación*, la potencia y el tamaño mismos de las plantas se ven afectados por la energía positiva que les enviaban los investigadores. Día a día, existe un corpus de investigación médica y científica cada vez mayor que corrobora la verdad de que la realidad es producto de la intención mental. Este supuesto por sí solo nos devuelve nuestro poder y promete esperanza para el futuro.

Otro supuesto fundamental de nuestro pensamiento anterior que Chopra se encarga de bajar de su pedestal, es:

> La conciencia humana puede ser totalmente explicada como producto de la bioquímica.

Ha aparecido nueva información que nos muestra que:

> La percepción... es un fenómeno aprendido. El

mundo en que vivimos, incluida la experiencia del cuerpo, es totalmente dictado por la forma en que aprendimos a percibirlo. Si cambiamos nuestra percepción, cambiamos la experiencia de nuestro cuerpo y nuestro mundo.[5]

En esta guía de estudio, esperamos ayudarlo a rever algunos de sus supuestos anteriores para que pueda percibir una mayor enseñanza o un objetivo mayor en todos sus logros, fracasos o desafíos. Al adoptar una actitud positiva, curiosa, consciente y arriesgada, su mundo puede empezar a ser como usted desearía que fuera.

Un tercer supuesto del viejo paradigma, nuevamente, de Chopra, es:

Nuestra percepción del mundo es automática y nos da una imagen exacta de cómo son realmente las cosas.

Una de las cosas más interesantes de los supuestos del nuevo paradigma es que:

Si bien cada persona parece separada e independiente, todos estamos conectados con esquemas de inteligencia que gobiernan todo el cosmos. Nuestros cuerpos son parte de un cuerpo universal, nuestras mentes, un aspecto de una mente universal.[6]

Esta idea constituye el fundamento de la Primera Revelación, según la cual podemos empezar a evolucionar conscientemente percibiendo las coincidencias que tienen un sentido para nuestro crecimiento. No estamos solos. Las respuestas a nuestros interrogantes nos llegan a través de una inteligencia mayor que nuestra mente consciente, si es que confiamos en este proceso.

# Tratar de escuchar los supuestos básicos

Hemos presentado sólo algunas de las muchas ideas nuevas que han surgido en cuanto a una redefinición del mundo. Usted puede experimentar directamente la verdad de estas ideas. Por ejemplo, empiece a escuchar lo que dicen las personas en cuanto a la vida. ¿Las ve recurrir a las viejas ideas de escasez, competencia y todos "los problemas que hay"? Al hablar con amigos, trate de ser durante un momento un observador distante. ¿Qué se oye decir a usted mismo y qué oye decir a sus amigos sobre la vida?

Tenga presente que no sirve para nada reprochar a los demás sus actitudes limitadoras. Evolucionamos a nuestro propio ritmo. No hay necesidad de crear una nueva jerga ni fomentar ningún separatismo entre los que están "iluminados" y los que todavía buscan o sufren. El simple proceso de observación, reflexión y aceptación creará una energía diferente para usted *y los demás*. No obstante, si en alguna oportunidad siente que podría cambiar algo, deje que el momento lo guíe. Siga su intuición.

## Resumen de la Segunda Revelación

La Segunda Revelación es la conciencia de que nuestra percepción de las misteriosas coincidencias de la vida constituye un hecho histórico significativo. Después del colapso de la cosmovisión medieval, perdimos la seguridad derivada de la explicación del universo que daba la iglesia. Por lo tanto, hace quinientos años decidimos colectivamente concentrarnos en el dominio de la naturaleza, en la utilización de nuestras ciencia y tecnología para establecernos en el mundo. Empezamos a crear una seguridad secular para reemplazar la espiritual que habíamos perdido. Para sentirnos más seguros, descartamos y negamos sistemáticamente los aspectos misteriosos de la vida en el planeta. Elaboramos la ilusión de que vivíamos en un universo que era totalmente explicable y predecible y en el cual los hechos fortuitos no tenían significado alguno. Para mantener la ilusión, tendimos a negar cualquier evidencia de lo contrario, a limitar la investigación científica de los hechos paranormales y a adoptar una actitud de escepticismo absoluto. Explorar las dimensiones místicas de la vida pasó a ser casi un tabú.

Sin embargo, gradualmente, se produjo un despertar. Nuestro despertar es nada menos que la liberación de la preocupación secular de la edad moderna y la apertura de nuestras mentes a una cosmovisión nueva y más verdadera.

## ESTUDIO INDIVIDUAL
## DE LA SEGUNDA REVELACIÓN

### EJERCICIO 1. MIS PREOCUPACIONES ANTERIORES

*Objetivo*: Ayudarlo a tomar conciencia de los temas recurrentes en su vida y de los posibles sistemas de creencia subyacentes.

*Indicaciones:* En la siguiente lista rodee con un círculo las tres preocupaciones más importantes y escriba un párrafo en su diario sobre el efecto que tienen en su vida. ¿Cómo se *introdujeron* estos temas en su vida? ¿De qué manera *trabaron* su vida? De aquí en más sea consciente de su presencia en su vida y vea cómo se relacionan con lo que usted identifica como sus "problemas."

## PREOCUPACIONES ANTERIORES

independencia
realización intelectual
autocrítica
seguridad
resistencia a la autoridad
dramas emocionales
miedo

adicciones
gasto desmedido
ingresos bajos
imagen física
falta de amor
rabia
culpa

control                             perfeccionismo
obtención de aprobación             venganza
conformismo                         otro (s)
conflictos familiares

## Ejercicio 2. Más ideas preocupantes

*Indicaciones:*

1° Paso: Complete las siete oraciones que aparecen a continuación. ¿Qué descubrió respecto de sus creencias y valores al analizar sus pensamientos preocupantes?

2° Paso: Le convendría volcar algunas ideas sobre este ejercicio en su diario. Observe si tiene algún sueño después de escribir sus preocupaciones.

Me gustaría cambiar

1.

2.

3.

Me gustaría más

1.

2.

3.

Pienso constantemente en

1.

2.

3.

En seis meses me gustaría

1.

2.

3.

Las cosas más importantes en mi vida en este momento son

1.

2.

3.

Las cualidades de las personas que más admiro son

1.

2.

3.

Me encantaría que mi vida tuviera

1.

2.

3.

## EJERCICIO 3 ¿Qué cosas estoy haciendo maquinalmente en mi vida?

Escriba un párrafo o dos en su diario sobre los aspectos de su vida en los que se siente atascado o respecto de los cuales actúa "maquinalmente". Describa sus sentimientos en detalle y francamente. En la medida en que más haga aflorar estos sentimientos, más podrá abrir las puertas a las respuestas, las oportunidades y las revelaciones.

## Ejercicio 4. La búsqueda de alternativas del nuevo paradigma para sus viejas preocupaciones

Analice en la siguiente lista las opciones paralelas de pensamiento nuevo para sus viejas preocupaciones:

| Antes | Ahora |
|---|---|
| independencia | interdependencia |
| realización intelectual | sabiduría |
| autocrítica | reconocimiento de las fuerzas personales |
| seguridad | adaptabilidad |
| resistencia a la autoridad | liderazgo compartido |
| dramas emocionales | autorrealización |
| miedo | amor |
| control | confianza |
| obtención de aprobación | autoconfianza |
| conformismo | creatividad |
| conflictos familiares | compromisos honestos |
| adicciones | autoseguridad |
| gasto desmedido | privación sanadora |
| ingresos bajos | compensación acorde con el valor personal |
| imagen física | valor intrínseco |
| falta de amor | amor divino interior |
| rabia | fortaleza |
| culpa | amor con sabiduría |
| perfeccionismo | autoaceptación |
| venganza | perdón |

Mire qué fue lo que marcó con un círculo en el Ejercicio 1 como principales preocupaciones en el pasado. Anote abajo la idea correlativa del *nuevo* paradigma. Tome cada atributo nuevo y escríbalo en su diario. Según el ánimo que tenga, escriba cómo podría empezar a atraer una mayor proporción de ese atributo a su vida. Por ejemplo: si siempre tuvo una fijación con la imagen física como la manera más importante de sentirse bien consigo mismo, ¿cómo podría tomar más conciencia de su propio valor interior y el de los demás? No tiene por qué conocer las respuestas en este momento. Si alguna de esas ideas ya está lista para convertirse en realidad, probablemente experimentará una sensación más fuerte de excitación al respecto. Le convendría escribir una afirmación para usted mismo respecto de una o dos ideas nuevas. Por ejemplo: si le preocupaba el miedo o la inseguridad, podría afirmar: "Confío en que voy a tomar las decisiones correctas."

## Ejercicio 5. Cómo construir y analizar su tiempo personal

*Objetivo:* Este ejercicio da un panorama de los hechos de su vida hasta el presente y lo ayuda a encontrar un sentido o un propósito en lo ocurrido hasta ahora.

*Indicaciones:* Si bien puede hacer el ejercicio solo, es útil que otra persona analice los hechos de su vida con usted e identifique un propósito o un sentido que usted no había tenido en cuenta.

1° Paso: Llene el Tiempo Personal en el Ejercicio 1, Sesión grupal 4, página 65.

2° Paso: Reduzca los hechos a puntos cruciales importantes o a lecciones que aprendió y escríbalos más abajo en orden cronológico. En la línea que empieza con el Nacimiento, vuelque hechos, personas o sucesos claves.

3° Paso: En su diario, escriba un párrafo corto describiendo su vida desde que nació hasta el presente. Ahora, observe los hechos que describió y sepárelos en "lecciones aprendidas". ¿Qué patrón de comportamiento aparece?

*Opcional:* Sólo por diversión, conjeture cuál sería el siguiente paso *lógico* para su aquí y ahora. Haga entonces una sugerencia innovadora para su próximo paso ¡que sea totalmente extravagante! Escriba sus pronósticos y feche sus anotaciones. ¿Qué debería pasar para que se produjera el siguiente paso que sugirió?

## Ejercicio 6. Cómo obtener respuestas a sus preguntas

1° Paso: En su diario, escriba las áreas de su vida respecto de las cuales más quiere saber en este momento (su interrogante vital *actual*)

2° Paso: Tómese un momento para observar la estructura de su planteo. Podría arrojar un poco de luz sobre la respuesta que usted espera. Por ejemplo, un interrogante estilo: "Quiero saber si Jane va a volver conmigo" podría indicar que la persona que interroga se siente impotente, no sabe bien por qué Jane se fue o no está dispuesta a abrirse a la comunicación, etc. Sea lo más específico posible en sus preguntas, ya que le permitirá adquirir una mayor percepción en cuanto a usted mismo y la situación.

3° Paso: Esté atento a algún tipo de mensaje o intuición, ensoñación o sueño nocturno en las próximas setenta y dos horas. Anotar cualquier coincidencia o respuesta a sus interrogantes actuales le ayudará a aumentar su sentido de "expectativa optimista", fomentando la conducción de su yo superior.

Una mujer escribió en su diario: "Tengo que comprar un auto. Necesito ayuda para tomar la decisión. ¿Cuál es la mejor manera de proceder?". Al día siguiente, tuvo la sensación de que debía llamar a su hermano, pero no sabía por qué. En medio de la conversación, él mencionó que su vecino vendía un auto casi nuevo de la cuñada que había muerto hacía poco. Era uno de los modelos que ella había considerado factibles.

## Ejercicio 7. Concentración y meditación energetizadora

Antes de salir de su casa todos los días, serénese un momento y respire hondo tres veces. Cierre los ojos un segundo y traiga a su mente un lugar de belleza serena del cual se sienta particularmente cerca. Respire en medio de la belleza de ese lugar. Siga respirando lenta y suavemente hasta que sienta que empieza a sonreír. Note cuánto se expandió su energía. Ahora, formule su interrogante y rodéelo con esta energía expandida. Trate de mantenerse conectado con este sentimiento afectuoso durante todo el día.

> Una persona nos dijo: "Compré una libretita de bolsillo para llevar siempre conmigo. Durante el día, cuando me sentía realmente frustrado por algo, lo anotaba en mi libreta. Abajo, escribía, 'Socorro. ¡Necesito una respuesta para esto ya mismo!' y le hacía un círculo alrededor. Me hacía sentir mejor y me relajaba, sabiendo que tarde o temprano, recibiría algún tipo de mensaje".

## EJERCICIO 8. Tenga una aventura

1° Paso: Este ejercicio puede hacerse en forma individual o, para aumentar la diversión y la posibilidad de sincronicidad, fije un encuentro con alguna persona para hacer algo que sea nuevo o divertido para los dos.

2° Paso: El día de su aventura, tómese unos minutos para recordar su cuestión vital y mantenga el ánimo abierto a posibles respuestas. Tome una pequeña libreta por si aparecen mensajes. Observe qué lo impulsa a hacer su intuición. Sea espontáneo y libérese de la necesidad de controlar. ¡Sea audaz!

## GRUPO DE ESTUDIO PARA LA SEGUNDA REVELACIÓN

### *Sesión 3*

2 horas 30 minutos

*Objetivo de la sesión:* Despertar a nuestras raíces históricas y analizar nuestras preocupaciones personales.

## Ejercicio 1. Discusión sobre la Segunda Revelación: Historia de creencias

*Objetivo*: Debatir las actitudes históricas desde la Edad Media hasta el presente y ver cómo relacionamos esta información con nuestra propia vida .

*Tiempo*: 15-20 minutos

*Indicaciones*: La discusión se inicia con preguntas tales como: "¿De qué manera influyen las ideas de seguridad y materialismo en usted y su familia?" "¿Cómo o cuándo empezó a cuestionar sus consideraciones religiosas tradicionales?" "¿Quiénes fueron sus héroes en sus años de crecimiento?" "¿Qué efecto tuvieron en usted en los años '60, '70 y '80?"

## Ejercicio 2. Mis preocupaciones anteriores

*Objetivo*: Este ejercicio lo ayudará a tomar conciencia de los temas recurrentes en su vida y de los posibles sistemas de creencias subyacentes.

*Tiempo*: 15-20 minutos

*Indicaciones*: En la siguiente lista, chequee las áreas que hasta el momento le han parecido de importancia primordial para usted:

## PREOCUPACIONES ANTERIORES

_____independencia                 _____adicciones

_____realización intelectual       _____gasto desmedido

_____autocrítica                   _____ingresos bajos

_____seguridad                     _____imagen física

_____resistencia a la autoridad _____falta de amor

_____dramas emocionales            _____rabia

_____miedo                                 _____culpa

_____control                               _____perfeccionismo

_____obtención de aprobación   _____venganza

_____conformismo                      _____otro(s)

_____conflictos familiares

Ahora, rodee con un círculo las tres áreas que más influencia han tenido en usted. ¿Cómo se *introdujeron* estos temas en su vida? ¿De qué manera *trabaron* su vida? De aquí en más, sea consciente de su presencia en su vida, y observe cómo se relacionan con lo que usted identifica como sus "problemas".

## EJERCICIO 3. Más ideas preocupantes

1° Paso: Dé como mínimo tres respuestas (escriba más si puede) a las frases inconclusas que aparecen a continuación:

Me gustaría cambiar

1.

2.

3.

Me gustaría más

1.

2.

3.

Pienso constantemente en

1.

2.

3.

En seis meses me gustaría

1.

2.

3.

Las cosas más importantes en mi vida en este momento son

1.

2.

3.

Las cualidades de las personas que más admiro son

1.

2.

3.

Me encantaría que mi vida tuviera

1.

2.

3.

2° Paso: Forme con los demás grupos de dos, tres o cuatro para intercambiar sus listas y compartir ideas. *Esté abierto a la información que otros puedan tener para usted respecto del logro de algunos de sus objetivos o deseos.*

3° Paso: Vuelva con los demás al grupo más grande y compartan lo que ocurrió en los grupos más chicos.

¿Alguien proveyó algún mensaje o dio alguna información? ¿Qué descubrió en cuanto a sus creencias y valores al analizar sus pensamientos preocupantes? Le convendría escribir algunas ideas sobre este ejercicio en su diario al volver a su casa. Observe si tiene algún sueño después de esta sesión.

## Ejercicio 4. ¿Qué cosas estoy haciendo maquinalmente en mi vida?

*Objetivo:* Entablar un diálogo interior y ver en qué áreas está atascado o no admitió que algo tiene que cambiar.

*Indicaciones*: Escriba sus pensamientos en su diario. Puede compartirlos con un compañero del grupo si éste determina que es algo que todos quieren hacer.

## Ejercicio 5. La búsqueda de alternativas del nuevo paradigma para sus viejas preocupaciones

Mire lo que señaló en el Ejercicio 2 como preocupaciones importantes en el pasado. Anote abajo la idea correlativa del *nuevo* paradigma. Tome cada atributo nuevo y escríbalo en su diario. Según su estado de ánimo, escriba cómo podría empezar a atraer una mayor proporción de ese atributo a su vida. Por ejemplo, si siente que aprendió perfectamente lo que es la independencia, ¿cómo podría lograr más interdependencia en su vida? No tiene por qué conocer las respuestas en este momento. Si alguna de esas ideas ya está lista para convertirse en realidad, probablemente experimentará una sensación más fuerte de excitación al respecto.

| ANTES | AHORA |
|---|---|
| independencia | interdependencia |
| realización intelectual | sabiduría |
| autocrítica | reconocimiento de las fuerzas personales |

| | |
|---|---|
| seguridadad | adaptabilidad |
| resistencia a la autoridad | liderazgo compartido |
| dramas emocionales | autorrealización |
| miedo | amor |
| control | confianza |
| obtención de aprobación | autoconfianza |
| conformismo | creatividad |
| conflictos familiares | compromisos honestos |
| adicciones | autoseguridad |
| gasto desmedido | privación sanadora |
| ingresos bajos | compensación acorde con el valor personal |
| imagen física | valor intrínseco |
| falta de amor | amor divino interior |
| rabia | fortaleza |
| culpa | amor con sabiduría |
| perfeccionismo | autoaceptación |
| venganza | perdón |

Le convendría escribir una afirmación para usted mismo respecto de una o dos ideas nuevas: "Sé que la imagen personal es sólo una parte de mí mismo y de los demás. Puedo buscar en el interior su valor intrínseco al igual que el mío".

## Cierre

Pedidos de apoyo. Intercambio de energía afectuosa.

## GRUPO DE ESTUDIO PARA LA SEGUNDA REVELACIÓN

*Sesión 4*

2 horas 30 minutos

*Objetivo de la sesión:* Construir su tiempo personal de hechos.

## Introducción

Al iniciarse la reunión, cada uno comparte algún nuevo *insight* que haya experimentado o informa de alguna coincidencia o mensaje que haya recibido durante la semana. Cuando la energía del grupo marque una finalización, continuar con el ejercicio siguiente.

## Ejercicio 1. Cómo construir y analizar su tiempo personal

*Objetivo*: Su tiempo personal puede (a) darle la posibilidad de ver su vida en forma más objetiva; (b) revelar un esquema; (c) revelar una secuencia de coincidencias; (d) prever la acción siguiente o (e) dar la pauta de un objetivo en la vida. Esta información será nuevamente utilizada en el Capítulo 6.

*Tiempo*: 1 hora 40 minutos. Esto permite aproximadamente 15 minutos de trabajo individual, 45 minutos de trabajo con un compañero y 40 minutos para la discusión grupal. Nota: Los tiempos personales son herramientas importantes; para un trabajo en profundidad conviene dedicarles toda la reunión durante todos los encuentros que lleve examinar la vida de cada miembro.

### Parte I. Construir el tiempo personal

*Tiempo:* 15-20 minutos

*Indicaciones*:
1° Paso: Escriba en las líneas que aparecen a continuación hechos significativos de su vida desde que nació hasta el presente. Esta es la "materia prima" a partir de la cual es posible que pueda extraer un esquema. (Si no tiene suficiente tiempo para completar este trabajo en el grupo, trate de terminarlo durante la semana.)

Nacimiento_____

_____

_____ presente

2° Paso: Simplifique los hechos de su vida con un título breve que describa la actividad o proceso principal que, en su opinión, se produjo en ese período. Por ejemplo: si se mudó varias veces desde que nació hasta los dieciséis años, podría resumir ese período escribiendo: Edad 0 a 16: "Muchas mudanzas. Aprendí a ser flexible". Edad 17 a 20: "Dedicado a logros académicos. Buenas notas en la facultad en X materia". Edad 20 a 25: "Desorientado. Influencia de una persona significativa". Edad 26 a 38: "Período de responsabilidad".

3° Paso: Escriba los hechos claves, las lecciones positivas o negativas, los puntos cruciales, y las personas claves.

4° Paso: Una vez que todos han terminado, pasar del trabajo individual al trabajo con un compañero.

## Parte II. *Análisis del tiempo personal*

*Tiempo*: 45 minutos

*Indicaciones:*

1° Paso: Elija un compañero. Túrnense para elaborar sus tiempos personales. Discutan la lista de puntos cruciales, de logros y personas claves. Posiblemente encuentren esquemas u objetivos analizando las siguientes preguntas:

a. ¿Cuáles fueron los puntos cruciales?

b. ¿Ve algún patrón de experiencia, algún logro o alguna lección que se repita?

c. ¿Qué considera ya terminado? ¿Qué considera sin terminar?

d. ¿Cuáles fueron las cosas que le dieron energía? ¿Qué evitaría repetir?

e. ¿De qué manera cambiaron sus valores?

f. ¿Cuáles fueron las intenciones positivas, si las
   hubo, en los hechos negativos?
g. ¿Para qué diría que estuvo "entrenándose"?
h. ¿Cuál parece ser el propósito de su vida *hasta
   ahora*?

2° Paso: Usando la información que obtuvo de su análisis,
complete las siguientes afirmaciones:

Veo que mi vida estuvo fuertemente concentrada en
_____ ,

_____y

_____.

He estado "entrenándome" para _____

_____

_____ toda mi vida.

La intención positiva detrás de los hechos negativos de mi vida

tal vez haya sido _____.

Lo que me asombra es _____

_____

Me parece que el propósito de mi vida hasta ahora fue

_____.


Por ejemplo, Deborah, de treinta y seis años, madre de tres
hijos y correctora *freelance*, escribió los siguientes hechos:

*Desdichada - rechazo en la escuela estando pupila decidí cuidarme sola - dejé el colegio - seguí sintiéndome rechazada - descubrir el amor - encontré una amiga para toda la vida - empecé otra forma de vida - la inocencia abrió paso al despertar a las realidades del corazón*

Nacimiento _____

9                                                    13

*autodestrucción por falta de amor - amigos - familia búsqueda de la bondad en mí y en los demás - mudanza a la otra punta del país (Indiana)- cultura diferente - me casé para descubrir quién soy - fin de la autodestrucción - finalmente asumí responsabilidades - empecé a nadar - empecé a ser más coherente*

14             19                          24             25

*más sólida - tuve a mis chicos - sentí que una nueva puerta se abría - más fuerza - información tomada de otra manera - dejé el trabajo - abrí mi propio negocio manejando mi dinero - cambio en el manejo del dinero con mi marido*

_____ presente.

26             30             32             `34

A continuación, Deborah escribió sus hechos claves, lecciones positivas y negativas, puntos cruciales y personas claves:

1. *mucha tristeza, falta de amor*
2. *autodestrucción con drogas*
3. *recuperación*
4. *renacimiento*
5. *construcción del ahora*

Después, marcó las áreas de mayor importancia en su vida hasta ahora:

✔ ____ independencia            ✔ ____ adicciones

_____ realización intelectual     _____ gasto desmedido

**✔** autocrítica                _____ ingresos bajos

_____ seguridad              _____ imagen física

_____ resistencia a la autoridad    **✔** falta de amor

_____ dramas emocionales       _____ rabia

_____ miedo                 _____culpa

_____ control               _____ perfeccionismo

**✔** obtención de aprobación     _____ venganza

**✔** conformismo          _____ otro(s)

_____ conflictos familiares

Deborah vio varios temas que habían significado lecciones importantes, pero consideró que el conformismo, los dramas emocionales y la independencia eran los más destacados para ella. Usando esos tres puntos, escribió:

Veo que mi vida estuvo fuertemente concentrada en

_____ _adquirir suficiente independencia,_ _____

_____ _no tener que adaptarme a algo,_ _____ , y

_no creía en la posibilidad de transformar viejas heridas_ .

Usando la información que había reunido, escribió:

He estado "entrenándome" para _____ _mantenerme de_ _____

_pie por mis propios medios_ _____ toda mi vida.

La intención positiva detrás de los hechos negativos de mi

vida tal vez haya sido _____ _el impulso a dejar el "nido_ _____

_familiar" y crecer siguiendo mi propio rumbo._ _____ .

Lo que me asombra es _____ *el coraje que he*

*demostrado.* _____

Me parece que el propósito de mi vida hasta ahora fue

*adquirir claridad y fuerza para convertirme en una persona*

*estable y ayudar, quizás, a otras mujeres* _____.

## Parte III. Cómo compartir su análisis del tiempo personal

*Tiempo*: 40 minutos

*Indicaciones*: Todos pueden ahora volver a reunirse para compartir lo que descubrieron en sus tiempos personales. *Esto permite que la energía del grupo más grande contribuya a que cada persona encuentre un significado en los hechos y encontrar, quizá, un mensaje relevante para sí misma.* Conviene que alguien escriba algunos de los puntos claves en una hoja grande o en un pizarrón. Es bueno que todos hagan comentarios.

*Estudio complementario*: Cada uno podría escribir en su diario cualquier idea nueva sobre su progresión de tiempo personal durante la semana siguiente. Es posible que salga a relucir nueva información a través de coincidencias o sueños. Asegúrese de compartir sus *insights* con el grupo la semana que viene. Esto contribuirá a aumentar el flujo general de energía.

## EJERCICIO 2. Cómo obtener respuestas a sus preguntas

*Objetivo*: El propósito de este ejercicio es hacer preguntas específicas de manera que su yo superior pueda enviarle coincidencias, mensajes, intuiciones, ensoñaciones o sueños que le sirvan de guía.

*Tiempo*: 15 minutos.

*Indicaciones:*
1° Paso: Trabaje con un compañero. Túrnense para hacer cada pregunta para la cual quieren una respuesta ahora.
2° Paso: Cada uno debe tomarse un tiempo para observar la estructura de su pregunta. Podría arrojar luz sobre qué respuesta espera. Por ejemplo, una pregunta como "Quiero saber si a mi hijo le va bien en el colegio" podría dar a entender que usted ya tiene la sensación de que no está en el colegio indicado, o la pregunta podría mostrar que usted está esperando que todas las respuestas provengan de un cambio de colegio, cuando en realidad su hijo tal vez necesite más atención en su casa también. Sea lo más específico posible en las preguntas, ya que esto le permitirá adquirir una mayor percepción respecto de sí mismo y de la situación.
3° Paso: Esté atento a algún tipo de mensaje o intuición, ensoñación o sueño nocturno dentro de las setenta y dos horas siguientes. Escribir coincidencias o respuestas a sus interrogantes actuales le ayudará a aumentar su sentido de "expectativa optimista y promoverá la orientación de su yo superior".

## EJERCICIO 3. Concentración y meditación energetizadora

*Objetivo*: Introducir su planteo vital actual dentro de la vibración energetizadora del amor.

*Tiempo:* 15 minutos

*Indicaciones*:
1° Paso: Puede concentrarse en usted mismo con los ojos cerrados durante un breve período de reflexión serena o alguien puede dirigir la siguiente meditación con relajación:

### CONCENTRACIÓN
Respire hondo dos o tres veces, dejando que el aire entre en su cuerpo para ablandarlo y relajarlo... Inhale lentamente

y contenga la respiración durante unos segundos y luego suelte el aire... Empezando por los pies, pase revista mentalmente a su cuerpo y observe qué partes están tensas y rígidas y qué partes blandas y relajadas... ¿Cómo siente los pies?... Suba mentalmente por las piernas... Ahora, hasta el torso... Observe cómo siente los brazos y las manos... Ahora, concéntrese en los hombros y el cuello. Si hay alguna tensión, suavemente respire en estas áreas para aflojar los músculos... Observe las sensaciones en su cabeza y en su cara y suavemente relaje esos músculos... Ahora baje por la espalda y la columna, siéntalas... Preste atención a cada parte de su cuerpo... Muy despacio, inspire profundamente y deje que el aire penetre en su cuerpo para relajarse y aflojar cualquier tensión que haya sentido... Ahora visualice una luz blanca muy bella sobre su cabeza... Sienta cómo esa luz empieza a rodear su cuerpo... Deje que su cuerpo se llene de esa luz y úsela para alimentar sus órganos y tejidos... Su cuerpo actúa como una esponja y absorbe toda la luz que puede... Cada célula de su cuerpo se baña con esa luz.... Está convirtiéndose en un ser luminoso resplandeciente... Respire hondo y sienta la paz y el amor cuando su cuerpo se relaja completamente.

Cuando todos están relajados, continuar con el 2° Paso.

2° Paso: Alguien puede dirigir al grupo diciendo: Ahora recuerda su experiencia más reciente de bienestar... Recuerda la sensación de alegría que tuviste y los cálidos sentimientos de energía afectiva, felicidad y bienestar. (Espere unos minutos para que todos encuentren este sentimiento.) Siente ese bienestar en cada célula de tu cuerpo... Rodéate de calor, de luz, de energía... Siente cómo el amor se desliza por tus venas, llenando todo tu ser de serenidad y alegría. Aumenta esa sensación... Auméntala una vez más, para poder llenar toda esta sala con ese sentimiento de amor, luz, calidez y alegría. (Deje que todos sientan esto en silencio durante alrededor de un minuto.)

3° Paso: Ahora incorpora a este sentimiento el interrogante que más te gustaría ver respondido hoy... Si quieres saber cómo encontrar una nueva relación, introduce esa cuestión en el sentimiento de amor y alegría cálido y lleno de luz... Si quieres saber cómo mejorar tu salud, introduce esa cuestión en el sentimiento de alegría cálido y lleno de luz. Rodea tu pedido de amor y luz de todas las maneras que puedas imaginar... Aumenta el sentimiento de amor... (Haga una pausa.)

4° Paso: Ahora observa cómo tu pedido se transforma en la realidad de lo que deseas... Siente en tu corazón que tienes una nueva relación, o que tu salud está mejor... Ahora expresa tu gratitud por ser llevado a lo que necesitas... Aumenta todo lo posible ese sentimiento de gratitud. Siente la realidad de tu deseo, ya sea un trabajo satisfactorio en la vida... o una relación... o mejor salud... o más prosperidad... Báñate en esa vibración jubilosa y afectuosa.

5° Paso: Ahora, abandona suavemente cualquier preocupación que tengas por lo que quieres. Acepta que ahora estás atrayéndolo, o mejor aún para ti... que la inteligencia universal está manejando los detalles... Deja de lado cualquier pensamiento y preocupación por lo que pediste... Sigue sintiendo la energía cálida, leve, alegre. Al contar hasta tres, volverás a la reunión lleno de energía. Uno... dos... tres. Abre los ojos.

6° Paso: Pida a los demás que manifiesten qué les pareció el ejercicio.

## EJERCICIO 4. Tenga una aventura

1° Paso: Antes de abandonar el grupo, haga una cita con alguien del grupo para hacer algo nuevo o divertido para ambos antes de la próxima sesión.

2° Paso: El día de su aventura, pasen unos minutos hablando de su cuestión vital actual y de las posibles respuestas que ya recibieron. Tenga cada uno una libreta a mano por si aparecen mensajes. Observe qué lo lleva a hacer la intuición. Sea espontáneo y expectante (pero sin control-agenda).

3° Paso: Si la semana siguiente está fuera de la ciudad, dondequiera que esté, haga algo divertido y nuevo para usted. A veces, es buena idea buscar el número de teléfono de alguien del grupo y encontrar la mejor hora para llamarlo. Es como una breve llamada de verificación para comunicar si usted recibió o no alguna respuesta a los interrogantes de su vida, y a informar acerca de sus planes de aventura.

## Cierre

Pedidos de apoyo. Intercambio de energía afectuosa.

## CÓMO USAR LA SEGUNDA REVELACIÓN Y AUMENTAR SUS BENEFICIOS

- Tome conciencia de que usted eligió vivir en este momento crucial de la historia.
- Pida apoyo a su yo superior para que le dé mensajes claros.
- Reconozca la cantidad de tiempo que pasa tratando de controlar a hechos y personas.
- Elija actividades gratificantes. Haga menos por obligación (que es distinto de responsabilidad). Elija una actividad que quiera y pueda dejar en este momento con una clara conciencia. Divertirse y crear más tiempo abierto aumenta su nivel de energía e incrementa las posibilidades de coincidencias.
- Reconozca todo apoyo que reciba con gratitud.

## GRUPO DE ESTUDIO
## PARA LA SEGUNDA REVELACIÓN

## Sesión 5

2 horas 30 minutos

*Objetivo de la sesión:* Seguir discutiendo los *insights* individuales sobre el tiempo personal, compartir lo que pasó el día de la aventura y ver qué temas o información se revelaron.

### Inicio de la meditación

Con o sin música, empiece una meditación para relajarse y alinear la energía (ver página 71).

### EJERCICIO 1. Compartir la aventura

*Objetivo:* Cada uno tendrá la oportunidad de contar cómo fue su día de aventura. El objetivo de compartir es dar y recibir *insights* sobre lo que pasó en la aventura y de qué manera contribuyó a arrojar luz sobre una pregunta que está haciéndose actualmente.

*Tiempo:* 2 horas

*Indicaciones:* Si su grupo está formado por quince personas o menos, convendría que se mantuvieran en un solo grupo. Una persona empieza a contar cómo eligió un compañero la semana pasada para la aventura y cómo decidieron adónde ir y por qué. Una vez que terminó el primer compañero, el segundo tendrá la oportunidad de hablar a partir de su propia experiencia.

Para buscar el significado de cada uno de los hechos del día, sería útil hablar sobre el día teniendo estas preguntas in mente:

    a. ¿Cómo eligió a su compañero?

b. ¿Estaba muy entusiasmado con la idea de hacer el ejercicio?

c. ¿De qué manera afectaron el día las expectativas que tenía antes de la aventura? ¿Se vieron colmadas sus expectativas?

d. ¿Qué semejanzas ve entre sus preocupaciones habituales y los hechos o sentimientos que experimentó en su aventura?

e. ¿Cuáles fueron los resultados positivos del día?

f. ¿Qué aprendió?

g. ¿Alguien en el grupo capta *insights* mientras cuentan la historia del día?

En un grupo, una mujer llamada Ellen contó la historia de su experiencia: "Bueno, cuando oí decir *aventura*, pensé, paracaidismo, viaje en globo. Pero cuando Robert me pidió que fuera su compañera en el día de aventura, sugirió que diéramos un paseo por un camino que yo hago tres veces por semana. La idea me pareció aburridísima, pero dije que sí. Sabía que iba con una actitud negativa.

"Antes, íbamos a almorzar. Al llegar al café donde debíamos encontrarnos, vi un Rolls-Royce estacionado en la playa y pensé, '¡Diablos, podría ir en ése!'. Bueno, adivinaron. Era su auto. Todo el día resultó totalmente distinto de lo que yo pensaba y fue interesantísimo oírle contar sus experiencias de vida".

Ellen dijo frente al grupo que su interrogante vital antes de su día de aventura era: "¿Cómo puedo apuntalar mejor mi relación con mi nuevo novio?". Curiosamente, su nuevo amigo también se llamaba Robert y tenía inquietudes parecidas a las de su compañero de aventura. Recién un par de días más tarde se dio cuenta de lo mucho que había aprendido del día de aventura con Robert. Empezó a ver que las expectativas negativas con las que había iniciado ese día constituían un patrón familiar de negatividad que también aplicaba a la nueva relación. Había recibido respuestas, sin duda, con el agregado de un tiempo de práctica en una interacción platónica.

Otra estudiante llamada Denise contó en su grupo de estudio

que la semana anterior había encontrado a un amigo con el que estaba pasando por un mal momento. Habían peleado, las cosas iban de mal en peor, volaban las acusaciones. Cuando iba rumbo a la inauguración de una exposición, todo tipo de demoras impidieron que Denise llegara a tiempo, lo cual enfureció aún más al amigo. Una de las demoras, que mencionó al pasar, se debió a un cortejo fúnebre.

Alguien del grupo le sugirió a Denise que considerara un instante el cortejo fúnebre que se había cruzado en su camino. ¿Podía ser un símbolo significativo, dado que Denise misma, la semana anterior, había recibido el impacto de las "muertes" que había tenido en su tiempo personal? La muerte, había dicho, parecía ser un aspecto importante de transformación, algo tenía que morir o cambiar para que una nueva vida pudiera empezar. De pronto, la metáfora creada por el cortejo fúnebre despertó a Denise a la idea de que algo estaba muriendo en su vida y debía ser sepultado o transformado. Esta toma de conciencia le permitió reconocer los esquemas de dramatización del control con su amigo (que empezaron con la madre) y decidió terminar su relación con el amigo difícil.

## Cierre

Pedidos de apoyo. Intercambio de energía entre todos.

Estudio suplementario
Le convendría volver a leer *La Novena Revelación* y ver si su comprensión de los *insights* cambió desde la primera lectura.

Para la próxima sesión
- Pedir uno o dos voluntarios que traigan algunos objetos de belleza a la próxima reunión, un ramo de flores, o una planta pequeña, un bol con frutas u otro elemento natural especialmente atractivo.
- Traer naranjas y servilletas para cada participante.

# CAPÍTULO 3

# Una cuestión de energía

*Viajando con Wil por las majestuosas montañas de Perú, nuestro personaje llega a la Posada Vicente, una propiedad de una belleza increíble rodeada de plantas exóticas y robles antiguos. Se siente con una energía sorprendente. A medida que va encontrando a varios investigadores que exploran los campos energéticos de las plantas, empieza a descubrir la Tercera Revelación. Al practicar lo que aprende en cuanto a ver la energía concentrándose en la belleza de la naturaleza, ve, sólo por un instante, el campo energético de una planta y cómo puede ser afectado por la conciencia. La idea de que tal vez podamos hacer que ciertos hechos se produzcan con mayor rapidez o lentitud según cómo pensemos, intriga a nuestro personaje. El escepticismo abre paso a una curiosidad y un interés genuinos.*

## LA TERCERA REVELACIÓN

*El universo es energía pura.* La Tercera Revelación nos informa que todo en el universo está hecho de energía, y esta energía crea todas las formas y sustancias de lo que llamamos nuestra realidad. Esta energía, gran océano de vibración, se funde en las infinitas formas de existencia, ya sea en una roca, una ola, una flor, un abrigo en nuestro placard o nosotros mismos. La existencia está hecha de la misma sustancia básica, y está siempre en acción, nace, se desarrolla, se transforma y cambia.

*Somos cocreadores a través de nuestros pensamientos.* La Tercera Revelación revela que todas las cosas son literalmente una y por lo tanto están interconectadas. Desde el momento que toda energía está interconectada, es maleable a la conciencia humana a través de la acción de la intención. Responde, de manera increíble, a nuestras expectativas. Los pensamientos y sentimientos que irradiamos hacen que nuestra energía fluya al mundo y afecte otros sistemas de energía.

*La belleza aumenta nuestra energía.* La Tercera Revelación nos impulsa a poseer la realidad de esta energía universal observándola en la naturaleza y con las personas. Al principio, la forma más fácil de aproximarnos a la visión de la energía es cultivar nuestra apreciación de la belleza. Cuando tomamos conciencia de las cualidades únicas y bellas de la naturaleza o de una persona aumentamos, efectivamente, nuestra vibración en el continuum de la conciencia. Después de ponernos en consonancia con la belleza de un objeto o una persona, el siguiente nivel de percepción será ver la energía en aquello que nos parece bello.

*Tomar conciencia de la energía que aumenta nuestra vibración.* Tomar conciencia de la energía universal es la base para unirnos finalmente al flujo y convertirnos en cocreadores junto con ella. Una vez que sabemos que formamos parte de un sistema vivo de una energía hasta aquí invisible, modificamos una creencia esencial y empezamos a existir en una vibración superior. Cuando nuestra mente lee las palabras en la página y nuestro corazón las reconoce con un "¡Sí, por supuesto!" es porque empezamos a integrar esta Revelación. Para algunos, puede haber una aceleración de hechos y sincronicidades, y para otros, quizás, una esperanza, claridad o confianza nuevas. Es posible que algunos de nosotros debamos pasar por una dolorosa reorganización antes de poder reconstruirnos. Si bien las cosas en nuestras vidas pueden no cambiar con la rapidez que queremos, cambiarán.

Trate de visualizar los estados de ánimo como distintas bandas de frecuencia. Al incorporar las vibraciones de energía más elevadas, como la conciencia, la gratitud, la belleza, la integridad, la alegría y la confianza, en realidad usted está armonizándose más estrechamente con la energía universal. La vida diaria se ve impulsada por su capacidad para mantenerse conectado mediante la conciencia y aunque haya momentos en que sienta estrés, tendrá más posibilidades de mantenerse conectado con el pulso de su guía espiritual. Cuando usted se cuida, paga su alquiler, comparte con otros, lo que está haciendo es construir una base sólida que lo sustente en tiempos de duda. Cada *insight* y cada conexión que establece con los demás que también están creciendo lo lleva a un nivel superior. Cada movimiento facilita el siguiente.

## Conciencia celular

¿Qué tiene en común un filodendro con un pote de yogur? En 1973, un libro, *The Secret Life of Plants*, fascinó a lectores de todo el mundo con historias de investigaciones experimentales que mostraban los poderes asombrosos de las plantas. Entre esos poderes estaba la capacidad para detectar qué pensaban los humanos, aun a kilómetros de distancia (en un minuto analizaremos esto). Si bien la búsqueda de una sustancia básica de vida continúa desde los antiguos griegos, en la década de los '60 surgió un nuevo campo de la bioenergética que sacó a relucir la existencia de una energía invisible que se comunica en forma inteligente.

Un día fatídico de 1966, Cleve Backster, experto nortea-mericano en exámenes con polígrafo (la prueba del detector de mentiras), jugando, conectó su galvanómetro con la planta de filodendro que había en su oficina. Para ver qué clase de reacción —si la había— podía registrar, decidió mojar las hojas en el café caliente que tenía en la mano. Como no hubo ninguna reacción, empezó a pensar en una amenaza más seria para la planta. En cuanto pensó en quemar la hoja con un fósforo, el galvanómetro se volvió loco. Las reacciones que vio en su máquina esa noche derivaron en cientos de otros experimentos que sirvieron para probar que las plantas tienen la capacidad de "pensar". Al parecer, las plantas, en general conectadas entre sí, monitorean los movimientos de los seres humanos y los animales en el medio ambiente hasta a nivel celular. Por ejemplo: en un experimento en el que un investigador destruyó a propósito una de dos plantas, la planta sobreviviente pudo identificar correctamente al culpable entre otras seis personas. En una demostración de la capacidad de la planta para detectar actos de violencia aun más sutiles, también reaccionó cuando un investigador se disponía a comer un pote de yogur. Al verter un poco de mermelada en el yogur, el conservador de la mermelada causó la muerte de algunos de los bacilos vivos del yogur. Esta muerte celular fue registrada por la planta.[1]

A partir de entonces, se inició una investigación seria tendiente a unir los campos de la ciencia y la metafísica. En la década de los '70, un investigador, el químico Marcel Vogel, trabajó intensamente con las plantas y su sensibilidad a los seres humanos y su capacidad de registrar las emociones y los pensamientos humanos. En una conferencia afirmó:

> Es un hecho: el hombre puede comunicarse y se comunica efectivamente con la vida de las plantas. Las plantas son... instrumentos sumamente sensibles para medir las emociones humanas. Irradian fuerzas energéticas benéficas para el hombre. ¡Podemos sentir esas fuerzas! Se alimentan en nuestro propio campo de fuerzas, que a su vez devuelve energía a la planta... los indios americanos eran perfectamente conscientes de estas facultades. Cuando les hacía falta, iban a los bosques. Con los brazos abiertos, apoyaban la espalda contra un pino para volver a llenarse de su poder.[2]

Aparentemente, la vida retiene memoria y receptividad de los sentidos —capacidad para percibir— aun a nivel molecular. Los experimentos a nivel celular realizados por Backster y por el doctor Howard Miller, citólogo, revelaron que

> las células del esperma resultaron ser asombro-samente astutas, ya que parecen capaces de

identificar y reaccionar a la presencia de su propio dador, ignorando la presencia de otros machos. Dichas observaciones darían a entender que una especie de memoria total puede llegar hasta la célula individual... La percepción... no se detiene a nivel celular. Puede llegar hasta lo molecular, lo atómico o incluso lo subatómico. Es posible que un montón de cosas que fueron convencionalmente consideradas inanimadas deban ser reevaluadas.[3]

Si bien podemos no ser conscientes de estas conexiones minúsculas, estamos empezando a darnos cuenta de que vivimos dentro de una inteligencia mayor que la nuestra. La vida, el flujo eterno de energía viva, es fruto de nuestra intención y atención y *está pensada para satisfacer nuestras necesidades* a través de la huella dentro de nuestro ADN celular. Con el poder de la conciencia activamos nuestro campo y atraemos, a su debido tiempo, lo que necesitamos.

## Cada uno se desarrolla a su propio ritmo

En la novela, nuestro personaje a menudo hace comentarios estilo "No entendía exactamente a qué apuntaba Dobson"."No sé muy bien qué significa eso". "Seguía confundido"; o "Me daba la impresión de que la historia continuaba pero yo no la captaba". Es posible que usted también haya tenido esa sensación al leer *La Novena Revelación* una vez, dos o incluso varias veces. Tal vez usted tenga una tendencia a querer recibir todas las Revelaciones de golpe, entenderlas, usarlas y avanzar rápido hacia una nueva vida. En lugar de tratar de solidificar, codificar o aferrarse a su excitación respecto de las Revelaciones, acepte que está aprendiendo e integrando estas ideas a su propio ritmo.

Por ejemplo, la Tercera Revelación nos dice que aprenderemos a ver las energías invisibles alrededor de las plantas y las personas. Algunos de nosotros vemos ese campo y muchos más lo verán en el futuro cercano. Para algunos será más fácil que para otros. Lo importante con la Tercera Revelación es aceptar la realidad de la energía universal.

En *The Adventure of Self-Discovery*, el doctor Stanislav Grof escribe:

> Una experiencia muy común en el modo holotrópico —respiración— es ver los campos energéticos de distintos colores alrededor de otras personas que corresponden a las descripciones tradicionales de las auras. Ocasionalmente, están asociados con *insights* espontáneos específicos referidos al estado de salud de las personas implicadas. Yo he visto personalmente fenómenos de este tipo, no sólo en individuos en estados excepcionales de conciencia, sino también en mediums declarados que pueden usar su capacidad para ver las auras en forma confiable en su vida de todos los días. La capacidad extraordinaria de uno de estos mediums, Jack Schwartz, para leer la historia clínica de sus clientes y diagnosticar enfermedades ha sido puesta a prueba en reiteradas oportunidades y documentada por investigadores médicos de primer nivel.[4]

Es posible que usted vea la energía o que la sienta de otras maneras. Algunas personas interpretan la energía como un conocimiento interior y podrían expresarlo como: "Siento un gran poder en ese árbol. Siento cómo sus raíces buscan el centro de la tierra. Puedo sentir su sabiduría, y su edad". O: "El árbol es como una bendición, un refugio, un maestro". Otros, más en armonía con las vibraciones de sonidos, podrían decir: "Me encanta oír el crujir de las ramas, y oigo cómo las hojas me susurran alentándome".

Si usted no puede ver los campos de energía en la naturaleza, no se preocupe. Una mujer dijo: "Llegué a la Tercera Revelación y dejé el libro. Bajé la escalera para ver a mi gata. Es tan linda, que pensé que podría ver su energía. Me concentré todo lo posible en su belleza pero fue inútil, ¡no pude ver el campo!". Continúe con sus experimentos si quiere, pero no dé por

> ... el cuerpo irradia varias formas de energía que pueden medirse con los instrumentos de la ciencia occidental. Todos nosotros estamos rodeados por un aura, por calor radiante, si se quiere; una mano sensible puede percibir ese calor a varias pulgadas de la piel y una resistencia térmica y sensores infrarrojos pueden hacerlo desde una distancia mucho mayor... Existimos como campos entrecruzados... disponemos de muchas formas para sentirnos mutuamente a distancia.
>
> GEORGE LEONARD,
> *The Ultimate Athlete*[5]

sentado que no evoluciona porque todavía no es capaz de ver la energía.

El corazón se despierta con el tiempo. Para que sus *insights* se conviertan en sabiduría, necesitan un terreno fértil para echar sus raíces y tiempo para hacerse más profundos.

## Terreno fértil

Una mente serena es un lugar bueno para empezar. En *La Novena Revelación* la vieja y bella propiedad de la Posada Vicente le proporcionó a nuestro personaje un refugio en el cual se sintió reanimado. En ese ambiente sustentador pudo responder a algunas de las sugerencias para ver energía, comunicarse con robles gigantes y apreciar la belleza. Si hubiera estado bajando por una calle en el centro de una zona metropolitana, le habría resultado más difícil realizar esas tareas. Cuando nuestra intención es clara, aunque no parezca un deseo particularmente espiritual, el resultado en general supera la expectativa. Si usted está ansioso por aplicar las Revelaciones en su vida, pregúntese antes: "¿Cómo puedo mejorar mi contacto con la belleza natural?".

La estabilidad desarrollada al cultivar hábitos diarios constituye un terreno fértil para profundizar nuestras raíces espirituales. Paradójicamente, hay otras ocasiones en las que nuestra mayor fertilidad se halla en la adversidad y el desafío, donde se pone a prueba la fuerza de nuestras ideas. Como señaló un observador al hablar de su deseo de tener una comprensión espiritual instantánea: "Supongo que siempre quiero tomar la flor sin esperar hasta que se desarrollen las semillas". Deje que su comprensión de las Revelaciones se desarrolle gradualmente si es así como se dan las cosas. Si desea una plenitud espiritual mayor, conviene que se pregunte: "¿Me cuido bien en mi vida de todos los días?".

## La energía irradiada afecta a todos

En la India existe una creencia según la cual si hay una sola persona santa en una aldea, toda la aldea se beneficia con su iluminación. El doctor Patrick Tribble, de Albany, California, relata cómo observó el efecto de la energía de una persona en los demás:

"Tuve la suerte de conocer a la pintora Elizabeth Brunner, que había sido amiga de varios líderes del mundo como Gandhi y Nehru. Fui a su casa en una oportunidad cuando tenía ya más de ochenta años y me sorprendió ver que tenía un aura que se extendía alrededor de doce metros más allá de su cuerpo físico. Vi cómo iban a visitarla y simplemente estando en su presencia las personas se volvían de inmediato amables y cariñosas, aunque fueran naturalmente codiciosas. Tal era su dedicación a Dios."

Muchos leyeron *La Novena Revelación* y sintieron una gran energía y excitación. Es posible que le haya parecido que las Revelaciones le resultaban familiares. El hecho de que armonice con las Revelaciones muestra que ya ha estado haciendo preparativos para el cambio en la conciencia. Recuerde, puede llevarle tiempo integrar su comprensión de las Revelaciones con su esquema existente de creencias.

Si siente el deseo de aportar algo más profundo a los demás a través de su vida y su trabajo, ya está irradiando un nivel de sustento que contribuye al crecimiento de un nuevo pensamiento. Su contribución es ser usted tan plenamente como pueda serlo. Usted es un ser radiante. Pregúntese: "¿Me respeto y me gusta quién soy?".

# Campos energéticos

A comienzos de este siglo, fotografías de una luminiscencia misteriosa que emanaba de las hojas, los objetos inanimados y las huellas digitales de los seres humanos nos proporcionaron la validación visual de aquello a lo cual los místicos siempre llamaron aura. Por ejemplo: mucha gente cree que la fotografía Kirlian, cuyo nombre deriva de la pareja rusa que inventó el proceso, muestra este campo de energía. En la década del '70, una investigación más exhaustiva realizada por uno de los expertos en cristales del mundo, William A. Tiller en la Stanford University, llevó a considerar que "la radiación o la energía salida de una hoja o una huella digital humana en realidad podría surgir de cualquier cosa presente *antes de la formación de la materia sólida*... puede ser otro nivel de sustancia que produce un holograma, un esquema coherente de energía de una hoja que es un campo de fuerza para organizar la materia para que se construya a sí misma en esta especie de red física.[6]

> Una investigación que comprende más de mil setecientos experimentos demuestra que el ADN en las células vivas puede comunicarse con otras células cercanas a través de la transmisión de energía en forma de luz. Estos resultados indican que las células pueden comunicarse entre sí independientemente de la bioquímica y de los sistemas orgánicos tales como el sistema circulatorio, el sistema nervioso o el sistema inmune.
>
> LEONARD LASKOW,
> *Healing with Love*[7]

Al terminar la última década del siglo XX, la búsqueda científica de pruebas de lo inefable continúa. Si bien estos proyectos de investigación esotérica permanecen en la periferia de la mayoría de nuestras vidas, es posible que sus descubrimientos nos alcancen a través del inconsciente colectivo (nuestro sistema de telecomunicaciones), como si nos enviaran mensajes por correo. Estos cambios inconscientes en la comprensión crean el terreno fértil en los cuales pueden echar raíces las Revelaciones del Manuscrito.

# La energía responde a nuestras expectativas

La información parece llegarnos cuando la necesitamos. Quizá más exactamente, la información es una corriente constante, y nuestra intención inicia un proceso de selección de lo que es importante para la necesidad. Como la tecla de la función Bold en la computadora, la intención selecciona qué necesitamos saber.

Al pasar a una vibración superior, los mensajes tienden a ingresar más rápido. Cuando usamos nuestros dones y capacidades con la intención correcta, las cosas llegan a nosotros.

Si usted no está experimentando ese flujo en este momento, cambie su intención para recibir la señal que lo haga volver a su camino. Esperando esto, durante el día, encontrará gente con mensajes importantes para su necesidad. Al agudizar su conciencia de este fenómeno éste tiende a fortalecerse.

Vuelva a pensar en un proyecto que realmente le gustaba hacer. ¿Empezó a fluir mejor la energía? ¿Cómo empezaron a ponerse las cosas en su lugar? ¿Algún amigo le mencionó fuentes importantes de información o libros? Generalmente, el flujo hacia los logros se produce gracias a una combinación de intención consciente y atracción inconsciente.

Digamos que usted decidió crear un área más agradable en la galería de su casa para sus meditaciones. Decide que quedarían muy lindas unas plantas en macetas. Recuerda que tiene una amiga con "mano verde" y le pide específicamente ayuda: "Dime, Barbara, ¿conoces algún libro bueno sobre jardinería en macetas?". Ella también se entusiasma con su proyecto y ahora puede imaginar vívidamente buganvillas magenta y enredaderas con alverjas rosadas y amarillas. La expectativa crece. Su conciencia de las distintas clases de plantas se activa mientras recorre barrios con patios que hasta ahora le habían parecido insignificantes. Cuando pasa por una guardería, su mirada detecta instantáneamente un grupo de canteros mexicanos al fondo. El mes pasado probablemente no habría notado la guardería en esa esquina porque su mente todavía no había formulado esa necesidad. Entonces, curiosamente, sus vecinos se mudan y le dejan un almácigo con hierbas. Para su cumpleaños, dos amigos le regalan geranios y un árbol de limón en maceta. Finalmente, llega un momento, quizás al atardecer, en que mira a su alrededor y se da cuenta de que su sueño de plantas y flores abundantes alrededor de su sillón para meditar se ha hecho realidad.

La vida que tiene en este momento es el cuadro completo de sus creencias y pensamientos actuales y sus respuestas pasadas.

## La búsqueda de mensajes en los hechos de cada día

Nunca sabemos exactamente cómo aparecerá la energía universal con un mensaje para nosotros. Por ejemplo: una mujer que conocemos recibió la noticia de que iba a ser la nueva directora de una guardia psiquiátrica cuando llevaba solamente seis meses trabajando en un hospital. La había ascendido por encima de alguien que llevaba allí más tiempo y tenía un ataque de ansiedad momentánea ante la idea de asumir esta nueva responsabilidad. Justo en ese momento, una colega de su empleo anterior la llamó para charlar y le dijo que había estado pensando en ella. "Nunca te había dicho lo mucho que valoré tu colaboración en el diseño de nuestro programa el año pasado. Generaste una actitud totalmente nueva en el tiempo que estuviste. ¡Te extrañamos de veras!"

Podía optar por tomar esta llamada simplemente como una charla amistosa, o podía observar que era un signo de aliento por el cual veía confirmado que estaba en el camino correcto, que no se preocupara.

Como experimento, lleve su diario o una libretita todo el día durante tres días y escriba todos los mensajes o lecciones importantes que recoja de los encuentros diarios en persona o por teléfono. Tal vez se lleve una sorpresa al ver el patrón que aparece.

# Trampas que causan una pérdida de energía

Aun cuando usted puede haber aprendido a acentuar lo positivo en sus actitudes y hasta haber empezado a usar un lenguaje positivo más consciente, es posible que todavía experimente drenajes de energía que aparentemente hacen más lenta su evolución. La rabia, el miedo, el resentimiento, la distancia, el escepticismo y el ponerse en víctima, para no mencionar el cansancio liso y llano, constituyen circunstancias comunes en la vida para la mayoría de nosotros. Al principio, al abrirse a una conciencia más elevada de su vida, tal vez empiece a experimentar estos estados más seguido o en forma más intensa.

Varias veces en la novela, nuestro personaje empieza a venirse abajo, se siente confundido, le cuesta tomar una decisión o reacciona a lo que lo rodea con miedo, ansiedad y desconfianza. Todos estos son signos de que su energía bajó. Todos pasamos por estos períodos. ¿Qué debemos hacer?

# Ponerse en contacto con la propia energía tal como es

Si siente baja su energía y necesita un impulso, primero póngase en contacto con su cuerpo para identificar exactamente qué siente. En la mayoría de los casos, le resultará útil escribir sus sensaciones en el diario. Una mujer nos dijo: "El otro día en el trabajo me sentía terriblemente ansiosa. No tenía idea de lo que me pasaba. Estaba en el escritorio de otra persona y no me podía ir. No tenía mi diario, así que escribí en el dorso de un sobre.

"Me di cuenta de que estaba reaccionando de manera excesiva al miedo de no poder manejar bien el sistema telefónico en ese escritorio y pensaba que iba a sentirme fácilmente desbordada si entraban más de dos llamadas al mismo tiempo. El miedo más profundo detrás del pánico era que soy nueva en el trabajo y me aterra cometer errores y que me echen. Sea como fuere, recé para que los teléfonos no sonaran al mismo tiempo ¡y no sonaron! Tengo la impresión de que, últimamente, hasta mis ruegos pequeños son más atendidos."

## Seguir respirando

Independientemente de donde estemos, tenemos nuestra respiración. Muchas veces podemos calmarnos rápidamente con sólo prestar atención a nuestra respiración durante unos minutos.

Si se siente agotado, trate de sentarse tranquilamente e imagine que una cuerda fuerte se extiende desde la base de su columna hasta el suelo. Imagine que saca parte de la poderosa energía de la tierra, la sube por la cuerda y la lleva hasta el centro de su pecho. Luego, imagine que abre el extremo de su cabeza y deja que una cuerda plateada salga para arriba hasta el cielo. Deje que el flujo de energía sanadora y vigorizante baje por su cuerda hasta el centro de su pecho que se conecta con la energía de la tierra. Muy pronto debería experimentar un cambio en su energía.

En otras ocasiones, sentirá que la energía lo desborda. Por ejemplo, en una discusión acalorada. Si quiere calmarse, le conviene ir a otro cuarto o a un lugar neutral tranquilo y sentarse con los ojos cerrados. Nuevamente, puede resultar útil visualizar una cuerda fuerte conectada al extremo de su columna vertebral y extendida hasta la tierra. Deje que su exceso de energía drene por esa cuerda y vuelva a la energía de la tierra.

Los maestros orientales perfeccionaron la capacidad de cultivar la energía con la respiración y hay muchos libros buenos sobre prácticas antiguas como el pranayama y chi kung. Le convendría practicar alguna de ellas.

Tanto en el caso de la hiper como de la hipoenergía, una caminata breve de cinco o diez minutos también puede hacer maravillas.

# Traer la luz

Un ejercicio simple que puede hacer para energetizarse o para resolver un problema es imaginarse rodeado por una luz. Es muy bueno para hacer en las pausas del trabajo o en cualquier lugar en el cual no quiera llamar la atención. Cierre los ojos brevemente (o apoye los ojos cerrados en las palmas de sus manos). Imagine que lo baña una gran lluvia de luz y lo envuelve en un resplandor. Disfrute este baño de sol interior. Sienta el calor y el brillo de la luz. Imagine que el cuarto en el que está sentado está inundado de esta luz. Tómese unos minutos para intensificar la imagen. Repita la experiencia varias veces al día durante una semana y vea si observa cambios en usted o en quienes lo rodean. Ellos también reciben la luz y la energía, lo sepan o no.

## RESUMEN DE LA TERCERA REVELACIÓN

La Tercera Revelación describe nuestra nueva visión del universo como energía dinámica. Al mirar el mundo que nos rodea, ya no podemos pensar que todo está compuesto de sustancia material. A partir de los numerosos hallazgos de la física moderna y la creciente síntesis con la sabiduría de Oriente, llegamos a conocer al universo como un inmenso campo de energía, un mundo cuántico en el cual todos los fenómenos están interconectados y sensibilizados. En base a la sabiduría del pensamiento oriental, sabemos que nosotros mismos tenemos acceso a esa energía universal. Podemos proyectarla hacia afuera con nuestros pensamientos e intenciones, influyendo sobre nuestra realidad y la realidad de otros.

## ESTUDIO INDIVIDUAL
## DE LA TERCERA REVELACIÓN

### *Aumentar la apreciación de la belleza*

En los próximos uno o dos meses, propóngase visitar un

parque, una iglesia o templo (esencialmente cuando está vacío y tranquilo) o un museo de arte. ¿Cómo se siente allí?

Una noche por semana camine sin prisa por una calle que tenga árboles y jardines especialmente lindos. Esa noche, siga con el ánimo tranquilo y no vea televisión. ¿Cómo se siente al día siguiente? Compare estas experiencias con la energía que siente cuando está en un supermercado o una estación de servicio.

Propóngase conectarse cada día con algo bello en la naturaleza. Mire cómo se abre una flor.

## Conectarse con la energía

### Ver la energía en la naturaleza

¿Cuánto hace que no va a un bosque o una plaza incluso? Tal vez vive junto a un río, un lago o el mar pero "nunca tiene tiempo" de ir. Establezca una cita con usted mismo para pasar algún período de revigorización en la naturaleza.

Cuando esté en medio de la naturaleza, puede intentar el experimento mencionado en la novela. Siéntese cómodamente en algún lugar y concentre su atención en la belleza de las formas de una planta o un árbol especiales. ¿Alguna planta parece más bella que otra?

Si quiere tratar de ver la franja radiante de luz alrededor de una planta o un árbol, las mejores horas del día son quizás el amanecer y el atardecer. No mire fijo al observar los bordes externos de la planta. Siéntese tranquilo y vea a ese ser vivo en toda su grandeza. Respire la belleza y llene su ser con ella. Deje que su cuerpo se expanda con toda la belleza que siente. Imagínese que está conectado con la planta. Sienta su energía viva. Continúe absorbiendo la energía, sin enfocar directamente hasta detectar una franja azulada de luz. Si no la ve realmente, finja por un momento que la ve.

## Ver la energía en sus manos

Para ver el campo de energía en sus propias manos haga el siguiente ejercicio. Siéntese cómodo en una posición en la que tenga cielo azul frente a usted. Junte las puntas de los dedos índices. Mantenga el cielo azul al fondo. Ahora separe las puntas unos dos centímetros y medio y mire el área que está directamente entre ellas. Saque los ojos un poco de foco y acerque las puntas, luego aléjelas. Coloque la mirada en el área que queda entre sus dedos. Deje que las huellas de sus dedos se vuelvan ligeramente borrosas. Tendría que ver algo parecido a hebras de humo o niebla estirándose entre las puntas.

También puede mantener las palmas o los antebrazos muy cerca y ver las líneas de energía entre ellos.

## Ver la energía alrededor de las personas o las plantas

Resulta más fácil ver los campos de energía si se enfocan menos los detalles de una forma o cara. En una habitación, mantenga la luz baja, y coloque a su persona u objeto contra una luz fuerte o sobre un fondo totalmente oscuro. Trate de mirar el contorno de un amigo contra el cielo para ver la franja resplandeciente de luz que rodea su cuerpo. En ambos casos, entrecierre los ojos para borrar ligeramente su visión.

## Sentir la energía en sus manos

Frótese enérgicamente las palmas de las manos durante uno o dos minutos. Ahueque las dos palmas enfrentadas y perciba la sensación de hormigueo en el espacio entre ellas. Aumente y disminuya levemente el espacio entre sus palmas. Imagine que tiene una bola de luz radiante en ese espacio. Sienta su presencia y su densidad al mover ligeramente las manos. Puede colocar esta energía concentrando la conciencia en algún lugar de su cuerpo y dejar que lo energetice o lo sane.

## Cómo crear energía en casa

Una vez que usted empiece a tomar conciencia de los distintos cambios de energía en su cuerpo, es más probable que quiera aumentar su vitalidad de la manera que le resulte adecuada para el momento. Aumentar la energía no tiene por qué ser complicado o costar. La energía aumenta cuando usted está totalmente presente y no vive ni en el pasado ni en el futuro. El ingrediente más importante es la conciencia concentrada en el momento. Pruebe algo de esto:

- Lleve energía a todas las partes de su cuerpo respirando conscientemente.
- Haga quince minutos de elongación yoga
- Escuche su grabación ambiental favorita de sonidos naturales o música de percusión.
- Aprecie la belleza de un ramo de flores frescas
- Haga jardinería
- Tómese el tiempo de admirar una vista desde su casa o en los alrededores.
- Medite para aquietar la mente y luego báñese en luz interior
- Baile

## Cómo aumentar la energía en el trabajo

- Concéntrese. Imagine que está conectado con la energía de la tierra y del cielo. Báñese en luz interior.
- Tenga objetos con significado personal, como posters, fotos y afirmaciones positivas o citas espirituales en su escritorio.
- Salga a caminar a mediodía. Concéntrese en ver la belleza en los que pasan, en una fuente, una escultura o una plaza.
- Haga una pausa de cinco minutos para estirarse cada dos horas.

> Si su intención es comunicar energía afectiva no puede fallar de ninguna manera... porque en los ámbitos sutiles la intención es acción.
>
> LEONARD LASKOW,
> *Healing with Love*[8]

- Riegue una planta muy lentamente y escuche el sonido del agua.
- Tenga flores frescas en su escritorio y respire su belleza durante unos minutos.
- Pase una grabación ambiental de sonidos naturales si su lugar de trabajo se lo permite.

## GRUPO DE ESTUDIO
## PARA LA TERCERA REVELACIÓN

### *Sesión 6*

2 horas 30 minutos

*Objetivo de la sesión*: Ver cómo entienden otros la Tercera Revelación y trabajar con la energía.

*Preparación*: Alguien debería traer un objeto de belleza, tal vez un ramo de flores, una plantita, un bol con frutas u otro elemento natural atractivo.

### Introducción

Los participantes comparten durante unos minutos los *insights*, coincidencias o ideas inconclusas de la semana anterior. La energía debe concentrarse en compartir puntos específicos sobre las Revelaciones.

### EJERCICIO 1. Discusión de la Tercera Revelación

*Objetivo*: Descubrir los tipos de creencias que tenemos ahora respecto de esta Revelación y escuchar cómo la entienden los demás.

*Tiempo*: 30 minutos

*Indicaciones*: Una persona lee en voz alta la sinopsis de la Tercera Revelación en la página 78 de este capítulo (hasta "Conciencia celular") y luego se utilizan los siguientes tópicos para discusión:

- ¿Qué impresión tuvieron al leer este capítulo en la novela?
- ¿Cuántas personas son escépticas en cuanto a esta idea? ¿Por qué? ¿Cuántas aceptaron fácilmente este capítulo? ¿Por qué?
- ¿Pudo alguien ver la energía? ¿Cómo lo hizo?
- ¿Vieron estos campos de energía cuando eran chicos?
- ¿Cómo aumentan su energía los que están en el grupo en su casa? ¿En el trabajo?
- ¿Cuántas personas hacen caminatas en la naturaleza?
- ¿Qué libros y recursos pueden compartir sobre la naturaleza de la energía y cómo trabajar con ella?

Una vez que la discusión parece concluida, continuar con el siguiente ejercicio.

Nota: El siguiente ejercicio de apreciación puede enriquecerse con un fondo de música evocadora o una grabación ambiental como los sonidos de un arroyo, cantos de pájaros o el mar.

## EJERCICIO 2. Ejercitación para apreciar la belleza

*Objetivo*: (a) Practicar cómo prestar atención a lo que tenemos ante nosotros; (b) conectarnos con la belleza y elevar nuestra conciencia a un nivel superior, enriqueciendo así nuestra conexión con la energía espiritual; (c) estimular la capacidad de ver la energía; (d) observar cómo proyectamos cualidades nuestras a objetos externos.

*Tiempo*: Aproximadamente 5-10 minutos para la observación, 10 minutos para escribir en el diario y 20 minutos para compartir experiencias.

*Indicaciones*:
1° Paso: Colocar uno de los objetos de belleza traídos a la

reunión en el centro del grupo para que todos lo vean claramente.

2° Paso: Un voluntario guía al grupo en la meditación leyendo los siguientes pasos en el transcurso de la meditación. Empezar haciendo la breve meditación de relajación en la página 71 para aunar las energías del grupo.

3° Paso: Después de la relajación, cada uno dirige su conciencia plena al objeto elegido para apreciar

4° Paso: Tome conciencia de la elegancia de la forma, la intensidad del color, la luz en la superficie y la presencia específica del objeto. ¿Qué lo hace único?

5° Paso: Beba la esencia del objeto. Respire sus mejores cualidades como si pudiera absorber esas cualidades en su interior.

6° Paso: Mire los detalles y observe cómo contribuye cada uno al todo. Ahora mire el objeto entero y sienta su grandeza aunque sea pequeño y sutil. Ejercítese pasando de la visión pequeña a la amplia. Ahora trate de ver el objeto grande, como si llenara todo el cuarto que tiene enfrente. Llévelo nuevamente a su tamaño normal.

7° Paso: Desenfoque ligeramente su visión y trate de ver un brillo alrededor del objeto. ¿Puede ver radiaciones de algún tipo en el objeto?

8° Paso: Por último, pregúntese: "¿En qué me parezco a este objeto?".

9° Paso: Después observar unos minutos el objeto, deje que su energía le diga cuando terminó. Tómese un momento para escribir *las cosas más importantes* que observó respecto del objeto. Escriba también su respuesta a la pregunta "¿En qué me parezco a este objeto?"

10° Paso: Todos los miembros del grupo deben tener la posibilidad de compartir sus observaciones, sentimientos y escribir sobre el objeto. *Observe que la parte de la belleza del objeto que más se destaca para cada persona refleja cualidades que ella ya posee.*

## Ejercicio 3. La experiencia de la alimentación consciente

*Objetivo*: Tomar conciencia de la manera en que la comida puede proporcionar más que simples nutrientes, y detenerse y observar las experiencias simples de la vida y lo que pueden brindarnos.

*Tiempo*: Unos 5 minutos comiendo y 10 minutos para compartir la experiencia.

*Indicaciones*:
1° Paso: Cada persona toma una naranja y una servilleta.
2° Paso: Coma su naranja y preste atención a su aroma, textura, sabor, energía y a los ruidos al comerla. Llénese con la energía de esta fruta.
3° Paso: Comparta lo que aprendió de esta experiencia.

## Ejercicio 4. Apreciación mutua

*Objetivo*: La práctica de ver la belleza y la energía de otra persona.

*Tiempo*: Alrededor de 10 minutos.

*Indicaciones*: Para este proceso convendría poner música suave y bajar un poco la luz. Los participantes se sientan de a dos frente a frente, de manera que por lo menos uno de ellos tenga un fondo más oscuro atrás. Mantener silencio durante el proceso. Alguien debe indicar cuándo pasan 7 u 8 minutos para que todos tengan tiempo de retirarse del proceso.
1° Paso: Empiece a concentrarse en la singularidad de la otra persona. Aprecie su ser. Vea su belleza.
2° Paso: Imagine que envía energía luminosa suya a esa persona, bañándola en un cálido resplandor de energía radiante.
3° Paso: Concéntrese en las cualidades únicas de esa persona y continúe viéndola como un ser bello, radiante.
4° Paso: Después de unos 7 u 8 minutos, suavemente las dos personas se apartan y se dan mutuamente las gracias.

5° Paso: Cada uno describe luego qué pasó durante la experiencia.

## Cierre

Pedidos de apoyo. Transmisión de energía a cada persona.

Estudio complementario
Convendría hacer el Estudio Individual para la ejercitación de ver la energía en las plantas o con gente.

# Cómo Usar la Tercera Revelación y Aumentar sus Beneficios

- Esta semana, pase algo de tiempo en un ambiente natural.
- Haga el ejercicio de concentrarse en un árbol o una planta por lo menos una vez en esta semana e imagine una franja de luz alrededor.
- Vea si puede embellecer su entorno en pequeños detalles.
- Observe los cambios de energía cada día y ejercítese generando energía conscientemente por lo menos una vez.
- Ejercítese viendo la belleza en sus amigos, su familia y sus compañeros de trabajo.

# Capítulo 4

# La lucha por el poder

*Después de abandonar la belleza apartada de la Posada Vicente, nuestro personaje y Wil se internan en las montañas y continúan su viaje hacia los picos más altos. "Manténte alerta —dice Wil—, porque ahora las coincidencias se producirán en forma regular y debes observar los hechos atentamente." Casi como un eco, los dos paran para pasar la noche y son testigos de una escena explosiva entre miembros de una familia durante la cena. En momentos en que nuestro aventurero analiza la idea de que la energía fluye entre las personas, él y Wil se encuentran inesperadamente con un psicólogo que estudia el conflicto humano. Nuestro personaje experimenta directamente el movimiento de la energía al verse capturado, sucesivamente por Marjorie, la investigadora de Vicente y luego interrogado por Jensen, un arqueólogo que también busca el Manuscrito. Bajo la influencia de Jensen, empieza a sentirse confundido y a no saber qué hacer. Wil llega justo a tiempo para convencerlo de continuar con la búsqueda del resto del Manuscrito.*

## LA CUARTA REVELACIÓN

La Cuarta Revelación nos dice que los seres humanos competimos entre sí por la energía. Lo hacemos inconscientemente en cada encuentro. Observando nuestras interacciones y las de los demás, podemos tomar conciencia de esta competencia y empezar a comprender la naturaleza implícita del conflicto humano. Al ser más conscientes también nos damos cuenta de que la energía adquirida de esta forma no dura mucho tiempo. Una mayor concientización nos permite ver que la verdadera energía que buscamos procede de una fuente universal. No tenemos por qué obtenerla de otra persona.

A medida que somos más conscientes de nuestra tendencia a controlar, a debilitar, a ser más vivos y a complacer a los demás, empezamos a perder estos hábitos.

## La lucha por el poder

Es posible que la lucha por el poder empiece ya con los primeros gritos que damos para anunciar nuestro ingreso en el mundo. Nuestro instinto de supervivencia está acompañado por las necesidades psicológicas y espirituales de seguridad, intimidad, bienestar financiero, un sentido de pertenencia, reconocimiento y control sobre nuestras vidas. El tratar de mantener nuestras necesidades en una suerte de equilibrio precede de todo lo que intentamos realizar en el mundo exterior. Cuando aparece una necesidad tendemos a concentrar toda nuestra energía para satisfacerla.

> La necesidad de controlar y la búsqueda adictiva del dominio es una búsqueda universal tendiente a evitar el vacío interior. Debido a su propósito y a que forma los cimientos de todas las adicciones enfermizas, se ha hecho merecedora del rótulo de Adicción Maestra.
>
> PHILIP KAVANAUGH,
> *Magnificent Addiction*[1]

## La temprana infancia

El "tener que controlar" para mantener la energía es una situación que empieza en la infancia. De chicos, para sobrevivir, dependemos de los adultos que nos cuidan y desarrollamos formas muy específicas de obtener energía de nuestro sistema familiar. Recibir amor suficiente para sentirnos seguros y el reconocimiento suficiente que nos ayude a formar nuestra identidad es crucial para nuestro desarrollo. Ana Frank, que escribió con tanta percepción sobre su vida familiar en *Anne Frank: The Diary of a Young Girl*, expresó sus sentimientos en cuanto al equilibrio de poder entre ella misma, su hermana, Margot, y su padre:

> Con papá es distinto. Si alza a Margot, por ejemplo, aprueba lo que hace, la elogia y la acaricia, algo me carcome interiormente porque adoro a papá. Es a él a quien miro. Es lo único que amo en el mundo. No se da cuenta de que no me trata como a Margot. Claro, Margot es la chica más linda, más dulce y más bella del mundo. Pero de todos modos, tengo derecho a que me tomen en serio a mí también. Siempre fui la tonta, la que no hace nada bien en la familia. Siempre tuve que pagar el doble por mis acciones, primero con retos y después nuevamente por la forma en que quedan heridos mis sentimientos. Pero ya no estoy para nada satisfecha con este aparente favoritismo. Quiero algo de papá que él no es capaz de darme... Es que ansío el amor real de papá: no sólo como su hija, sino como yo, Ana, yo misma.[2]

Las palabras de Ana nos hablan a todos aquellos que vivimos la rivalidad entre hermanos, la competencia, la incapacidad de agradar a la persona que amamos y el sentimiento de ser invisibles. Los vestigios languidecientes del dolor temprano, el desdén, el maltrato, el miedo, el abandono, la indiferencia y la culpa constituyen el caldo de cultivo de nuestra lucha por controlar. Los embalamos junto con nuestros cuerpos desarrollados y nuestros diplomas al convertirnos en adultos y finalmente estas experiencias tempranas desencadenan la formación de estilos particulares de obtención de energía (estos "dramas de control" serán tratados en el Capítulo 6).

# La vida cotidiana es el intercambio de energía

Tal como lo muestran claramente la Tercera y la Cuarta Revelaciones, el intercambio de energía se produce de una manera tan constante y ubicua que prácticamente no somos conscientes de él, hasta que nuestra energía drena o aumenta perceptiblemente. Un médico, el doctor Eric Berne, describió en forma brillante un modelo de intercambio de energía en la década del '60 en un sistema que llamó *análisis transaccional*.

Al analizar las transacciones entre las personas, Berne y otros identificaron de qué manera todos rivalizamos por atraer la atención. En términos transaccionales, los sentimientos positivos o la atención se denominan *strokes*. Al madurar, la atención positiva (o strokes) nos ayuda a desarrollar un sentido de que estamos bien, de que valemos y somos importantes en el esquema de las cosas. De la misma manera en que aprendemos nuestro idioma nativo, adoptamos el lenguaje del intercambio social. Estos dispositivos constituyen nuestra forma habitual de dar y recibir energía sin tener que pensar demasiado al respecto, y tendemos a quedarnos atascados en técnicas particulares que resultaron efectivas con nuestra familia. Berne escribió:

> Las posiciones se adoptan y se fijan asombrosamente temprano, a partir del segundo o incluso el primer año hasta el séptimo año de vida... es fácil deducir, por la posición de un individuo, el tipo de infancia que tuvo. Salvo que algo o alguien intervenga, se pasa el resto de la vida estabilizando su posición y enfrentando situaciones que la amenazan: evitándolas, defendiéndose de determinados elementos o manipulándolas para transformarlas de amenazas en justificaciones.[3]

# Dejar de lado el esfuerzo para atraer la atención

En la infancia, tenemos pocas defensas del yo para comprender o defendernos de ser ignorados, ridiculizados y criticados. Cuando crecemos, los encuentros negativos acumulados afectan nuestra autoevaluación y nuestras expectativas respecto del mundo. Tenemos un déficit, y un deseo natural de compensarlo quitándoles energía a los demás.

Por ejemplo: tal vez recuerde alguna oportunidad en que estaba en un grupo en el que la conversación se desarrollaba en forma animada. Usted esperaba la oportunidad para intervenir y contar una historia, cuando finalmente se produjo un hueco. Justo en el momento en que dijo las primeras palabras de su relato, la conversación se reanudó como si usted ni siquiera estuviera allí. ¿Se volvió hacia alguien cercano para tratar de disimular su comienzo frustrado? En ese momento perdió energía. Para volver a obtenerla, tuvo que enganchar a esa persona a su energía y desviar su atención de la conversación general. ¿Vio cómo los ojos de esa persona se fijaron en usted o miró, quizás, a los otros para ver si la conversación del grupo era más interesante? ¿Cómo se sintió, si esa persona dirigió su atención al grupo, haciendo con ello que usted fuera ignorado dos veces, primero por el grupo y después por el individuo? ¿Cómo sintió el flujo de energía al darse cuenta de que nadie lo escuchaba? Probablemente se sintió un poco disminuido o invisible incluso. Tal vez reafirmó su tendencia natural a ponerse a salvo y ser indiferente y tranquilo, o quizá respondió de una forma más agresiva, exigiendo reconocimiento. Según su autoestima de ese momento, se encogió de hombros, se culpó por la falta de firmeza o se enfadó con los demás por su falta de sensibilidad.

Ser conscientes de cómo nos disminuimos a nosotros mismos nos ayuda a asumir la responsabilidad por nuestra participación en un intercambio negativo de energía.

## Los estados del yo

Como ya veremos en la Sexta Revelación, las posiciones fijas del yo desencadenan un estilo dramático recurrente llamado *drama de control*. Las posiciones describen tres actitudes importantes. Estas actitudes, descriptas en el libro de Berne, *Games People Play*, se definen como los estados del yo Padre, Hijo y Adulto. El estado del yo Padre corresponde a los dramas de control más agresivos: del "Intimidador" y el "Interrogador". El estado del yo Hijo corresponde a los dramas más pasivos: "Pobre de Mí" e "Indiferente". El estado Adulto, una vez que se expande hasta incluir la conexión con el sí mismo superior, corresponde al estado enriquecido de crecimiento sincrónico. Tomar conciencia de estos estados del yo resulta útil para comprender hasta qué punto pueden ser complejas nuestras interacciones.

## El estado del yo Padre

Según Berne, el estado del yo Padre se compone de conductas, actitudes y valores que vimos en nuestros padres u otros adultos. Cuando nos comunicamos desde este estado del yo, podemos sonar críticos, rígidos, juzgadores, justos o excesivamente protectores y auxiliadores. Queremos sentir que tenemos el control, por eso tratamos de controlar a los demás.

En una lucha de poder, es posible que veamos que nuestro Padre crítico interior está ocupado ofendiendo a alguien. Su conducta podría parecerse mucho a la de sus padres o reflejar sus valores. Por ejemplo: si usted está en una lucha de poder con su cónyuge y su estado del yo Padre está activo, se oye decir a sí mismo: "Otra vez. Siempre dejas las puertas del armario abiertas. ¿Por qué no puedes ser más organizado(a)?" Es posible que hasta se sobresalte para sus adentros, pensando: "¡Dios mío, parezco mi padre!" En los estados del yo Padre, palabras claves como "siempre" "nunca" actúan para alertarnos de que estamos usando esquemas viejos y pasados en el presente. Cuando note que habla de las transgresiones de otras personas, sería útil que se detuviera un momento y observara qué está pasando en su interior. ¿Tiene necesidad de controlar para obtener energía?

## El estado del yo Niño

Berne define el estado del yo Niño como esa parte nuestra familiar parecida a la época en que éramos bebés o muy chicos. Manipulamos desde una posición de debilidad, culpa o irresponsabilidad. Esta es una posición del yo que quiere lo que quiere ya mismo, pero siempre supone que esta necesidad debe ser satisfecha por otros haciendo que los otros se sientan responsables de ella.

## El estado del yo Adulto

El tercer estado que definió el análisis transaccional es el estado del yo Adulto. Cuando usamos nuestras capacidades para reunir información de una serie de fuentes, considerar opciones y tomar decisiones en base a la información actual, funcionamos desde un estado del yo Adulto. Estamos en el aquí y ahora. Somos conscientes de nuestros sentimientos y sabemos que tenemos opciones. Estamos dispuestos a correr riesgos en base a la mejor información que tenemos en el momento. Podemos tomar en cuenta lo que otros tienen para decir, pero confiamos en nosotros mismos para tomar la decisión final. Podemos escuchar distintas opiniones sin sentirnos amenazados ni caer en una posición rígida en la que sentimos que estamos ganando o perdiendo. Nos mantenemos en contacto con nuestros sentimientos y nos expresamos de la manera más exacta posible, sabiendo que, al abrirnos a los hechos, se irán revelando más cosas. El estado Adulto es la disposición del yo a conectarse con las facultades de intuición y guía interior.

# Luchas de poder y estados del yo

Las luchas irracionales por el poder se producen cuando vemos que perdemos energía porque alguien manipula nuestra atención y respondemos al ataque para controlar la situación. Para empezar a desengancharnos de la necesidad de controlar, lo mejor que podemos hacer es concentrarnos en nuestros sentimientos en el momento en que nos sentimos atrapados o ansiosos. No tenemos por qué analizar a otras personas ni tratar de cambiarlas. Todo lo que necesitamos es preguntarnos:

> ...la manera más segura de volvernos locos es involucrarnos en los asuntos de otras personas, y la manera más rápida de estar sanos y felices es tender a ocuparnos de nuestras cosas.
>
> MELODY BEATTIE,
> *Codependent No More*[5]

"¿Qué siento en este momento? ¿Qué necesito?". Una vez que nos conectamos con nuestro yo interior y nuestros sentimientos a nivel visceral, podemos movernos dentro del modo adulto —aceptando disentir, sin necesidad de ganar— y luego centrar la atención en aprovechar la fuente universal de energía.

Empiece a tomar una mayor conciencia de sus interacciones diarias y vea si tiende a comunicarse desde su voz de Padre, Niño o Adulto.

Observe la diferencia en el flujo de energía entre sus pares y los que están por encima y por debajo de usted en la jerarquía en su lugar de trabajo. ¿Hasta qué punto está siendo auténtico? ¿Recorta o bloquea el fluir de su energía con alguien? ¿Con quién se mantiene la mayor parte del tiempo en su estado del yo Adulto?

## Los juegos que juegan las personas

Cuando ciertos esquemas se utilizan reiteradamente, se convierten en juegos entre las personas. El doctor Berne mostró que la variación de los pedidos de atención es prácticamente infinita. En estos juegos, vemos la lucha crítica tal como la describe la Cuarta Revelación. Aun sin un análisis profundo de las reglas de estos juegos, sus nombres describen correctamente situaciones que todos hemos encontrado en nuestras familias, nuestros amigos y compañeros de trabajo. Por ejemplo, un juego clásico de "Interrogador-indiferente" es "Por qué no —Sí pero". En este intercambio, la persona que toma el rol del

"Sí pero" escucha pero encuentra algo malo en cada enunciado del otro y hace que la energía fluya hacia ella resistiéndose a todas las sugerencias de soluciones para un problema dado. Cuando la persona "Sí pero" dejó al solucionador del problema sin soluciones, tiene la opción de pasar a otra persona o volver a jugar el mismo juego más tarde o con un problema distinto.

Un juego "Pobre de Mí" muy popular definido por Berne es "Miren cómo me esforcé". Se juega desde el estado del yo Niño y refuerza la impotencia y la falta de responsabilidad. La persona hace que la energía vaya hacia ella limitándose a realizar apenas lo necesario para evitar que, en un marco de trabajo, por ejemplo: la castiguen.

"Si no fuera por ti" es un juego que puede jugarse en muchos escenarios, conyugal, adolescencia, alcoholismo y carrera. Mantiene específicamente el flujo de energía controlado de una manera fantástica para que las personas se hagan cargo de la acusación de culpa y envíen energía. Este intercambio se origina en el miedo fóbico al riesgo o al cambio que se enmascara acusando al otro de interponerse. Por ejemplo, Gloria, de cincuenta y seis años, dice que se queda en la casa por culpa de la salud del marido, pero en lo más profundo, la aterraba tener que competir en el mercado de empleo.

## Cuando las personas voluntariamente nos dan su energía y su poder

En *La Novena Revelación* nuestro principal personaje de pronto vuelve a encontrarse con Marjorie, una de las investigadoras de la Posada Vicente. Charlando juntos en un café, nota que habla animadamente con ella y durante mucho tiempo. La energía que ella le transmite lo hace sentir expansivo y vivo. A esa altura de su desarrollo, el encuentro sirve para demostrar cómo fluye la energía entre las personas. Más adelante en el libro, le advierten que a menos que dos personas se mantengan centradas y acepten la energía de la otra pero no dependan de ella, se desarrolla una relación adictiva.

La conciencia de cómo rivalizamos por la energía constituye el primer paso hacia la recuperación de nuestro poder. El equilibrio empieza a restablecerse cuando dejamos de obtener nuestra carga energética de los demás y miramos dentro de nosotros mismos para buscar nuestra conexión con el espíritu.

## Liberarse de la necesidad de controlar

Mientras escribíamos este capítulo, casualmente, entrevistamos a un actor una semana después de que fuera contratado para un nuevo programa de televisión. Acababa de leer *La Novena Revelación* y estaba encantado de poder compartir lo que había aprendido sobre la idea de dejar el control.

"En una prueba, siempre soy dolorosamente consciente de cómo me afecta la energía de otras personas —dijo—. Es tan fácil perder energía. Una observación poco amable o incluso la mirada de alguien puede hacer que uno se desmorone. Es un lugar donde se juzga tanto, a los otros actores, a la gente del reparto y sobre todo a uno mismo." Pero nos contó que esta vez había sido distinto.

"Bueno, acababa de leer *La Novena Revelación* y decidí que iba a ir a esta prueba con otra actitud. En general, voy y trato de reunir toda mi fuerza y mi confianza para ser valiente. Siempre me parece que voy forzado y asustado, como si tratara de inventarme justificaciones.

"Esta vez, decidí dejar que las cosas simplemente salieran y ver qué pasaba. Decidí mantenerme en un estado de serena unidad, sin dejar que nada me afectara, bueno o malo, sólo estar ahí."

Le preguntamos si siempre le habían interesado las cuestiones metafísicas o espirituales.

"Para nada. Era un escéptico total, pero alguien me dio el libro y después de leerlo, cambié mi percepción respecto de cómo quería hacer la prueba." ¿Cómo funcionó?

"Bueno, me sentí muy abierto. Me limité a recibir todo. Lo miraba como un misterio que va a develarse más que como una experiencia intimidante que termina en una decepción.

Solamente quería hacer las cosas lo mejor posible. Fue una de las mejores pruebas de mi vida y me dieron el trabajo antes de volver a casa."

Dijo: "Experimenté todo de una manera distinta porque sentía que ninguno de esos juicios me llegaba. Siento que mi serena unidad creó ese mismo sentimiento con los demás. Lo vi con toda claridad, lo que sale de mí, vuelve. Ahora puedo cambiar mi perspectiva más rápido, digamos, observando un árbol en la vereda. Cuando veo, realmente, la belleza de ese árbol, empiezo a ver qué grande es todo lo que me rodea, y después vuelvo a una configuración mental mejor".

Una vez que dejamos de depender del control como nuestra única forma de hacer que ocurran las cosas, nuestras vidas se abren milagrosamente. Dejar que el universo nos guíe devuelve el misterio a nuestra vida y nos hace sentir verdaderamente vivos. Si bien cada resistencia y sentimiento de lucha no es necesariamente "malo", porque puede darnos la oportunidad de ver qué debemos cambiar, existe una forma más excitante de vivir.

Una de las más grandes escritoras metafísicas que habla de la transformación es Shakti Gawain. En su libro *Living in the Light*, refiriéndose a su propio viaje, dice:

> Finalmente, dejé de tener interés en controlar mi vida, en hacer que las cosas ocurrieran de la manera que yo quería. Empecé a rendirme al universo y a ver qué quería "él" que hiciera. Descubrí que a la larga realmente no era muy distinto. El universo siempre parece querer que tenga todo lo que quiero, y parece saber cómo guiarme para crearlo mejor de lo que habría sabido hacerlo sola. Sin embargo, el énfasis es distinto. En lugar de pensar qué quiero, fijarme objetivos y tratar de controlar lo que me pasa, empecé a armonizarme receptivamente con mi intuición y a actuar en base a lo que ella me decía no siempre comprendiendo qué hacía. Tenía la sensación de soltar el control, de entregarme y dejar que tomara el mando el poder superior.[6]

El propósito de la Cuarta Revelación es ayudarnos a reconocer nuestra necesidad de controlar la energía en las interacciones con los demás para sentir un empuje psicológico. Una vez que usted tome conciencia de esta tendencia, es posible que desee "cambiar" su forma de relacionarse. Querer hacer algo forma parte de la naturaleza humana. No obstante, el punto clave en su evolución es aumentar la conciencia sobre sí mismo y el universo. Si espera cambios radicales o relaciones repentinamente armónicas y sigue aferrado a la competencia por la energía, no piense que "no le sale". *Ya se le presentará aquello de lo cual necesita tomar conciencia.* Si se siente frustrado frente al progreso aparentemente lento, piense que todas sus nuevas percepciones necesitan tiempo para integrarse a la totalidad de su sistema de creencias.

## RESUMEN DE LA CUARTA REVELACIÓN

La Cuarta Revelación es la conciencia de que los seres humanos a menudo se apartaron de su conexión interna con la energía mística. Consecuentemente, tendimos a sentirnos débiles e inseguros, y muchas veces intentamos estructurarnos asegurándonos la energía de otros seres humanos. Lo hacemos tratando de manipular o dominar la atención del otro. Si podemos forzar la atención de otro, sentimos un impulso de la energía ajena que nos hace más fuertes a nosotros pero que deja a la otra persona debilitada. Con frecuencia, los otros se resisten a esta usurpación de fuerza, creando una lucha de poder. Todos los conflictos en el mundo derivan de esta batalla por la energía humana.

## ESTUDIO INDIVIDUAL DE LA CUARTA REVELACIÓN

Los siguientes ejercicios constituyen sólo sugerencias para que usted pueda desarrollar su conciencia. A medida que estudie y ponga en práctica lo que estudia, su vibración se volverá más elevada. Atraerá exactamente las situaciones que le ofrezcan el máximo aprendizaje. Siempre que trabaje con un ejercicio de este libro, observe atentamente qué le ocurre en las setenta y dos horas posteriores a su trabajo de procesamiento. Es posible que tenga una magnífica oportunidad de ver un esquema que quiera cambiar.

## EJERCICIO 1. Descubrimiento de obstáculos auto-impuestos

*Objetivo*: Descubrir cómo perpetúa luchas innecesarias para obtener energía.

*Indicaciones*: La próxima vez que enfrente una situación específica que parezca una lucha de poder, considere cómo es posible que esté justificando su posición o evitando la resolución. En su diario, responda las preguntas de este ejercicio.

Le convendría que un amigo trabajara con usted para formular las preguntas. Oírse responder en voz alta sin comentarios de su amigo constituye una experiencia positiva.

Que su amigo le haga una a una todas las preguntas sin reaccionar a sus respuestas hasta que usted haya contestado todo. Puede hacer anotaciones sobre sus respuestas en un papel aparte o en su diario. Luego, si usted quiere una devolución, pregúntele qué fue lo que más se destacó en sus respuestas.

## *Parte I. Cómo descubrir obstáculos autoimpuestos*

### 1. Usted se encierra en una posición que es como una lucha de poder

a. Describa brevemente la situación.

b. ¿Qué piensa de la situación?

c. ¿Qué está tratando de lograr?

d. ¿Cómo le gustaría sentirse en esta situación?

e. ¿Cuáles son sus necesidades más importantes en esta situación?

f. ¿Cómo interactúa con la otra persona desde su voz interior de Padre o Niño?

g. ¿Se encerró en una posición?

**2. Es rígido**

a. ¿Cómo categorizó a la otra persona y siguió buscando formas de confirmar ese juicio?

**3. Hace que todo sea blanco o negro**

a. ¿Cómo limita opciones buscando solamente determinado resultado?

b. ¿Qué otras tres opciones hay?

**4. Se concentra en el sentimiento de carencia**

a. ¿Qué miedo tiene?

**5. Proyecta sus cosas en otro**

a. ¿De qué manera esta lucha está mostrándole de qué debe tomar conciencia?

b. ¿Interpreta las acciones de la otra persona a través del filtro de sus miedos?

c. ¿Él o ella refleja alguna parte de su rabia, su odio, sus pensamientos sexuales o juicios no queridos?

**6. Utiliza el perfeccionismo o la confusión como una excusa para mantenerse atascado**

a. ¿No quiere avanzar hasta que todo sea "perfecto" o porque usted todavía no es "perfecto"?

b. ¿Afirma que está confundido en lugar de reconocer lo que realmente quiere o necesita hacer?

**7. Se concentra en la lucha en lugar de buscar una resolución**

a. ¿Está invirtiendo energía en esta lucha de poder en lugar de asumir la responsabilidad y actuar en sus propios asuntos?

**8. Se concentra en los problemas para que siga llegándole energía**

a. ¿Se concentra en este problema para conservar la ilusión de tener algo para controlar?

b. ¿Cuál es la contrapartida que lo mueve a seguir concentrado en este problema?

**9. Deja que los miedos implícitos manejen su vida**

a. ¿Cuál es el peor desenlace en esta situación?

b. ¿Cuál es un desenlace aún peor que (a)?

c. ¿Lo que teme es aún peor que (b)?

d. ¿Su mayor miedo es realista en esta situación?

e. Termine esta afirmación con su respuesta a (c): "Esta situación está siendo manejada por mi miedo a...".

## *Parte II. Cómo transformar los obstáculos autoimpuestos*

a. ¿Qué es lo que quiere del otro que usted sea capaz de hacer por usted mismo?

b. ¿Qué podría hacer de otra manera?

c. ¿Qué acción estaría dispuesto a poner en práctica para volcar esta situación a su favor?

d. ¿Cómo desearía que lo apoyara el universo para resolver esta situación?

## EJERCICIO 2. Seis intenciones que lo ayudarán a mantenerse conectado con la energía universal

*Objetivo*: La siguiente lista de intenciones puede ayudarle a integrar las Revelaciones de *La Novena Revelación* a sus relaciones.

*Indicaciones*: Familiarícese con los siguientes conceptos y póngalos en práctica a menudo durante el día. Puede ser útil escribir los seis puntos en una ficha de 6 por 13 y dejarla en su escritorio, su cartera o su agenda durante unas semanas. Empiece a prestar atención a lo que ocurre en sus relaciones. Si percibe algún cambio, anótelo en su diario.

### Estoy aumentando mi conciencia de la energía

Una de las mejores formas de empezar a transformar su necesidad de controlar es verificarla en usted mismo varias veces al día. Inicie la rutina de tener conciencia del movimiento de la energía en su cuerpo: ¿Cómo siente el estómago en este momento? ¿Cuándo empezó a dolerle el cuello?

Tome conciencia de la energía que se mueve entre usted y los demás. ¿Cuándo se siente agotado? ¿Cuándo se siente energetizado?

### Tengo una fuerte conexión interna con mi yo superior

Lo mejor que puede hacer por usted y los demás es dedicar tiempo a conectarse con su yo superior. Cada dos horas, interrumpa lo que esté haciendo y cierre los ojos. Vuelva a conectarse con una escena de la naturaleza o un intercambio afectivo que haya vivido recientemente. Perciba cómo penetra la sensación de amor en su cuerpo. Sienta cómo se expande.

## Tomo mis mejores decisiones cuando estoy conectado con mi sabiduría interior.

Trate de no tomar decisiones cuando está cansado, hambriento, enojado o apremiado por el tiempo.

## Una vez que tomo una decisión, continúo con la acción apropiada.

Si tomó una decisión, pero dejó pasar un tiempo sin dar ni siquiera un paso en la nueva dirección, es posible que se sienta muy deprimido o agotado. Pasar a la acción le dará energía para el siguiente paso.

Si actúa en un estado de agotamiento, tal vez no capte el significado de las coincidencias. Recuerde que en la Cuarta Revelación Wil le dijo al personaje principal: "Manténte alerta. Observa atentamente todo lo que pasa".

## Me tomo mi tiempo para pensar las decisiones importantes.

Muchas veces, cuando estamos inmersos en una lucha de poder, nos dejamos llevar y tomamos una decisión de la que más tarde nos arrepentimos. Si se siente desbordado, condicionado o encerrado por el motivo que fuere, tómese un tiempo para serenarse. Tenga a mano una "afirmación de auxilio" para poder apartarse de una situación en la que se siente presionado. Por ejemplo: Pamela, una contadora que inició su propia empresa, aprendió a decir: "Realmente me encantaría poder ayudarlo. Pero no sé cómo hacerlo en este momento. Déjeme pensarlo".

O: "Suena interesante. Déme tiempo para que lo piense y después lo llamo". Manténgase firme.

## Confío en que mi proceso está llevándome a un nivel superior de vida

Cada vez que usted se siente fortalecido, existe en una vibración más elevada. Reconozca todos los pasos que va dando. En este nuevo nivel de energía se sentirá como si estuviera alcanzando su destino. Esta sensación atraerá más coincidencias.

### Ejercicio 3. Nuevos comportamientos

*Objetivo*: Ejercítese para mantener su energía centrada permitiendo que al mismo tiempo fluya libremente.

*Indicaciones:*
a. Elija uno de los comportamientos que aparecen más abajo. Describa en su diario cómo podría aplicarlo a un problema actual.
O
b. Elija un comportamiento y póngalo en práctica durante una semana. ¿Siente una mayor energía y se siente más abierto? ¿Se le presentan nuevas oportunidades?

## Comportamientos para Mantener su Energía Centrada y Libre

Esté presente en el momento.
Sea su auténtico yo, sea real.
Preste atención a sus sensaciones.
Escuche activamente, esclarezca lo que oye.
Manténgase en su estado del yo Adulto.
Concéntrese en lo que quiere sentir.
Diga la verdad tal como la siente.
No se aferre solamente a un desenlace.
Deje que el misterio se devele.
Manténgase abierto.

Su vida tiene un objetivo que le está siendo revelado. Mantenga sus interrogantes actuales en

El cambio no sólo se produce tratando de obligarse a cambiar, sino tomando conciencia de lo que no funciona.
Shakti Gawain, *Living in the Light*[7]

el primer plano de su atención. Siempre que lo necesite, pida un mayor esclarecimiento del universo.

## Meditación para conectarse con la sabiduría interior

1° Paso: Siéntese o recuéstese en una posición cómoda donde no lo molesten durante 15 o 20 minutos. Preste atención a su respiración y respire hondo varias veces. Deje que su cuerpo se relaje y su mente se serene. No trate de impedir que surjan pensamientos. Siga dejando que fluyan sin aferrarse a ninguno.

2° Paso: Ahora dirija su atención al centro de su ser, dondequiera que lo sienta. Imagine que su sabiduría interior reside en ese lugar. En ese lugar profundo y sereno puede plantear cualquier interrogante o tema sobre el cual desee saber más. Pregúntele a su sabiduría interior: "¿Qué debo saber sobre esto? ¿Qué está tratando de mostrarme esta situación?". Escuche en silencio los mensajes de su intuición. Recuerde cualquier sugerencia de alguna acción. Cuando se sienta plenificado, termine la meditación.

3° Paso: Tome las medidas que le indicó su intuición. Bien orientado, se sentirá más vivo y se abrirán puertas. Es posible que aumenten las coincidencias.

## ESTUDIO DE GRUPO
## PARA LA CUARTA REVELACIÓN

*Sesión 7*

2 horas 30 minutos

*Objetivo de la sesión*: Estudiar la Cuarta Revelación y tomar una mayor conciencia de cómo competimos por la energía.

## Introducción

*Tiempo:* 10-15 minutos

*Indicaciones:* Al empezar la reunión, todos comparten brevemente coincidencias o *insights* pertinentes adquiridos durante la semana.

## Ejercicio 1. Discusión de la Cuarta Revelación

*Objetivo*: Ver el nivel de comprensión de cómo competimos por la energía en la vida cotidiana y dar a los participantes la oportunidad de compartir experiencias de pérdida de energía o de confusión.

*Tiempo*: 30 o 40 minutos o hasta que el grupo decida seguir adelante. Si la energía y el interés son altos, seguir con el tema la mayor parte del encuentro.

*Indicaciones*: Una persona lee en voz alta la sinopsis de la Cuarta Revelación en la página 100 (hasta el título "Infancia"). Cada uno expresa cómo entiende esta Revelación o se dan ejemplos de algún intercambio reciente de energía que haya sido interesante. Cuando el grupo lo considere oportuno, se da por terminado el ejercicio para seguir adelante.

## Ejercicio 2. Discusión de las actitudes familiares

*Objetivo:* Analizar la dinámica de cada uno en su familia y observar cómo utilizaban las personas la energía o cómo trataban de atraer la atención

*Tiempo*: 15 minutos por persona para cada pareja de compañeros y 15 minutos para compartir con el grupo para un total de 45 minutos

*Indicaciones*:

1° Paso: Elegir un compañero y hacerse mutuamente tres o cuatro (o más si el tiempo lo permite) de las siguientes preguntas durante 15 minutos por persona:

- ¿Quiénes formaban su familia?
- Describa el tema general de su familia (es decir, "cada uno para sí mismo" o "siempre con miedo al futuro", o "desconfianza de otros", etc.).
- ¿Quién dirigía la familia? Describa su energía.
- ¿Qué pensaba de su familia cuando era chico?
- ¿Qué pensaba de sus valores?
- ¿Cómo refleja actualmente su vida esos valores?
- ¿Tuvo que luchar por su individualidad? ¿Cómo?
- ¿Qué era lo que más le gustaba de usted a su familia? ¿Por qué motivos tendía a meterse en problemas?

2° Paso: Después de media hora, todos pueden volver al grupo grande y los voluntarios pueden compartir sus experiencias.

### Ejercicio 3. Meditación para conectarse con la sabiduría interior

*Tiempo*: Aproximadamente 15-20 minutos, según el tiempo que quede. Si no hay suficiente tiempo, una sugerencia podría ser que todos la practiquen durante la semana tal como se señala antes en el Estudio Individual, página 111.

*Indicaciones*: Una persona lee lentamente en voz alta la meditación de la página 117 y el resto del grupo se relaja. Los participantes pueden compartir sus experiencias.

### Cierre

Pedidos de apoyo. Transmisiones de energía afectiva.

Para la próxima sesión
Leer toda la sección referida al Estudio Individual en este

capítulo y elegir algo para practicar. Compartir las experiencias y los resultados en el próximo encuentro.

## GRUPO DE ESTUDIO
## PARA LA CUARTA REVELACIÓN

*Sesión 8*

2 horas 30 minutos

*Objetivo de la sesión*: Seguir poniendo en práctica la conciencia de la Cuarta Revelación.

### Introducción

Al empezar la reunión, cada persona dice brevemente cómo se siente en el momento y comparte hechos significativos de la semana relacionados con las Revelaciones.

### Análisis del trabajo en casa

Los participantes pueden hablar de lo que aprendieron usando algunos de los nuevos comportamientos del Estudio Individual. Al ver y oír *insights*, coincidencias e historias personales de los demás, la energía del grupo aumenta y los efectos individuales se enriquecen. Si se da una tarea la semana anterior, es importante analizar cómo se desarrolló durante la semana. Esto contribuye a reafirmar la importancia de mantenerse atento.

## EJERCICIO 1. Meditación para transformar las luchas de poder

*Objetivo*: Adquirir mayor claridad respecto de una situación específica y empezar a corregirla.

*Tiempo*: Aproximadamente 20-30 minutos para la meditación y 30 minutos para la discusión o hasta que la energía llegue a su punto máximo. Nota: *Hacer la meditación lentamente sin acelerar las preguntas.*

*Indicaciones*:

1° Paso: Sentados todos cómodamente y con los ojos cerrados, respirar hondo varias veces y concentrarse en llevar la energía al centro del ser.

2° Paso: Después de unos minutos de relajación, un voluntario hace las siguientes preguntas lentamente, dando tiempo a que cada uno las responda en silencio en su meditación:

- Traiga a su mente un problema que tenga con alguien en este momento.
- ¿Cómo se sintió la última vez que hablaron o cuando tuvieron problemas?
- ¿Cuál considera que es el tema más importante para usted?
- ¿Qué es lo que quiere?
- ¿Cómo le gustaría sentirse respecto de ese tema o esa persona?
- ¿En qué se parece usted a esa persona?
- ¿Qué es lo que más le molesta de él o ella?
- ¿En qué se parece de alguna manera, aunque sea levemente?
- ¿Qué sabe que es cierto pero todavía no dijo?
- ¿En qué ha estado usando una voz "de padre" con esa persona?
- ¿En qué se ha sentido como un chico con esa persona?
- Imagínese hablando con la persona desde una perspectiva adulta. ¿Qué le gustaría decir?
- Ahora pregúntele a su sabiduría interior qué debe saber respecto de esta situación.

- Pídale a su sabiduría interior que le dé algún tipo de símbolo para representar lo que significa esta situación para usted. Puede ser cualquier cosa, una imagen, palabras, un color, una sensación, lo que fuere.
- Pregúntele a su sabiduría interior qué pasito tiene que dar.
- Imagine que ya dio ese paso. ¿Cómo lo hace sentir?
- Ahora imagine una bola de luz en el centro de su ser. Deje que se expanda suavemente. Sienta cómo se expande aún más su resplandor, llenando todas las partes de su cuerpo. Imagine que esta luz radiante llena incluso las células de su cuerpo.
- Luego, envíe esta luz afuera hacia la persona con la cual quiere arreglar las relaciones. Pídale que neutralice y corrija la situación.
- Pídale a la luz que lo fortalezca y le dé claridad.
- Sienta cómo se libera de la necesidad de controlar el desenlace. Recuerde, usted está en el proceso de descubrir un misterio.
- Cuando sienta que terminó, por favor dirija su atención nuevamente a la sala.
- Asegúrese de registrar cualquier información importante en sus diarios.

3° Paso: Dar tiempo para que los que quieran expresen qué surgió en la meditación, especialmente en cuanto a la aparición de un símbolo. Es útil para los demás hacer comentarios respecto de qué representa el símbolo una vez que la persona trató de hacerlo.

## Ejercicio 2. Un perfil de sus fuerzas

*Objetivo*: Ejercitarse para ser una persona entera, reconocer las propias fuerzas y cualidades singulares.

*Tiempo*: 10 minutos para escribir las respuestas, 10 minutos por persona para describirse a un compañero y 10 minutos para compartir las experiencias con el grupo, para un total de 40 minutos.

*Indicaciones*:

1° Paso: Cada participante escribe tres de sus:

>mejores cualidades físicas
>
>mejores facultades mentales
>
>mejores movimientos financieros realizados
>
>características más excepcionales
>
>mejores cualidades humanas generales
>
>mejores cualidades sociales
>
>mejores cualidades en los negocios
>
>inquietudes más importantes
>
>y el valor más importante
>
>(por ejemplo: salud, amor, libertad, creatividad)

2° Paso: Cada participante elige un compañero y ambos se leen sus respectivas listas

3° Paso: Mantener la lista donde se pueda ver con frecuencia.

## Cierre

Pedidos de apoyo. Transmisión de amor y energía.

Para la próxima sesión

- Seguir practicando los nuevos comportamientos enumerados para el Estudio Individual en este capítulo.
- Leer el capítulo "El Mensaje de los místicos" en *La Novena Revelación* y el próximo capítulo de esta guía de estudio como preparación para discutirlo la próxima vez.
- Coordinar para que alguien traiga un grabador y música de meditación para la próxima sesión.

## Capítulo 5

# El mensaje de los místicos

*En el cual nuestro aventurero y Marjorie enfrentan un gran peligro cuando fuerzas más allá de su control amenazan sus vidas. En el cruce donde se encontraron casualmente, los soldados irrumpen en la zona y arrestan o matan a los seguidores de Jensen. Nuestro hombre ve con impotencia cómo capturan a Marjorie y de pronto se ve perseguido. Salpicado por la sangre de otro hombre que huye, empieza a subir por la montaña presa del terror. Convencido de su muerte inminente, se rinde a su destino y cuando su yo se abre a una energía superior, entra en un nuevo mundo de conciencia expandida. Al ver que su perseguidor inexplicablemente se da vuelta y empieza a bajar por la montaña, lo invaden la alegría y el asombro. En el pico más alto de la montaña, se siente de pronto aunado a todo, como si el mundo, el sol y el cielo fueran parte de su propio cuerpo. En una visión, percibe toda la historia de la evolución: la materia que avanza hacia formas de mayor complejidad, creando las condiciones exactas para que surja cada uno de nosotros, en tanto individuo. Su siguiente encuentro lo conecta con el Padre Sánchez, un sacerdote agradable que pasa a ser su aliado en su desarrollo posterior.*

# LA QUINTA REVELACIÓN

*Más personas experimentarán estados trascendentes.* La Quinta Revelación nos alienta a *experimentar* directamente la magnitud del universo y nuestra innegable unidad con él. Hacerlo, nos permite dar un gran paso en la comprensión, incluso vislumbrar el futuro. En los estados trascendentes, desaparecen el tiempo, el espacio y las leyes naturales y se experimentan una paz y un amor inefables y la sensación de estar realmente en casa. El universo nos proporciona todo lo que necesitamos, si nos abrimos a él. Hasta este siglo, la evolución de la humanidad, nuestro tamaño físico, el desarrollo de las técnicas y la tecnología, la estructura de nuestras sociedades y nuestra expectativa de vida más larga, se produjo inconscientemente. El cambio profundísimo del siglo XX es que de aquí en más la evolución humana se producirá *conscientemente*.

La Quinta Revelación predice que en este período histórico más personas empezarán a alcanzar estados extraordinarios de conciencia, no sólo los que practican las tradiciones esotéricas. Ya no nos satisface hablar simplemente de estos estados; ahora queremos la experiencia directa.

*Más creatividad que control.* Al vincularnos con la fuente universal a través de la intuición, seremos guiados para vivir desde un lugar de creatividad y no de control. La Quinta Revelación resuelve el dilema de la competencia por el poder señalado en la Cuarta Revelación. Cuando cada vez más de nosotros estemos conectados con y por la energía espiritual, las luchas de poder entre individuos y sociedades serán superadas. Este proceso se producirá en un primer momento a los tirones hasta que aprendamos nuevas formas de ser.

Rendirse es la clave que abre la puerta nada menos que a la pertenencia universal. En el caso de nuestro aventurero, esta unidad con todas las cosas llega como a través de una situación extrema de miedo, pánico y certeza de que va a morir. Cedió el control y está dispuesto a aceptar cualquier cosa que pueda ocurrirle.

Literalmente, su viaje hasta este punto culmina en la muerte de su vieja conciencia y un renacimiento a nuevas posibilidades.

La Quinta Revelación nos insta a ejercitarnos para alcanzar esta conciencia sin esperar la intervención divina o una crisis en la vida. Nuestra tarea consiste en empezar a abrirnos cada vez un poco más y a empezar el viaje hacia ese estado último de unión. Para hacerlo, se nos dice que "debemos aprender a llenarnos conscientemente de energía porque es ella la que produce las coincidencias, y las coincidencias nos ayudan a realizar el nivel nuevo en forma permanente " [1]

# Aumentar la vibración

Podemos aumentar nuestra conexión con esta energía estando abiertos, usando nuestro sentido de apreciación y concentrándonos en la sensación de ser colmados. Según las palabras del Padre Sánchez:

> Piénselo: cuando algo sucede más allá de la casualidad para hacernos avanzar en nuestra vida, nos convertimos en personas realizadas. Sentimos que estamos alcanzando lo que del destino nos lleva a ser. Cuando esto sucede, el nivel de energía que produjo las coincidencias está establecido en nosotros. Podemos vernos despojados de él y perder energía cuando tenemos miedo, pero ese nivel sirve como nuevo límite exterior que puede recuperarse fácilmente. Somos una persona nueva. Existimos en un nivel de energía más alta, en un nivel de vibración más alta. Recuérdelo.[2]

Tal como lo vio nuestro personaje en la Tercera Revelación, estar en bosques antiguos y conectarse con las poderosas energías vivas de la naturaleza nos ayuda a introducirnos en vibraciones superiores. Algunos lugares aumentan la energía con más potencia que otras, y esto depende de la manera en que la "forma" de nuestra energía encaja en la energía del lugar.

# Bajar

La Quinta Revelación nos muestra tanto el potencial para la conexión universal como las razones por las cuales somos incapaces de hacer o mantener esa conexión.

Una importante parte de la Quinta Revelación queda demostrada cuando nuestro personaje "baja desde la montaña". Metafóricamente, vuelve a entrar en el mundo del conflicto, armas, soldados patrullando y relaciones basadas en competir por la energía (Marjorie prueba ser su maestra en esto cuando empiezan a enamorarse). Como un pichón que aprende a volar, él debe aprender a mantenerse a flote en la nueva corriente de energía. Otros podrían absorberlo y generarle inseguridades respecto de sí mismo.

## En unidad con el universo

Observe los detalles específicos de los momentos de nuestro personaje en la cima de la montaña. ¿Qué puede aplicarse? "Sentí una conexión eufórica con todo, y esa especie de seguridad y confianza totales. Ya no estaba cansado... Me sentía liviano, seguro y conectado... como si todo el paisaje fuera parte de mí."[3]

> Lo importante es no pensar mucho sino amar mucho; haz, pues, aquello que más te mueva a amar.
>
> SANTA TERESA DE ÁVILA
> *Castillo Interior*[4]

Buscando la mejor manera de describir la sensación general, dice: "Creo que sentía amor por todo". Esta sensación de arrobamiento es comparable a los estados de éxtasis de muchos místicos cristianos y a los informes de vida después de la muerte que describen cómo se siente la omnipresencia de lo divino en todas las cosas vivas.

## Aceptar la energía universal del amor

Cuando empieza a ejercitarse para volver a experimentar

esa sensación concentrándose en la belleza de un árbol cercano, no tiene muy en claro cómo hacerlo. Se enoja con el sacerdote que lo ayuda: "El amor es algo que simplemente ocurre. No puedo obligarme a amar algo "[5]

El sacerdote avanza en las enseñanzas y le explica la función del amor. "Usted no se obliga a amar. *Deja que el amor entre en usted.*"[6] Para hacerlo —dice—, debemos posicionar la mente recordando cómo sentimos el amor en el pasado y tratando de sentirlo nuevamente.

Con coraje, nuestro personaje vuelve a intentarlo. Al admirar la forma y la presencia del árbol, su apreciación de su belleza y singularidad crece y crece hasta que puede sentir realmente la emoción del amor. Si bien el árbol es el foco de su atención, lo que hizo fue recrear una experiencia envolvente de amor.

> El requisito necesario para que haya paz y alegría es la conciencia de que la paz y la alegría se pueden conseguir.
> THICH NHAT HANH,
> *Present Moment Wonderful Moment*[7]

Cuando nuestro personaje se concentra en la belleza del árbol, el sacerdote ve que acepta la energía observando el aumento de su campo energético. Hasta ahora nuestro aventurero adquirió la capacidad de abrirse, de conectarse, de usar su sentido de la apreciación y de tener la sensación de ser plenificado.

Observe la dinámica de este hecho. Nuestro personaje no está *forzando* el sentimiento de amor, ni tampoco lo crea artificialmente. El amor no va de él al árbol, es decir, el camino que normalmente creemos que recorre el amor. En general, tendemos a pensar en el amor como un sentimiento que se genera dentro de nosotros y sale hacia el objeto de nuestro amor. Con la Quinta Revelación aprendemos que para alimentarnos de la energía universal debemos abrirnos a ella. Abiertos, podemos recibir energía, coincidencias y otros dones de la inteligencia universal.

# Conectarnos con la energía por etapas pequeñas

En cuanto nuestro personaje empieza a juzgarse por no repetir su experiencia de la montaña, su energía cae en forma abrupta. El sacerdote enfatiza que debe tratar de volver a conectarse de a poco.

Al dejar de lado dudas y juicios, una vez más vuelve a abrirse. Cuando aprecia la belleza del árbol, se abre un poco más. El sentimiento de apreciación de la forma del árbol crece. Esta vez lo logra y el sacerdote observa la energía que penetra en él, y *vuelve al árbol*. Según las palabras del sacerdote, "cuando apreciamos la belleza y la singularidad de las cosas recibimos energía. Cuando alcanzamos un nivel en el que sentimos amor, podemos enviar la energía de vuelta con sólo desearlo".[8]

En suma, cuando tratamos de interactuar con quienes están en un estado de conciencia normal o cuando volvemos a vivir en un mundo competitivo a menudo el estado expandido empieza a desintegrarse. No obstante, aunque retrocedamos a lo que percibimos como una conciencia común, la experiencia mística cambió para siempre la idea que tenemos de nuestros límites. Ahora tenemos un ejemplo de otra forma de ser que nos ayudará cuando nos disciplinemos a nosotros mismos.

¿Recuerda alguna oportunidad en que se haya sentido abierto, vivo, al apreciar una escena en la naturaleza? ¿Experimentó una sensación de atemporalidad y de conexión con la tierra? ¿Cuánto hace que no tiene una experiencia de este tipo? ¿Qué se lo ha impedido? Si su respuesta es que el tiempo y las necesi-

> Cuanto más nos acercamos a la iluminación con mayor frecuencia vemos los signos de nuestro progreso. Podemos pasar años echando los cimientos y de pronto dar un salto en muchas áreas a la vez. Algunas personas pueden tardar años en tomar la decisión de crecer y dar los primeros pasos pero el lapso entre los sucesivos cambios va a ser cada vez más corto.
>
> Sanaya Roman,
> *Spiritual Growth*[9]

> Su crecimiento acelerado significa que está logrando una conexión nueva y más profunda con su Yo Superior. Esto puede traer aparejado el abandono de los viejos esquemas. A menudo, cuando damos un paso hacia adelante, el esquema que más nos retenía aflora. No culpe a circunstancias externas por lo que siente; mire su interior y pregúntese qué esquema o creencia ve. Pídale a su Yo Superior que lo guíe para librarse de este esquema.
>
> SANAYA ROMAN,
> *Spiritual Growth*[11]

dades de la vida le impidieron esta importante conexión con la naturaleza, tenga en cuenta el consejo del Padre Sánchez: "Encontrar suficiente energía para mantener ese estado de amor sin duda ayuda al mundo, pero nos ayuda más directamente a nosotros. Es la cosa más hedonista que podemos hacer".[10]

Sánchez señala que debemos repensar nuestra definición del amor como algo que hacemos para hacer del mundo un lugar mejor. El verdadero trabajo de la evolución se hace cuando estamos en un estado de conexión con la energía universal para *nosotros mismos*. En este sentimiento existimos en una vibración más alta y, consecuentemente, somos más capaces de vivir nuestro objetivo. Junto con otros que se armonicen en estos niveles, cambiamos la visión del mundo de manera automática.

Individualmente, contribuimos a la evolución a través de un proceso que consiste en llenarnos de energía, avanzar gracias a las coincidencias, volver a llenarnos y avanzar nuevamente.

## Encuentros más cercanos con la evolución

Desde la década del '60 el interés en lo paranormal creció. Como predice la Quinta Revelación, ha habido un gran desarrollo de la literatura sobre fenómenos tales como aptitudes extrasensoriales, informes verificables de vidas pasadas, experiencias de vida después de la muerte y extracorporales y experiencias místicas alcanzadas a través del ejercicio espiritual. Más personas que en ninguna otra época están ansiosas por hablar de sus encuentros personales con fuerzas invisibles y misteriosas. Las películas contribuyen a llevar estas ideas a la corriente de ideas imperante utilizando temas como la reencarnación, los fantasmas y la reflexión espiritual después de la muerte.

Curiosamente, hasta los deportes ofrecen muchas veces un terreno fértil para que se produzcan estados excepcionales. En el fascinante libro *The Psychic Side of Sports*, escrita por el fundador de Esalen, Michael Murphy en colaboración con Rhea A. White, podemos echar un vistazo a las historias asombrosas de algunos de los atletas y aventureros más cabales del mundo. El solo índice del libro parece una descripción de la experiencia de nuestro personaje: sensaciones místicas de marcado bienestar, paz, desapego, levedad, éxtasis, misterio y asombro, unidad, percepción alterada del tamaño, el campo y el tiempo y energía excepcional. Teniendo en cuenta que el mundo intuitivo espiritual es a menudo relegado a una posición marginal en nuestra cultura, es importante comprender que los cambios en la conciencia se producen en *todas* las esferas de la vida.

En los siguientes informes leemos cómo los atletas describen las mismas sensaciones que mencionan quienes son versados en espiritualidad y nuestro personaje en la cima de la montaña.

## Éxtasis, un pico y una base

En la Quinta Revelación, la sensación de éxtasis de nuestro hombre en la montaña pasa a ser la base para recrear la conexión. No obstante, los estados no ordinarios también pueden sobrevenir en la vida cotidiana. Las experencias pico en los deportes, por ejemplo, pueden utilizarse como puntos de partida para formar energía. Si usted quiere ingresar en un nivel superior de energía, remóntese al momento en que experimentó alegría y éxtasis en un deporte. Use esta sensación para aprovechar la energía universal de la misma forma enriquecedora que sugieren los sacerdotes en la novela.

Por ejemplo: Murphy y White citan a atletas como el jugador

de baseball Francis Tarkenton, quien afirma que juega por una razón: "Me encanta. Nada en mi vida me parece comparable al éxtasis que me da este juego".[12] Los esquiadores hablan de "el momento mágico en que uno llega a la meta, cuando todo se pone en su lugar y la única sensación que uno tiene es el éxtasis de lo que está haciendo. Esquiador, esquí y esquiar son una sola cosa".[13] Los andinistas tienen una inclinación natural hacia la búsqueda de alturas espirituales: "Los ascensos más simples me volvían loco de alegría. Las montañas eran una especie de reino mágico donde por algún hechizo me sentía más feliz".[14]

El relato que hace Maurice Herzog del ascenso del Annapurna (con Pierre Lachenal) se parece mucho a la experiencia de nuestro personaje: "Sentí que me sumergía en algo nuevo y totalmente anormal. Tuve las impresiones más extrañas y vívidas que había experimentado hasta entonces en las montañas. La forma en que veía a Lachenal y todo lo que nos rodeaba tenía algo de sobrenatural... Desapareció la sensación de esfuerzo, como si no hubiera gravedad. Ese paisaje diáfano, quintaesencia de la pureza, no eran las montañas que yo conocía: eran las montañas de mis sueños".[15]

Levedad y movimiento rítmico, dos disparadores claves de los estados de éxtasis, se encuentran en otras actividades como caminar, volar, andar a caballo y hacer surf. El estado de éxtasis también se alcanza en las danzas en transe, los cantos y la percusión en las prácticas shamánicas y en las religiones orientales como la tradición Sufi.

## Levedad

La sensación de flotar y estar fuera de sí mismo constituye un rasgo común a la experiencia mística y a la experiencia pico atlética. Muchos corredores cuentan que muchas veces llegan a un punto, después de un esfuerzo prolongado, en que quieren flotar y volar. Un corredor de larga distancia, después de haber corrido novecientos kilómetros, contó que de pronto "tuve esa sensación de *levedad*; me sentí como si fuera por el espacio, pisando nubes".[16]

Mucho antes de que los occidentales usaran Nike y bandas para el sudor y practicaran para maratones, los monjes tibetanos realizaban un entrenamiento especial para la meditación llamado *lung-gom-pa* que derivaba en proezas increíbles de resistencia y velocidad. Después de años de práctica en ese saber secreto, los monjes adquirían estado alterado de conciencia en el cual podían correr varios días y noches seguidos por escarpados terrenos de montaña.

A diferencia de los corredores de maratones, que se entrenan físicamente, los monjes que hacen *lung-gom-pa* se "entrenan" para este tipo de carrera en trance metiéndose en cubículos para meditación que luego son cerrados. Durante períodos de meses o años, viven en silencio, *sin entrenamiento físico alguno*, recibiendo solamente regalos de alimentos a través de una abertura de unos trece por veinticinco centímetros. Dicen que, después de varios años, el cuerpo del monje se vuelve tan liviano y sutil que *puede salir por esa abertura*.

## Entrega

La experiencia mística nos aparta de la *necesidad* de controlar. La unidad de mente, cuerpo y espíritu radica en la entrega. En *The Joy of Sports*, Michael Noval escribe:

> Este es uno de los grandes secretos íntimos de los deportistas. Hay determinado punto de unidad dentro de uno mismo y entre uno mismo y su mundo, cierta complicidad y acoplamiento magnético, cierta armonía que la mente consciente y la voluntad no pueden dirigir... La autoridad del instinto es más liviana, sutil, profunda, más exacta y está más en contacto con la realidad que la autoridad de la mente consciente. Descubrirlo es sobrecogedor.[17]

Cuando los atletas comparten sus experiencias, nuestra evolución colectiva se acelera y expande. La jugadora de basquetball Patsy Neal capta el espíritu de la Quinta Revelación en su libro *Sport and Identity* (1972):

> Hay momentos de gloria que van más allá de toda expectativa humana, más allá de la capacidad física y emocional del individuo. Algo inexplicable se impone e insufla vida en la vida conocida. Estamos en el umbral de milagros que no podemos crear voluntariamente... Llámese estado de gracia o acto de fe... o acto de Dios. Ahí está, y lo imposible se hace posible... El atleta va más allá de sí mismo; trasciende lo natural. Toca un pedazo de cielo y se convierte en receptor de poder de una fuente desconocida... el juego pasa a ser casi un lugar sagrado, donde se produce un despertar espiritual. El individuo es arrastrado por la acción a su alrededor, flota, prácticamente, en el juego, extrayendo fuerzas de las que nunca había tenido conciencia.[18]

## La conexión oriental

Los que empezaron a estudiar y practicar la filosofía oriental a través de la meditación Zen, el hatha yoga, las artes marciales, la acupuntura y otras disciplinas sanadoras han hecho una importante contribución al despertar espiritual en Occidente. Tal como predice la Quinta Revelación, este flujo de información sobre la conexión mente-cuerpo contribuyó significativamente a ampliar nuestra percepción del mundo. Hasta el karate llamativo y las películas de kung fu sirven para derribar la barrera de la separación mente-cuerpo tan arraigada en Occidente.

Con la perspectiva oriental de la unidad mente-cuerpo adquirimos una herramienta formidable para acceder al espectro ilimitado de la energía universal (llamada *chi*, *ki* o *prana*). La disciplina y la intención ponen este camino a disposición de todos aquellos que lo deseen.

# Oleadas evolutivas de fuerza

En su despertar espiritual sobre la cima de la montaña, nuestro personaje también sintió que un torrente de energía subía por su columna vertebral. Esta energía inherente, al alcance de todos, se llama *Kundalini* en la tradición espiritual india. Representada por la imagen de una serpiente enroscada durmiendo en la base de la columna, es energía creativa pura y se la considera *nada menos que la fuerza activadora de la evolución.* Al despertarse, la energía sube por la columna, activa los centros de energía del cuerpo y libera distintas sensaciones emocionales y físicas.

Carl Jung, quien estudió muchas formas de misticismo, pensaba que pasarían miles de años antes de convertirse en algo común en Occidente. Sin embargo, para el psiquiatra Stanislav Grof, "adelantos posteriores revelaron que esta suposición era errada. Más allá de que se atribuya a una aceleración de la evolución, a la popularidad y la rápida difusión de distintas formas de práctica espiritual, a la presión de la peligrosa crisis ambiental o al efecto facilitador de las drogas psicodélicas, es evidente que actualmente pueden observarse signos indiscutibles de despertar de Kundalini en miles de occidentales".[19]

La alianza entre la armonización oriental con el flujo universal (ser) y la capacidad occidental para actuar a partir de nueva información (hacer) constituye un aspecto fundamental de la tendencia hacia la totalidad que es tan esencial para la espiritualidad emergente. La armonía de pensamiento y acción nos lleva a nuevos niveles de evolución.

# Dimensiones de la conciencia

La experiencia de nuestro aventurero en la montaña forma parte de la familia de sucesos trascendentes que van desde la fusión de límites espaciales con otras personas, plantas y materia inorgánica a la trascendencia de los límites del espacio y el tiempo lineales.

> (Los nuevos shamanes) no están solos, aunque sean solitarios, pues comprendieron que nunca estamos realmente aislados. Como los shamanes siberianos, se dan cuenta de que "¡Todo lo que es, está vivo!" En todas partes, están rodeados por la vida, la familia.
>
> MICHAEL HARNER,
> *The Way of the Shaman*[20]

Es bien sabido que el ritmo de la evolución de la conciencia se vio facilitado por una gran inquietud social en la década del '60. Nos apartamos tanto de la visión sagrada de la vida que el interés en perspectivas y libertades alternativas creó un clima de revelación, de renuncia a la tradición y cierta medida de destrucción social. Los viajes a otras dimensiones por medio de las drogas, por ejemplo, no tenían un contexto estabilizador, a diferencia de las culturas indígenas en las cuales el consumo de dichas sustancias estaba ritualizado y espiritualizado.

La búsqueda de la experiencia trascendente constituye uno de los instintos más fuertes en la psiquis humana. Tal como lo revela la Quinta Revelación, el deseo consciente de la experiencia directa continúa creciendo en la segunda mitad del siglo. Los investigadores han desarrollado desde entonces técnicas alternativas sin drogas que se sirven de la respiración, la música y el trabajo corporal para evocar experiencias transpersonales de sanación. Muy a la manera de nuestro personaje, uno de los alumnos de Grof manifestó, refiriéndose al trabajo con la respiración:

...Era indudable que yo —la Tierra— era un organismo vivo, un ser inteligente que trataba de entenderme, que luchaba por evolucionar hacia un nivel superior de conciencia e intentaba comunicarme con otros seres cósmicos... Sentí en mi cuerpo la herida de las afrentas industriales de la minería, la urbanización, los desechos tóxicos y radiactivos y la contaminación del aire y el agua. En lo que me pareció la parte más extraña de la sesión, tomé conciencia de los rituales entre distintos pueblos aborígenes y me parecieron muy sanadores y absolutamente vitales para mí... durante mi experiencia quedé absolutamente convencido de que hacer rituales es importante para la Tierra.[21]

Los estados transpersonales como éstos aumentan la creciente conciencia de nuestras encrucijadas evolutivas. En la medida en que estos estados excepcionales de conciencia van encontrando una mayor aceptación y cambian nuestros sistemas colectivos de creencia, contribuyen a transformar la cultura humana.

## Herramientas para la transformación

La autoexploración a través de la meditación y la terapia regresiva, al igual que las investigaciones en el área de la parapsicología y las experiencias extracorporales y de casi muerte, esclarecen la naturaleza de la experiencia mística. Por otra parte, asistimos a un aumento considerable del interés en las prácticas shamánicas. Los pueblos indígenas siempre consideraron los estados excepcionales de conciencia como una conexión vivencial con el cosmos a través de la cual se recibe una guía. Los occidentales que estudian este saber y trabajan con pueblos nativos están contribuyendo a mantener vivas estas tradiciones. Los investigadores del campo psicoespiritual creen que estamos en el umbral de otra explosión de la comprensión.

## Evolución consciente

Esta disponibilidad de técnicas antiguas sumada a otros métodos psicoterapéuticos nos proporcionan las herramientas necesarias para trabajar individualmente en nuestra evolución *personal*.

Uno por uno, debemos cruzar la barrera de nuestra configuración intelectual occidental que califica a los estados excepcionales de raros e incluso patológicos. Cuantos más somos los que recorremos estos caminos y compartimos nuestras experiencias, logramos que también para otros resulte más fácil seguir adelante. Grof escribe:

> Hay importantes campos de la realidad que son trascendentes y transfenomenales. El impulso de los seres humanos a conectarse con el reino espiritual constituye una fuerza sumamente poderosa e importante. Se parece, en su naturaleza, a la sexualidad, pero es mucho más fundamental y acuciante. La negación y la represión de este impulso trascendente introduce una seria distorsión en la vida humana tanto a escala individual como colectiva. La autoexploración vivencial es una herramienta importante para la búsqueda espiritual y filosófica. Puede mediar la conexión con el ámbito transpersonal del propio ser y de la existencia.[22]

# Iluminación espontánea

Así como pueden pasarse años en la búsqueda de una conciencia más elevada a través de toda una variedad de prácticas espirituales, muchas personas también tienen una conexión totalmente espontánea con lo divino. Por ejemplo, la psicoterapeuta Donna Hale cuenta esta historia: "Hace unos dieciocho años, estaba estudiando para un examen en la facultad y después de varias horas me sentía absolutamente agotada. Salí al jardín para 'meditar'. Mientras estaba sentada tomé conciencia de la belleza de las

> El alma y la mente perdieron instantáneamente su atadura física y se desbordaron... Mi sentido de la identidad ya no estaba estrechamente confinado a un cuerpo sino que abarcaba los átomos circundantes... una gloria exaltada dentro de mí empezó a envolver ciudades, continentes, la Tierra, los sistemas solares y estelares...
>
> PARAMAHANSA YOGANANDA, *Autobiography of a Yogi*[23]

flores a mi alrededor. Supongo que su simplicidad y color se realzaron en contraste con todas las palabras que había estado leyendo. En ese entonces, no sabía en realidad cómo meditar, de modo que cerré los ojos con la intención de serenarme. De inmediato tuve la sensación de que algo caía sobre mí, una especie de claridad y paz. Experimenté un júbilo inmenso que pareció elevarme a un estado de éxtasis. Al abrir los ojos después de unos minutos, sentí que no existía ninguna separación entre las cosas de mi vida y yo. Pensé que todo sucedía precisamente como debía ser y que yo estaba conectada. Sentía que sabía todo. Esa sensación duró unos treinta minutos y se disolvió cuando tuve que volver a estudiar". Hale recuerda haber tenido la impresión de que una puerta se abría y le permitía tocar el tejido de la conciencia. "Siempre me ha mantenido buscándolo otra vez."

## Abrir la puerta

Muchos de nosotros nos preguntamos: "¿Cómo hago para encontrar la tarea de mi vida? ¿De qué manera significativa puedo ayudar al mundo?". A menudo, la gente se plantea estos interrogantes en términos de elección de carreras. Si bien muchos eligen carreras como profesionales y profesores en campos alternativos, es importante tener en cuenta que el mejor enfoque para nuestro deseo de "servir al planeta" puede ser trabajar en nuestro propio desarrollo espiritual y nuestra conciencia. El hecho de cambiar de trabajo es menos importante que aportar una nueva conciencia espiritual a los trabajos que ya tenemos. Nuestra situación actual puede ser un lugar perfecto para poner en práctica el compromiso de conectarnos con nuestra fuente interior. Sin proponernos específicamente cambiar cosas, podemos prepararnos dedicando tiempo a prácticas que nos ayuden a abrirnos a la energía, tales como la meditación, las artes marciales, el yoga, la danza y el movimiento terapéutico, los ejercicios de respiración y el trabajo corporal. Pasar tiempo en lugares sagrados y rodearse de belleza y energía son dos cosas fundamentales para esclarecer el sentido de misión personal.

# Experiencias para semilla

En su segundo libro, *Heading toward Omega: In Search of the Meaning of the Near-Death Experience*, Kenneth Ring desarrolla una hipótesis que coincide con la Quinta Revelación. Al estudiar los efectos a largo plazo de las experiencias de vida después de la muerte, llega a la conclusión de que estas experiencias podrían contribuir a la transformación global de la conciencia en el planeta.

Considera que las experiencias de vida después de la muerte equivalen, en las vidas de quienes las viven, a semillas que florecen en un desarrollo espiritual más profundo.

Asombrosas por su similitud, estas experiencias resultan sorprendentes para la comprensión de la vida y la muerte que revelan a la persona. En la crisis, la persona normalmente toma conciencia de la muerte de su cuerpo y su posterior ingreso en la indescriptible luz de la alegría y el amor. El significado del fenómeno de la vida después de la muerte es multidimensional. En un nivel, es la experiencia personal de la muerte en tanto encuentro extático con seres buenos de luz y posiblemente una reunión con los que se han ido. Este rasgo de éxtasis de la experiencia de vida después de la muerte constituye un fenómeno tranquilizador y liberador y está bien documentado.

Sin embargo, en otro nivel, la experiencia de vida después de la muerte sirve como aporte importante al avance de la evolución. La hipótesis de Ring es que estas experiencias no sólo cambian las vidas de los sobrevivientes sino que su conciencia transformada puede ayudar a catalizar una aceleración de la evolución humana espiritual.

> Ten siempre presente y recuerda que eres "más que tu cuerpo físico..." Esto te dará una perspectiva inmediata respecto de cualquier actividad de la Tierra. La agonía se vuelve tolerable, el éxtasis más profundo. Los miedos inducidos localmente desaparecen... Puede haber accidentes, pero no puedes perder; has tenido la experiencia de ser humano.
>
> ROBERT A. MONROE,
> *Ultimate Journey*[24]

Probablemente, el cambio más significativo en la conciencia es saber que la conciencia sobrevive después de la muerte física. Una mujer que estuvo al borde de la muerte cuando nació su segundo hijo, manifestó: "... lo único que recuerdo es que estaba parada en medio de la niebla y *enseguida* supe que me había muerto y estaba muy feliz de haber muerto pero a la vez seguir viva. Es imposible decir cómo me sentía. Era, 'Oh, Dios, estoy muerta pero estoy aquí!' ... Me invadían solamente sentimientos de gratitud porque todavía existía y sin embargo sabía perfectamente que había muerto... Recuerdo que sabía que todo, todo en el universo estaba bien, que el plan era perfecto. Lo que pasa —guerras, hambre, lo que fuere— estaba bien".[25]

Más adelante, describió que se encontró con un ser que no conocía y le dijo: "No hay pecados. No de la manera en que ustedes los ven en la tierra. Lo único que cuenta aquí es cómo piensas".[26]

Un tema recurrente en las experiencias de vida después de la muerte es el de la "revisión de la vida", que deja una impronta muy fuerte en el sobreviviente y contribuye a un cambio de conciencia en la vida posterior. Esta revisión detallada de la vida, aunque hecha siempre sin juicio alguno, vuelve a su lugar elementos tales como la importancia de amar a los demás, la importancia de las relaciones humanas y el amor por encima de las cosas materiales. Las personas a menudo se horrorizan cuando ven pequeños episodios olvidados de sus vidas que revelan una falta de consideración o una acción hiriente que en su momento no pareció importante. Estas revisiones demuestran que cada persona es enviada a la tierra para aprender determinadas lecciones o para intentar cumplir con un propósito especial.

En el libro de Ring, un hombre no vio hechos en detalle sino todas las emociones que había sentido, "y mis ojos me mostraban la base de cómo había afectado mi vida esa emoción. Qué había hecho mi vida hasta entonces para afectar las vidas de otros usando como punto de comparación el sentimiento de amor puro que me rodeaba... Vaya, tomando el amor como referente, vi que había hecho muy mal las cosas... Mirarse a uno mismo a partir de cuánto amor dio uno a otros es devastador'. Nunca voy a superarlo. Han pasado seis años desde aquel día y todavía no lo he superado".[27]

Estos relatos revelan que el comienzo de una nueva conciencia espiritual que vivieron estos sobrevivientes inevitablemente empezará a calar más allá de sus vidas individuales. En términos de evolución de la conciencia, estas personas están a la vanguardia.

## El florecimiento continuo

Ring entrevistó a más de 150 sobrevivientes a la casi-muerte y llegó a la conclusión de que entre las principales características que mostraban se hallaba una actitud de espiritualidad más desarrollada, no necesariamente de naturaleza religiosa. Se convencen de que la vida continúa después de la transición material a través de la muerte y sienten una proximidad interior con Dios.

La importancia del despertar espiritual no es simplemente el hecho específico de un estado de arrobamiento. Su verdadero significado es que continúa funcionando como principio organizador activo de la propia evolución. Podríamos, quizás, imaginar que estos estados son análogos al nacimiento de una facultad interior que nos ayuda a enviar y recibir energía en armonía con una guía intuitiva. Los efectos a largo plazo de la experiencia de vida después de la muerte y otras experiencias místicas tienden a significar un aumento de la sensibilidad psíquica y de las frecuencias de las sincronicidades.

## Accesos a la conciencia superior

La conciencia superior es lo que distingue el viaje místico y no siempre es consecuencia de la disciplina espiritual o la práctica de la meditación. Como ya vimos, puede ser desencadenada por la cercanía de la muerte, la experiencia de un trauma personal o incluso el hecho de cerrar los ojos para un momento de introspección. Las características comunes a estos estados son:

- se ve una luz resplandeciente acompañada por un sentimiento de alegría
- la persona se siente absolutamente segura y amada
- éxtasis
- una sensación de levedad y fuerza ascensional
- se comprende intuitivamente cómo funciona el universo
- se abandona el miedo a la muerte al ver el continuum de la vida

Al ejercitar la conexión directa con la energía, las medidas más importantes son, como telón de fondo, un sentimiento de amor (no conectado a ningún objeto) y el contacto con su conocimiento o sus presagios interiores. Si usted está realmente conectado, sentirá amor. De lo contrario, no está en contacto con su fuente.

> "Lo que bebiste (Saint Germain) —explicó—, proviene de la Provisión Universal, pura y vivificante como la Vida Misma, de hecho es la Vida —Vida Omnipresente—, pues existe por doquier a nuestro alrededor. Está sujeta a nuestro control y dirección conscientes, es voluntariamente obediente, cuando Amamos lo suficiente, porque todo el Universo obedece al mandato del Amor. Todo lo que deseo se manifiesta cuando ordeno en el Amor."
>
> GODFRE RAY KING, *Unveiled Mysteries*[28]

## Nuestra conciencia cambiante

Los cambios que se producen comúnmente en las vidas de quienes han tenido experiencias místicas pueden resumirse de la siguiente forma:

- la persona se siente conectada con una fuente superior
- el interés se aparta de la acumulación material
- una mayor apreciación de la belleza y de las demás personas
- mayores capacidades, deseo de aprender
- desarrollo de capacidades extrasensoriales
- sentido de misión

- ausencia de timidez
- capacidad para inspirar a otros

## RESUMEN DE LA QUINTA REVELACIÓN

La Quinta Revelación es la experiencia de la conexión interior con la energía divina. Al explorar y buscar nuestra divinidad interior, podemos contactarnos personalmente con un tipo de experiencia llamada *mística*. En nuestra búsqueda de este estado alterado, hacemos la distinción entre la descripción intelectual de esta conciencia y la conciencia en sí. En este sentido, aplicamos ciertos parámetros vivenciales que nos indican si estamos en conexión con la energía universal. Por ejemplo: ¿experimentamos levedad corporal? ¿Sentimos luz en nuestros pies? ¿Creemos flotar? ¿Hay una intensificación en nuestra percepción de los colores, olores, sabores, sonidos y en el sentido de la belleza? ¿Experimentamos un sentimiento de unidad, de seguridad total? Y sobre todo, ¿experimentamos el estado de conciencia llamado amor? No hacia alguien o algo, sino como sensación de fondo constante en nuestra vida. Ya no queremos hablar solamente de la conciencia mística. Tenemos el valor de aplicar estos parámetros para buscar esta conexión con lo divino. Esta conexión con la energía total es la que resuelve todo conflicto. Ya no necesitamos energía de los demás.

## ESTUDIO INDIVIDUAL
## DE LA QUINTA REVELACIÓN

### Intención de la mañana

Unos minutos antes de salir de la cama, propóngase encontrar el centro dentro de su cuerpo. En silencio o en voz alta, enuncie su intención para el día. Por ejemplo: "Hoy, quiero pasarlo bien en el trabajo y aprender algo nuevo". U: "Hoy quiero vivir el momento y estar abierto a lo que el universo tenga para decirme".

Con los ojos cerrados, imagine una bola de luz en el medio de su frente. Deje que se difunda por todo su cuerpo y en su mundo. Al enviar esta luz a todas las áreas de su vida, sienta la serenidad de saber que está vivo y con una finalidad.

## Sonidos matinales

Si usted vive solo, esto le resultará fácil de hacer al levantarse. Si vive con otras personas, tal vez le vendría bien hacerlo bajo la ducha.

Al despertarse, empiece a emitir cualquier tipo de sonido que le venga en gana. No se preocupe si los primeros son más bien "feos" o guturales. No interrumpa la emisión de sonido y empiece a seguirlo con su atención cuando sube y cuando baja. Gradualmente, el sonido empezará a cambiar, subirá y se aclarará. Siga aclarando el sonido durante unos minutos. Observe cómo transcurre su día.

## Ejercitación con la respiración

Recuerde que usted existe en un universo de energía pura. En cualquier momento del día, incluso en una reunión importante, tiene esta energía totalmente a su disposición si usted se mantiene abierto.

Preste atención a su cuerpo con frecuencia durante el día y aproveche las oportunidades de respirar conscientemente. En esos momentos, incorpore aire fresco en todo su cuerpo. Imagine el intercambio sanador y energetizador de aire que se produce en sus pulmones y en el torrente sanguíneo. Imagine que está insuflando en su cuerpo la energía del universo. Sienta cómo se abre y se expande. La respiración consciente lo mantendrá centrado independientemente de lo que esté pasando.

## Práctica nocturna

Al llegar a su casa por la noche, dedique cinco o más minutos a escuchar sonidos rítmicos como tambores u otra música no vocal estimulante pero relajante a la vez. Empiece a mover su cuerpo al compás durante unos minutos permitiendo que toda la tensión y las preocupaciones diarias salgan de su cuerpo. Si tiene tiempo, cualquier ejercicio de elongación resulta invalorable para aflojar tensiones y energetizarlo para el resto de la noche. Empiece haciendo esta ejercitación un día por semana y vaya agregando días a su gusto.

## Ejercitación al acostarse

Antes de dormirse, dirija su atención al centro en el interior de su cuerpo. Reconozca todo lo que hizo durante el día, grande o pequeño, y exprese gratitud por todo lo que recibió. Si necesita esclarecer algo, pida que a través de los sueños le llegue información clara. Esta práctica da muy buenos resultados si se hace diariamente.

Estudio complementario
Para aquellos que desean aprender técnicas específicas de utilización de la respiración para fortalecerse, sanar, depurarse y detener el envejecimiento, hay muchos buenos maestros y libros sobre métodos tales como el chi kung y el pranayama. Averigüe qué clases de meditación o yoga son adecuadas para usted. Vaya a una buena librería y consulte los libros en las secciones de metafísica y literatura oriental.

## ESTUDIO DE GRUPO
## PARA LA QUINTA REVELACIÓN

### Sesión 9

2 horas 30 minutos

*Objetivo de la sesión*: Intercambiar ideas sobre la Quinta Revelación y hablar de las distintas formas de producir energía.

*Preparación*: Disponer de un grabador y de distintos tipos de sonido como música de tambores, cantos rituales, étnica, ambiental o para meditar. Es posible que varios participantes quieran aportar sus temas favoritos.

## Introducción

Un voluntario lee en voz alta la sinopsis de la Quinta Revelación en las páginas 125-126 (hasta la sección "Aumentar la vibración") de este libro. ¿Cómo entienden esta información los miembros del grupo? Compartir experiencias.

## Ejercicio 1. Meditación en la cima de la montaña

*Objetivo*: La experiencia de pasar a una vibración superior como la descripta en la Quinta Revelación.

*Tiempo*: Aproximadamente 15 o 20 minutos para la meditación y 20 o 30 minutos para la discusión o hasta que el grupo esté listo para seguir adelante.

*Indicaciones:*
1° Paso: Todos se ponen cómodos y se ajusta la iluminación a un nivel bastante bajo aunque no totalmente oscuro. Empezar con una de las grabaciones, preferentemente de música ambiental o para meditar, con un ritmo lento que lleve a la relajación. Un voluntario puede seguir adelante con los Pasos 2 a 4.
2° Paso: Ordene a todos que cierren los ojos y tomen conciencia de su cuerpo.
3° Paso: Lea la meditación para relajarse en la página 71.
4° Paso: Dirija la meditación diciendo: Ahora, imagínate sentado en la cima de una montaña y mirando lo que ves a tu alrededor. (Dejar 2 o 3 minutos para que lo hagan.) ¿Qué sientes en esta cima? ¿Cuál es la temperatura?... ¿Qué hueles en esta montaña?... Ahora mira el horizonte

lejano y siente lo cerca que está de ti... extiende tu conciencia hasta el horizonte... siente la redondez de la tierra sobre la que estás sentado... siente el espacio alrededor de la tierra... imagina la tierra como un organismo vivo que respira, igual que tú... sumérgete en la sensación de estar suspendido, flotando, en medio del espacio que existe en todas las direcciones... siente que te sostiene una fuerza de ascensión interior... imagina que estás lleno de helio, lo que te permite flotar sobre el piso... observa que tienes un estado atlético perfecto... siente tu coordinación y tu levedad... percibe que todo lo que ves en la cima de la montaña es parte de ti... ahora deja que tu mente vuelva a tu infancia... retrocede más hasta llegar al vientre... obsérvate como parte de la cadena del ser que existe desde que empezó la raza humana... imagina que esta cadena del ser es un hilo vibrante de energía... imagina cómo se conecta este hilo vibrante de energía con toda la energía del universo... siente en tu cuerpo cómo se mueve y se agita la energía en hechos inesperados y coincidentes... ahora empieza a traer tu conciencia nuevamente a la cima de la montaña... lentamente, dirige tu conciencia al centro de tu cuerpo físico... prepárate para traer tu conciencia nuevamente a la realidad normal... respira hondo varias veces... y cuando estés listo, trae de nuevo tu conciencia a este cuarto y abre los ojos.

5° Paso: Dé un minuto a los participantes para que se acomoden y estiren su cuerpo y luego pida voluntarios para que compartan sus sentimientos, imágenes o la información que hayan recibido de la meditación.

## Ejercicio 2. Energía en aumento

*Objetivo*: Experimentar de qué manera afectan el cuerpo los distintos sonidos.

*Tiempo*: Pasar cada tipo de música 2 o 3 minutos para poder cubrir de tres a cinco tipos, pero manteniendo la flexibilidad y armonizarla con la energía de la respuesta del grupo.

*Preparación*: Tener varios tipos de música disponible para pasarla 2 o 3 minutos cada una. Elegir ritmos rápidos y lentos sin letra (excepto canto ritual). Es posible que el grupo quiera pasar canto ritual, tambores, música de órgano, guitarra clásica, música étnica o música de la Nueva Era. Seguir manteniendo el nivel de luz bajo, sin llegar a la oscuridad.

*Indicaciones*
1° Paso: Todos de pie y con los ojos cerrados.
2° Paso: Al oír cada tema, mover el cuerpo en el lugar. Observar los distintos efectos de cada tipo de música.
3° Paso: Al terminar con la música, compartir las impresiones. La energía debería ser elevada.

Estudio complementario
Tal vez el grupo desee programar otra sesión usando música e incluir una discusión sobre alguna otra lectura sobre estados místicos.

Otra idea es invitar a alguien a la reunión para enseñar una práctica espiritual que los participantes deseen explorar por sí mismos como yoga, meditación, aikido, tai chi o chi kung.

## Cierre

Pedidos de apoyo. Transmisión de amor y energía.

Para la próxima sesión
Leer el Capítulo 6 antes del próximo encuentro y hacer el ejercicio de Revisión Parental en la sección de Estudio Individual (páginas 177-186).

# CAPÍTULO 6

# Poner en claro el pasado: Nuestra herencia parental y los dramas de control

*Mientras nuestro personaje sigue adelante con el Padre Sánchez por caminos de montaña cada vez más angostos y serpenteantes, tiene tiempo de analizar cómo podía controlar la energía siendo distante. Como una respuesta directa a este interrogante, un incidente con dos personas en la ruta demuestra claramente una oportunidad perdida de avanzar en su camino debido a su renuencia a mostrarse. Abatido, le pregunta a su mentor cuál es el siguiente paso. Este le dice que puede descubrir y acelerar el objetivo de su vida reflexionando sobre los logros, los fracasos y la filosofía de sus padres, pero sólo si deja de caer en su dramatización del control. De manera muy oportuna, conoce al Padre Carl entre las antiguas ruinas de Machu Picchu. Este sacerdote guía a nuestro personaje en el proceso de poner en claro su pasado. Empieza a ver que siempre actuó en base a un interrogante vital que se formó en su infancia.*

## LA SEXTA REVELACIÓN

La Sexta Revelación enseña que cada uno de nosotros constituye el siguiente paso en la evolución dentro de la estirpe creada por nuestros dos padres. Podemos encontrar nuestro objetivo más elevado en la vida reconociendo qué hicieron y qué dejaron de hacer nuestros padres. Reconciliando lo que nos dieron con lo que nos dejaron por resolver podemos formarnos un cuadro claro de quiénes somos y qué se supone que debemos hacer.

¿Por qué, entonces, no nos sentimos realizados y satisfechos? La Sexta Revelación nos dice que interferimos con nuestra evolución aferrándonos a querer controlar la energía mediante un proceso llamado de *drama de control*. Frenamos, literalmente, el avance de nuestro destino utilizando un esquema de control de la infancia que repetimos en lugar de permitir que la sincronicidad nos haga avanzar.

En general, hay dos formas agresivas y dos pasivas de controlar la energía, que aprendemos en la infancia. Al identificar nuestra dramatización específica del control, empezamos a liberarnos de este comportamiento limitador. Una vez que tomemos conciencia de cómo frenamos el flujo de energía que nos lleva naturalmente hacia nuestro objetivo más alto, empezaremos a conocer nuestro verdadero yo.

## De vuelta al pasado

Hasta ahora, nuestro personaje principal recorrió su camino metafóricamente a ciegas. Busca respuestas pero en realidad no sabe cuáles son las preguntas. Se siente, alternativamente, inquieto, excitado, confundido, a la defensiva, deprimido, eufórico e intrigado. No sabe adónde va y no comprende por qué no llegó a ninguna parte. ¿Le suena familiar?

Hasta ahora, en la Primera Revelación aprende que se dan constantemente coincidencias que son significativas y muestran que algo misterioso está ocurriendo. En la Segunda, se da cuenta de que su conciencia es históricamente significativa, y quiere participar del despertar espiritual. Con la Tercera Revelación, toma conciencia de la existencia de la energía invisible del universo que responde a lo que él piensa. En la Cuarta Revelación, ve claramente que él y otros se quedan atascados tratando de extraerse energía mutuamente y terminan sintiéndose vacíos e insatisfechos. La Quinta Revelación aparece cuando se conecta espontáneamente con la energía universal en la cima de la montaña. Desde ese pico, vuelve a entrar en el mundo terrenal y está dispuesto a convertirse en un participante más activo del desarrollo sincrónico de su destino.

A esta altura del viaje, sabe que puede conectarse conscientemente con la energía universal y empezar a instituir su nuevo nivel de conciencia. Está listo para definir su interrogante vital para que la misteriosa acción del universo pueda acelerarse. Está listo para dejar de lado su necesidad de controlar.

## La revisión parental

Nuestro personaje está a punto de ver qué herencia recibió de las vidas de sus padres. Le dicen que verá su auténtica identidad espiritual si mira toda su vida como una larga historia. Debe observar los hechos de su vida, desde que nació hasta el presente, buscando el significado superior de su propósito y preguntarse: "¿Por qué nací en mi familia en particular? ¿Cuál fue el propósito de lo que pasó?". El padre Carl lo expresa de esta manera: "Todos debemos remontarnos a nuestra experiencia familiar... y revisar lo que pasó... Una vez que descubrimos esa verdad, puede energizar nuestra vida, ya que nos dice quiénes somos, el camino que vamos recorriendo y qué estamos haciendo".[1]

## El escenario se monta
## en la temprana infancia

Un ejemplo de que las influencias familiares específicas dan lugar al movimiento evolutivo se ve en la vida del Premio Nobel Albert Camus. Cuando murió en un accidente de automóvil en 1960 estaba trabajando en una novela en gran medida autobiográfica. Publicado hace no mucho tiempo, este manuscrito incompleto describe los primeros años de la vida de Camus dominados por la pérdida del padre, muerto en la Primera Guerra Mundial.

Camus creció en un hogar sin comunicación con la madre y un tío, ambos analfabetos y casi sordos. A partir de esta crianza silenciosa, él pergeñó libros escritos en un estilo despojado cuyos temas estaban relacionados con la alienación. Los títulos mismos de sus libros, *El extranjero*, *La peste* y *La caída* sugieren la perspectiva del marginado. Como odiaba asimismo cualquier ideología que oprimiera al pueblo, respaldó las filosofías izquierdistas populares entre los intelectuales de su tiempo. En el discurso que pronunció cuando aceptó el Premio Nobel, habló de su impulso incontenible y rebelde de "hablar por los que no tienen voz". Camus fue, pues, capaz de transformar sus experiencias tempranas difíciles en un reflejo artístico de la alienación para toda una sociedad.

*Caso 1.* Otro ejemplo de la manera en que las influencias paternas crean las condiciones fértiles que anticipan el destino de un hijo proviene de una experta en capacitación y asesora, Penney Peirce, quien compartió su revisión parental con nosotros. Peirce cree que cuando nació ya tenía un propósito y siente que eligió a sus padres porque ellos crearían las condiciones adecuadas para que ella manifestara dicho propósito. "Mis dos padres abandonaron pueblos chicos y viajaron por todo el país. Mi abuelo era ministro, pero mi padre nunca se preocupó por el lado espiritual de la vida. Era brillante, hizo estudios de ingeniería y después de consultor de empresas pero nunca los completó, cosa que podría haber hecho fácilmente. Era un organizador, le interesaba la estabilidad y la estructura y fue un filósofo frustrado. Mi madre, inteligentísima también, era arquitecta y escultora. Tenía condiciones para la vida artística pero fue una escritora frustrada. Los dos tenían ambiciones y querían construir algo perdurable. Todos los viajes que hice cuando era chica me pusieron frente a todo tipo de situaciones —vida urbana, vida rural, distintas etnias— y en este momento me he convertido en una sintetizadora de cosmovisiones transculturales y multidimensionales. Tomé la parte espiritual que mi padre rechazó y ahora trabajo como consultora sobre espiritualidad en la empresa. Mi hermana tomó la parte académica que ninguno de mis padres terminó e hizo un doctorado. Mi próximo paso es terminar de escribir mi libro sobre el proceso intuitivo."

*Caso 2.* Una persona que estaba estudiando la Sexta Revelación describió cómo veía sus dos influencias parentales: "Hice mucha terapia relacionada con mi infancia, pero es la primera vez que realmente sentí compasión por mis padres como personas. Nunca antes había visto sus vidas como una lección de la que yo podía aprender, pero lo que descubrí me sorprendió. Ahora veo cómo me parezco a ellos, especialmente a mi padre, a quien siempre juzgué con dureza. Soy contador y también dirijo programas nocturnos sobre educación para alcohólicos. Mi sueño es hacer un video educativo sobre la recuperación del alcoholismo y la droga, pero siempre lo postergo y no hago nada al respecto. Cuando analicé la vida de papá, vi que había nacido rico, con posibilidades de hacer lo que se le ocurriera. Pero salió como mayor (del servicio militar) y murió siendo portero. Cuando era chica, me acuerdo de mamá parada junto a la tabla de planchar llorando. Era brillante y capaz, pero se sentía totalmente frustrada y llena de miedos.

"Estoy convencida de que no puedo darme el lujo de no avanzar en mi proyecto. Ver la frustración que tenían es literalmente un precio demasiado alto para pagar y si no lo intento, estoy destinada al fracaso. Lo que estoy aprendiendo es que puedo mantener mi libertad y a la vez ser responsable porque ser responsable me hace bien, no porque lo hago para complacer a otro. Hacer este ejercicio cambió la opinión que tenía sobre mis padres. Y lo más importante es que me divierte mucho más correr algunos riesgos que ser temerosa."

*Caso 3.* Larry L. es un empresario de California que creó su propia empresa de bebidas. Nacido y criado en Texas, Larry luchó con la idea de las coincidencias y de abandonar el control: "Hice el ejercicio de la revisión parental de mala gana porque, para ser sincero, había hecho mucha terapia y creía que comprendía perfectamente las influencias de mi infancia. Pero al hacer este ejercicio vi algo que significó un gran cambio para mí. Lo empecé con la idea de ver la buena intención contenida en las influencias de mis padres. Pensaba que mis padres eran los espíritus más próximos a mí y que de alguna manera tenían que haberme preparado para lo que debía hacer en mi vida. Son cariñosos, les va bien, pero viven totalmente decididos a con-

> *Al inhalar, calmo mi cuerpo.*
> *Al exhalar, sonrío.*
> *Al vivir en el momento*
> *presente,*
> *¡Sé que es un momento*
> *maravilloso!*
>
> THICH NHAT HANH,
> *Present Moment*
> *Wonderful Moment*[2]

trolar todo en sus vidas. La lección que aprendí de ellos puede resumirse en la frase: "¡Tienes que controlarte!". Naturalmente, me pasé la vida tratando de descontrolarme. Pienso que necesitaba en cierto modo su ejemplo extremo de miedo para aprender a confiar más en el universo. Crecí incluso con la sensación de que la naturaleza era algo peligroso. Me siento mucho más en mi casa en el subte que en un bosque. Ahora veo que mis supuestas elecciones de vida fueron en realidad reacciones a esa educación.

"Siempre me enorgullecí de mi punto de vista escéptico y pesimista, o sea que ver una perspectiva consoladora en los primeros años de mi vida es todo un cambio. Siento tanta compasión por ellos, tengo la impresión de que dentro de mí se corrigió algo que ni siquiera sabía que existía.

"Ya había hecho algo respecto de mi interrogante esencial y llegué a la conclusión de que estoy aquí para hacer lo que no se hizo antes. Creo que esta nueva información sobre la confianza es la siguiente pieza que me hacía falta descubrir."

## Cambios internos

Todas las personas de nuestros ejemplos tuvieron un cambio de perspectiva. Pudieron ver su historia de otra manera, lo cual les permitió armonizarse. Sus historias demuestran que los cambios de paradigma interno son posibles. A través de estos cambios individuales de punto de vista, también cambia nuestra cosmovisión cultural.

## El interrogante vital

Nuestro personaje aprende en la novela que "usted está aquí

porque es donde necesita estar para continuar la evolución. Toda su vida ha sido un largo camino que lo condujo directamente a este momento".[4] Como nuestro personaje en el libro, usted llegó al punto en que está listo para evolucionar conscientemente.

Deje de leer por unos instantes y piense en esta afirmación referida a usted mismo.

Recuerde cómo llegó a leer *La Novena Revelación* y otros libros similares sobre espiritualidad y desarrollo personal. ¿Ve que toda su vida lo condujo hasta este momento en que lee esta página? ¿De qué manera está ayudándolo el estudio de las Revelaciones a seguir evolucionando en su vida? Todos sus logros, inquietudes, frustraciones y etapas de crecimiento lo prepararon para que estuviera aquí y ahora explorando las Revelaciones.

En la sección Estudio Individual que aparece más adelante, tendrá la oportunidad de analizar en detalle sus influencias parentales. Una vez que haya integrado la visión de sus vidas y cómo lo afectaron, continúe el análisis de su propia vida que inició en el Capítulo 2 con su tiempo personal. Estudiar las influencias parentales y su propia historia debería ayudarlo a revelar el interrogante vital en base al cual usted obró.

> ...(Buda) enseñó que las instituciones sociales nos coeducan. No son estructuras independientes de nuestras vidas interiores, como un telón de fondo de nuestros dramas personales, sobre el cual exhibimos nuestras virtudes, coraje y compasión... Como formas institucionalizadas de nuestra ignorancia, nuestros miedos y ambición adquieren su propia dinámica. Tanto el yo como la sociedad son reales y mutuamente causales.
>
> JOANNA MACY,
> *World as Lover,*
> *World as Self*[5]

> Mi madre tocaba el piano casi continuamente cuando estaba esperándome a mí... No puedo imaginarme qué habría sido mi vida si mis padres no me hubieran alentado a estudiar música.
>
> GLENN GOULD, pianista[5]

# ¿Qué son los dramas de control?

Recuerde que la Cuarta Revelación nos dice que los seres humanos compiten por la energía. Lo hacemos para sentir aliento psicológico. Creemos que debemos obtener atención, amor, reconocimiento, apoyo, aprobación —todas las formas de energía— de los demás. Adoptamos una forma de atraer la energía hacia nosotros mediante el tipo de interacciones que teníamos de chicos con nuestros padres.

Una de las primeras medidas que debemos tomar para evolucionar conscientemente es dejar de lado las actitudes pasadas, los miedos, la información errónea y la conducta tendientes a controlar el flujo de energía. En los primeros años de vida, nos adaptamos inconscientemente a nuestro medio ambiente. La forma en que nos trataron nuestros padres y la forma en que nos sentíamos con ellos, fue el terreno de entrenamiento en el que aprendimos a controlar la energía que fluye a nuestro alrededor. En *La Novena Revelación* leemos:

> Cada uno debe remontarse a su pasado, a la vida familiar inicial y ver cómo se formó ese hábito. Ver su aparición mantiene nuestra forma de controlar en el nivel consciente. Recuerde: la mayoría de los miembros de nuestra familia representaban a su vez un drama para tratar de absorber energía de nosotros cuando éramos chicos. Es por eso que tuvimos que formar un drama de control. Nos hacía falta una estrategia para recuperar la energía. Siempre desarrollamos nuestros dramas particulares en relación con los miembros de nuestra familia. No obstante, una vez que reconocemos la dinámica de la energía en nuestra familia, podemos ir más allá de estas estrategias de control y ver qué ocurre en realidad.[6]

En el Manuscrito se mencionan cuatro clasificaciones principales de manipulaciones y operan en un continuum. Algunas personas usan más de una en circunstancias distintas pero la mayoría de nosotros tenemos una dramatización del control dominante que tendemos a repetir, según cuál haya sido la que dio resultado con los miembros de nuestra familia.

# Clasificación de los dramas de control

## El Intimidador

Los intimidadores logran que todos les presten atención a fuerza de gritos, fuerza física, amenazas y exabruptos. Mantienen a todos a raya por temor a desatar comentarios molestos, rabia y, en casos extremos, furia. La energía va hacia ellos debido al miedo y la sospecha del "próximo hecho". Los intimidadores siempre ocupan el escenario. Hacen que los demás se sientan atemorizados y ansiosos.

Básicamente egocéntricos, su comportamiento puede ir desde dar órdenes a los que están a su alrededor, hablar constantemente, ser autoritarios, inflexibles y sarcásticos, a ser violentos. Los intimidadores son quizá los más apartados de la energía universal. Inicialmente atraen a los demás creando un aura de poder.

Cada uno de los cuatro dramas crea una dinámica energética específica llamada *drama correspondiente*. Por ejemplo: el drama correspondiente que crea un Intimidador es sobre todo Pobre de Mí, una dinámica energética sumamente *pasiva*. Al sentir que el Intimidador le roba la energía a escala aterradora, Pobre de Mí trata de frenar el intercambio amenazador asumiendo una actitud impotente y aduladora: "Mira lo que estás haciéndome. No me lastimes, soy muy débil". El Pobre de Mí trata de hacer que el Intimidador se sienta culpable para así frenar el ataque y recuperar el flujo de energía. La otra posibilidad de drama correspondiente es el Contra-intimidador. Esta dramatización se produce si la actitud Pobre de Mí no da resultado o, más probablemente, si la personalidad de la otra persona también es agresiva. Entonces, esta persona responde al ataque del Intimidador original. Si uno de sus padres fue Intimidador, es muy probable que uno de sus padres fuera Intimidador o Pobre de Mí.

## Interrogador

Los Interrogadores son menos amenazadores desde el punto de vista físico, pero socavan el ánimo y la voluntad cuestionando mentalmente cualquier actividad y motivación. Críticos hostiles, buscan formas de hacer sentir mal a los demás. Cuanta más atención presten a sus errores y sus defectos, más pendiente estará usted de ellos y más reaccionará a todo lo que hagan. Al hacer esfuerzos para probar su valía y responderles, más energía les está enviando. Es probable que todo lo que diga sea usado en su contra en alguna oportunidad. Usted se siente como constantemente vigilado.

Hipervigilantes, su comportamiento puede ir de ser cínicos, escépticos, sarcásticos, fastidiosos, perfeccionistas, santurrones, a ser viciosamente manipuladores. Inicialmente atraen a los demás con su ingenio, su lógica infalible, sus hechos y su intelecto.

Como padres, los Interrogadores generan hijos Distantes y a veces Pobre de Mí. Ambos tipos quieren escapar del sondeo del Interrogador. Los Distantes no quieren tener que responder (ni ver su energía absorbida) al escrutinio constante y fastidioso del Interrogador.

## Distante

Las personas Distantes están atrapadas en su mundo interior de luchas, miedos y dudas sin resolver. Creen inconscientemente que si se muestran misteriosos y desapegados, otros vendrán a rescatarlos. A menudo solitarios, mantienen distancias por temor a que otros impongan su voluntad o cuestionen sus decisiones (como lo hicieron sus padres Interrogadores). Piensan que tienen que hacer todo solos, no piden ayuda. Necesitan "mucho espacio" y a menudo evitan quedar atados con compromisos. De chicos, no los dejaron satisfacer su necesidad de independencia o no los reconocieron por su propia identidad.

Propensos a caer en el lado Pobre de Mí del continuum, no se dan cuenta de que su propia indiferencia puede ser la causa de que no tengan lo que quieren (o sea, dinero, amor, autoestima), o de su sensación de estancamiento y confusión. Generalmente, consideran que su principal problema es la falta de algo (dinero, amigos, contactos sociales, educación).

Su comportamiento va de no mostrar interés, no estar nunca disponibles, no cooperar a ser condescendientes, a rechazar, oponerse y ser escurridizos.

Hábiles en el manejo de la indiferencia como defensa, tienden a cortar su energía con frases como: "Soy diferente". "Nadie entiende lo que trato de hacer," "Estoy confundido", "No quiero seguirles el juego". "Si tuviera...". Las oportunidades se les escapan mientras hiperanalizan todo. Ante el más mínimo indicio de conflicto o enfrentamiento, el Distante se vuelve vago y puede desaparecer literalmente (no atiende llamadas telefónicas o no se presenta a una cita). Inicialmente, atraen gracias a su personalidad misteriosa e inaccesible.

Los Distantes en general crean Interrogadores, pero también pueden entrar en dramas con los Intimidadores y los Pobre de Mí porque están en el centro del continuum.

## El Pobre de Mí o víctima

Los Pobre de Mí nunca piensan que tienen suficiente poder para enfrentar al mundo de una forma activa, de modo que atraen simpatía llevando la energía hacia ellos. Cuando usan el tratamiento silencioso, pueden deslizarse hacia el modo Distante, pero como Pobre de Mí, se aseguran de que el silencio no pase inadvertido.

Siempre pesimistas, los Pobre de Mí atraen la atención con expresiones faciales preocupadas, suspiros, temblores, llantos, miradas perdidas, respuestas lentas y relatos reiterados de dramas y crisis punzantes. Les gusta ser los últimos de la fila y someterse a los demás. Sus dos palabras favoritas son: "Sí pero..."

Los Pobre de Mí seducen inicialmente por su vulnerabilidad y su necesidad de ayuda. Sin embargo, no les interesan realmente las soluciones porque entonces perderían su fuente de energía. También pueden mostrar un comportamiento complaciente en exceso que a la larga los lleva a sentir que sacan ventaja de ellos y reafirma el método Pobre de Mí para conseguir energía. Como complacientes, tienen escasa habilidad para poner límites y el comportamiento va desde convencer, defenderse, dar excusas, explicar reiteradamente, hablar demasiado, a tratar de resolver problemas que no son de su incumbencia. Se dejan considerar objetos, quizás a través de su belleza o de favores sexuales y después se ofenden porque no los valoran.

Los Pobre de Mí mantienen su postura de víctimas atrayendo gente que los intimida. En los ciclos extremos de violencia doméstica, un Intimidador envolverá al Pobre de Mí en episodios cada vez más violentos de maltrato hacia él hasta alcanzar un clímax. Después del clímax, el Intimidador se retira y pide disculpas, enviando así la energía que vuelve a hacer entrar a Pobre de Mí en el ciclo.

## Cuadro de Referencia de
## las posiciones del drama de control

### AGRESIVO

| COMPORTAMIENTO EXTERIOR | LUCHA INTERIOR |
|---|---|
| **Intimidador** | |
| Negación, no escucha | Miedo a ser controlado |
| Ira | Miedo a no ser apto |
| Conseguirlo como sea | Alguien va a conseguirlo primero. |
| Arrogancia | Nadie me tiene en cuenta |
| Yo primero | A nadie le importa |
| Control | Tengo que hacerlo solo |
| Rabia | Nadie se ocupó nunca de mí |
| Violencia | Estoy muerto |
| *Hace sentir a los demás:* | *Drama correspondiente:* |
| Temerosos | Pobre de Mí: "No me lastimes, no soy una amenaza". |

| COMPORTAMIENTO EXTERIOR | LUCHA INTERIOR |
| --- | --- |
| Enojados | Intimidador: "No puedes lastimarme. Te la voy a devolver". |
| Vengativos | Interrogador: "No eres tan fuerte como pareces. ¿Cuál es tu punto débil?". |
| Negados | Distante: "No te consolaré" |

### Interrogador

| | |
| --- | --- |
| ¿Quién crees que eres? | Sin ningún reconocimiento de chico. |
| ¿Adónde vas? | La gente me deja y tengo miedo. |
| ¿Por qué no hiciste...? | Quiero pruebas de tu amor |
| ¿Por qué no haces...? | Vas a dejarme |
| Te lo dije | Tú me necesitas. Yo te necesito. |
| *Hace sentir a los demás:* | *Drama correspondiente:* |
| Inspeccionados | Distante: "Tú no sabes qué pienso". |
| Negados | Distante: "Eres más fuerte que yo. Eres más importante que yo". |
| Mal | Mártir/Pobre de Mí: "Algún día apreciarás mi verdadero valor". |

## PASIVO

| COMPORTAMIENTO EXTERIOR | LUCHA INTERIOR |
| --- | --- |

### Distante

| | |
| --- | --- |
| No estoy dispuesto a... | No sé si puedo sobrevivir |
| Necesito más (dinero, educación, tiempo). | No confío en mí, tengo miedo |

| Comportamiento Exterior | Lucha Interior |
|---|---|
| No sé, no estoy seguro<br>Tal vez<br>Te lo haré saber | Me sentiré acorralado y no voy<br>   a poder rendir.<br>No sé qué siento. |
| *Hace sentir a los demás*:<br>Inseguros<br><br>Desconfiados | *Drama correspondiente*:<br>Interrogador: "¿Estás enojado<br>   conmigo?".<br>Interrogador: "¿Qué hice de<br>   malo?". |

## Pobre de Mí

| | |
|---|---|
| Estoy cansado<br>Yo soy así | Hago tanto y nadie me ve<br>No sé obtener energía de<br>   ninguna otra forma. |
| Hago todo lo que puedo.<br>Estoy bien.<br>Déjame a mí.<br>No te preocupes por mí. | Si cambio, tú no me amarás<br>En realidad, no te importo<br>Tú me necesitas. Yo te necesito<br>Necesito reconocimiento |
| *Hacen sentir a los demás:*<br>Culpables | *Drama correspondiente*:<br>Intimidador: "Quieres<br>   controlarme".<br>Interrogador: "Eres tan<br>   egocéntrico". |

Generalmente, es mucho más fácil ver estos dramas en otros. Por ejemplo, una mujer que leyó hace poco *La Novena Revelación* nos dijo: "Ayer vi un drama de control en acción cuando estaba en una zapatería. Una madre entró buscando zapatos para su hija de nueve años. La chiquita, aburrida, preguntó: 'Mamá, mamá. ¿Qué color de zapatos vas a comprar?'. Concentrada en los estantes de zapatos, la madre no le respondió. En un tono más agudo, la chica volvió a preguntar: 'Mamá, mamá. ¿Qué color de zapatos vas a comprar?' La madre siguió sin contestar". La mujer nos dijo: "Antes de conocer estas dramatizaciones, me habría parecido que la chica era una pesada, puesto que yo también soy madre. Ayer me dieron ganas de decirle a la madre, 'Oiga, ¿se da cuenta de que su actitud distante está creando una pequeña interrogadora?'"

# Los dramas de control
# se originan en el miedo

Todos los modos tendientes a controlar la energía derivan de un miedo original: si pierdo la conexión con mi padre, no seré capaz de sobrevivir. De chicos, nuestros padres *fueron* la fuente de nuestra supervivencia, y cuando necesitábamos energía para sentirnos a salvo, usábamos alguno de los dramas que nos daba resultado.

Con el conocimiento de que hay una fuente universal de energía que está disponible para todos, ya no necesitamos seguir en el esquema de control y supervivencia. Al transformar el drama basado en el miedo conectándonos con nuestra fuente interior, existimos en una vibración más alta. Cuando se traen a la conciencia, los dramas de control pueden convertirse potencialmente en cualidades positivas.

Una mujer de treinta y seis años, madre soltera, que trabaja actualmente como recepcionista, quiere más de la vida. Tiene un sueño y su interrogante es: "¿Cómo podría tener suficiente independencia financiera para vivir donde se me dé la gana y enseñar a otros a autoabastecerse?". Al hacer su análisis parental descubrió las siguientes creencias de sus padres:

- "A veces tienes que hacer cosas que no quieres."
- "Espera para vivir."
- "Prepárate para las tragedias."
- "No hay tiempo para hacer todo."
- "Nunca un momento de descanso."
- "Lo que tienes es bueno. No te muevas."

Los padres, pese a ser personas muy trabajadoras y bien intencionadas, no tenían pasión ni alegría de vivir. Ella analizó su idea de tener independencia financiera y vivir en cualquier parte y se dio cuenta de que las creencias que le habían inculcado sus padres no la conducirían hacia su sueño. Si bien se dio cuenta de que es importante tener una estrategia, sus vidas le decían claramente que la prudencia excesiva no conduce a una vida de autorrealización. También se dio cuenta de que se decía a sí misma lo mismo en cuanto a mantener el trabajo actual porque "es bueno". Además, dejaba su vida en suspenso ("espera para vivir") esperando que se resolviera una cuestión legal. De maneras muy sutiles, reflejaba las creencias de sus padres.

Le convendría analizar estas preguntas:

- ¿A qué le tenía miedo su madre? ¿Qué comportamiento mostraba?
- ¿A qué le tenía miedo su padre? ¿Qué comportamiento mostraba?
- ¿A qué le tiene miedo usted? ¿Cómo actúa? ¿En qué se parece a sus padres?

## Transformar los dramas de control

Una vez que estamos centrados internamente, nuestros dramas de control pasan a nivel consciente y los viejos hábitos pueden convertirse en fuerzas positivas.

*Intimidador/líder.* Al conectarse con la verdadera fuente de poder, un Intimidador encontrará más autoestima si usa sus condiciones de liderazgo. Firme sin ser dominante, confiado sin ser arrogante, tiene más posibilidades de disfrutar de los desafíos y conseguir la cooperación de los demás.

Un empresario de sesenta años tenía en una época una fábrica. Se describía a sí mismo como "desgraciado sobre ruedas"; nunca perdía una discusión y disfrutaba su ilusión de poder e intimidación. La quiebra y el divorcio resultaron para él experiencias humillantes y le mostraron lo desequilibrada que estaba su vida. Actualmente, es formador de ejecutivos, ayuda a que los demás vean por qué toman determinadas decisiones y los ayuda a tomar contacto con su verdadero poder. Conocer sus sentimientos y ver cómo pueden guiarlo con integridad lo liberó del exilio que se había impuesto a sí mismo.

*Interrogador/abogado*. El Interrogador transformado canaliza su tendencia a preguntar a través de la indagación, utilizando habilidades interpersonales más acabadas como profesor, asesor o abogado.

Una mujer de cuarenta y cinco años que formaba parte del equipo gerencial de una empresa multinacional de servicios financieros era famosa por su estilo analítico impecable y su capacidad para detectar fallas de investigación. No obstante, su status no llenaba la carencia emocional que sentía. El vacío de su vida personal era abrumador. Finalmente, se enfermó. Al verse obligada a hacer una reevaluación, empezó a estudiar psicología y ahora ejerce en forma independiente.

*Distante/Pensador independiente*. Liberados de su necesidad de mantenerse al margen, los Distantes acceden a recursos intuitivos profundos para llevar sabiduría y creatividad a la tarea de su vida, como por ejemplo ser sacerdote, sanador o artista.

Un ex ministro, que literalmente se ocultaba detrás del púlpito, realizó una transformación importante en la enseñanza institucional. Al principio, se veía en posición de "predicador", lo cual creaba una separación artificial de su congregación. Después de un análisis personal devastador por parte de sus feligreses, de golpe tomó conciencia de su naturaleza por desgracia excesivamente humana. Humillado, ya no pudo seguir viviendo aislado por sus rígidas creencias.

> Nuestra disposición a entregarnos y creer en el proceso nos ayuda a reemplazar nuestro egoísmo y permite que aflore nuestro inconsciente. Cuando esto ocurre, la idea de un Poder Superior pasa a resultarnos aceptable. Desviamos la atención de nuestro comportamiento adictivo para cambiar, y empezamos a comprender que la vida es un proceso. *The Twelve Steps: A Way Out: A Working Guide for Adult Children of Alcoholic & Other Dysfunctional Families*[7]

*Pobre de Mí/Reformador*: Después de experimentar el verdadero afecto y la unidad, el Pobre de Mí puede mantenerse anclado en su propia fuente interior y se convierte en reformador compasivo, trabajador social o sanador.

Una mujer, víctima de un incesto, que trató de suicidarse a los quince años, pasó mucho tiempo en análisis tratando de descubrir la causa de su depresión. Después de sobrevivir a varias relaciones con intimidadores, de perder un empleo y descubrir que el hermano tenía sida, no tuvo más remedio que entregarse a una mayor comprensión. Actualmente, su sanación interior le ha dado la capacidad de ayudar a otros a encontrar la verdad en su dolor.

En la mayoría de los casos, la transformación que experimentaban estas personas se catalizaba a través de lo que parecía un hecho negativo, como un divorcio, una quiebra o enfermedad. El dolor, la desilusión, la humillación, el aislamiento y la sensación de fracaso constituían elementos esenciales que producían la sanación *porque cada persona quería asumir la responsabilidad de lo que necesitaba aprender.*

# El análisis de los dramas de control

Una de las preguntas que más formulan los lectores es, "¿Cómo salgo de mi drama? ¿Qué puedo hacer?".

*Tome conciencia de su comportamiento.* El primer paso para romper su esquema es ver con total claridad la dramatización del control que aprendió de chico. Revise las descripciones anteriores y empiece a observar su comportamiento, especialmente cuando está en tensión o ansioso por algo.

¿Se vuelve beligerante, impaciente, rígido, enojado, e intimida o domina a los otros? (Intimidador)

¿Desconfía de los demás o siente que no le prestan suficiente atención? ¿Los hostiga, les hace reproches o los interroga? (Interrogador)

¿Mantiene distancias y se hace el difícil, evitando situaciones en las que pueda mostrarse como es por temor a ser juzgado? (Distante)

¿Se queja siempre y se concentra en los problemas, esperando que los demás vengan en su ayuda? (Pobre de Mí)

*Tome conciencia de los tipos que atrae.* Deje de encajar en sus dramas. Observe la naturaleza de sus interacciones cotidianas y ponga manos a la obra para salir del juego.

Por ejemplo: ¿está encontrándose mucho con Intimidadores? Si es así, tal vez sea porque se siente fuera de control o debilitado. Es posible que esté tratando de obtener energía de ellos siendo usted también Intimidador (debido a una creencia en la carencia, que lleva a percibir la necesidad de competir). O, si se siente víctima de sus acciones, su reacción puede ser tratar de justificar su impotencia en lugar de asumir la responsabilidad de hacerse cargo de su propia vida. Si empieza a ser intimidado, reconozca dónde necesita ponerse en contacto con sus propios sentimientos de rabia o injusticia. ¿De qué manera debe entrar en acción en *su* vida? Preste atención a las afirmaciones defensivas, que le pueden dar la clave de que pasó a una postura de Pobre de Mí para obtener más energía del otro. Un estudiante de cuarenta años contó que: "Me di cuenta de que cuando llamo a mi madre (una Intimidadora) por teléfono, tiendo a empezar la conversación con algún contratiempo que tuve, algún desperfecto del auto o problemas de plata. Inconscientemente, quiero que ella sienta que sigo necesitando su apoyo y su energía. Si digo algo divertido, me parece que va a criticarme y 'ponerme en mi lugar'".

¿Hay muchos Pobre de Mí haciendo cola para contarle una historia lacrimógena? A lo mejor, empezó a asumir una mayor responsabilidad por usted mismo y esto le recuerda que no debe volver a culpar a los demás. Tal vez se sienta usted mismo inseguro, deprimido o temeroso, pero no está en contacto con la fuente de sus sentimientos. En ese caso, lo que hizo fue proyectar sus propios sentimientos de Pobre de Mí. Es posible que el consejo que le da a un amigo Pobre de Mí le haga falta a usted también.

¿Tiene un gran Interrogador en su vida? A lo mejor está ocultando algo y no dice toda la verdad. Pregúntese a usted mismo cómo extrae energía de esa otra persona. ¿Quiere que se dé cuenta de algo que usted no quiere decir directamente? ¿Se siente incómodo, pero trata de mostrar que "maneja las cosas"? ¿Cómo fue que perdió su conexión con la fuente universal?

¿Alguien se muestra Distante con usted? ¿Evasivo, indiferente o misterioso? ¿Usted quiere un contacto constante y está pendiente de cada uno de sus pensamientos, movimientos o motivaciones? Tal vez esté haciéndole lo que uno de sus padres hizo: interrogarlo y vigilarlo. Es posible que se haga el misterioso para no verse absorbido u obligado a actuar.

Recuerde, sus reacciones están arraigadas en las inseguridades de la infancia.

Póngase en contacto con su cuerpo; por ejemplo: observe si siente escalofríos cuando lo critican o cuestionan. Las sensaciones de rigidez, frío y miedo confirman que está compitiendo por la energía y que perdió su centro.

## La identificación del drama

En *La Novena Revelación*, Julia le dice al personaje principal que "todos los dramas son estrategias encubiertas para obtener energía... las manipulaciones encubiertas para obtener energía no pueden existir si las traemos a la conciencia señalándolas...' siempre prevalece la mejor verdad en cuanto a lo que ocurre en una conversación. Después de eso, la persona tiene que ser más real y honesta".[8]

Identificar el drama saca a relucir la verdad del encuentro. Identificar el drama no necesariamente significa que usted deba analizar mentalmente su encuentro y poder articular que se trata de un Interrogador y entonces usted pasa al modo Distante o cualquiera otra explicación psicológica. Identificar el drama significa que usted *puede observar que está produciéndose una lucha de poder y que usted se siente abrumado, atascado, amedrentado, impotente o cualquier cantidad de otros sentimientos.* Identificarlo significa mantenerse en la verdad de sus sentimientos y tomar medidas para liberarse. Observe, cuando siente que trata de convencer a alguien, de defenderse, que se siente amenazado o culpable porque alguien lo hace responsable de sus problemas. Cuando se siente paralizado, helado y confuso, es porque está en una lucha de poder. El proceso mismo de tomar conciencia de esto le permite decidir si quiere continuarla o transformarla.

Recuerde que identificar el drama puede no resultar fácil si las emociones son fuertes o hay mucho miedo. La cuestión es sacar a relucir la verdad. Proyecte siempre amor y comprensión hacia la otra persona y confíe en que usted sabrá cuándo hablar. Intente distintos enfoques:

*Con Intimidadores:*
- "¿Por qué estás tan enojado?"
- "Parecería que quieres que te tenga miedo."

*Con Interrogadores:*
- "Te quiero, pero cuando estoy contigo me siento criticado."
- "¿Hay algo que está molestándote aparte de esta cuestión?"

*Con Distantes:*
- "Siento que te apartas y estás distante. ¿Qué te pasa?"

*Con Pobre de Mí:*
- "Al parecer, me haces responsable de lo que no anda bien en tu vida."
- "Tal vez no sea tu intención, pero da la impresión de que quieres hacerme sentir culpable."

No tema sentirse torpe al principio. Está cambiando un esquema de toda la vida y al comienzo tal vez no sea muy hábil en el manejo de esta energía. A menudo, los temas manifiestos por los cuales se pelean las personas no son los verdaderos. Busque la verdad detrás de lo obvio.

*Más allá de la dramatización, busque a la persona verdadera.* Manténgase centrado en su energía y recuerde enviar a la otra persona toda la energía que pueda. Como aprendimos en la Primera Revelación, cada persona que encontramos tiene un mensaje para nosotros, y nosotros para ella. Si estamos atascados en la lucha por la energía, perdemos el mensaje. Por lo tanto, después de identificar el drama, debemos ver a la persona sin preconceptos y darle voluntariamente la energía para que ella, a su vez, pueda recibirla y darla.

Preste atención a las pistas que dan las personas respecto de lo que realmente les está pasando. Por ejemplo, en el fragor de una discusión, un Intimidador gritó: "No quiero verlos más. Estoy harto de que me presionen. Me han presionado desde que era chico". Esto ayudó a la otra persona, que ya estaba por caer en una reacción de Pobre de Mí, a darse cuenta de que la cuestión no tenía que ver con ella sino con algo más profundo y más antiguo. Ya más serenos, pudo hablar con la otra persona en forma más abierta y comprensiva. En este caso, como ella lo conocía muy bien, pudo trazar algunos paralelos respecto del poder de las influencias de la infancia en las vidas de ambos.

*Reflejos en su espejo.* Una vez que usted tiene tiempo para reflexionar sobre el drama de control que lo afecta, mírese a sí mismo y a la otra persona con toda la objetividad de que sea capaz. ¿En qué se parece la otra persona a alguno de sus padres? ¿De qué manera reacciona usted como lo hacía en la infancia? Resultaría útil escribir sobre el encuentro en su diario y tomarse unos minutos para escribir qué siente. Permita que la situación le enseñe y evite hacer juicios sobre lo que está ocurriendo.

En general, lo que nos molesta de los demás es algo que deberíamos mirar en nosotros mismos, pero no estamos dispuestos a hacerlo. Señalar con el dedo es signo de que estamos tratando de usar la culpa en lugar de la comprensión. Por ejemplo, un consultor organizativo dijo: "Me sentía frustrado con un ejecutivo que se lo pasaba diciendo que ciertos empleados eran estúpidos, en lugar de ver que esa situación se había originado por falta de comunicación. Entonces, me di cuenta de que estaba haciendo lo mismo con uno de mis colegas, insultarlo mentalmente y no ver las cuestiones más profundas". Señalar con el dedo no identifica la verdad y, por consiguiente, nunca se resuelve nada. Todo el mundo pierde energía.

Hágase estas preguntas:

- ¿Qué está mostrándome un drama de control que yo deba saber más que ninguna otra cosa en este momento?

- ¿Tengo que poner mejores límites al comienzo de los encuentros?
- ¿Me tomo las cosas en forma personal cuando en realidad no tienen que ver conmigo?
- ¿Trato de sacar ventaja cuando veo debilidad en el otro?

*Esté dispuesto a irse cuando ve que está enganchado.* Por ejemplo: Pobre de Mí queda enganchado en su drama con un Intimidador o un Interrogador tratando constantemente de volver a explicar, convencer o defender. Si usted lo hace, observe cuánto tiempo pasa obsesionado con la idea de cómo puede convencer a esa persona de algo de una vez por todas. Al aflojar su necesidad de obtener energía con sus viejos métodos, podrá alejarse de la tentación de seguir convenciendo.

Los Intimidadores se enganchan con el torrente de adrenalina que les procura superar y ganar. Si le pasa eso, pregúntese: ¿Qué es lo que más quiero? ¿Necesito conseguirlo sólo de esta forma? Esté dispuesto a ser flexible y abierto; deje de tratar de controlar todo. Es posible que la cooperación le traiga más beneficios que lo que usted ve ahora como solución.

Los Interrogadores se enganchan con la ilusión de su propia rectitud. Si es su caso, acepte mirar la situación desde el otro punto de vista. ¿Qué puede aprender al hacerlo? Esté dispuesto a hablar de sus verdaderos sentimientos y a hacer algo para obtener energía por sí mismo en lugar de perseguir a alguien que se repliega.

Los Distantes se enganchan queriendo cubrir miedos, inseguridad y confusión. Si es lo que usted hace, acepte pedir ayuda. Admita que no tiene todo claro. ¿Qué apoyo necesita en este momento? ¿Qué siente? Esté dispuesto a caminar *hacia* algo. Escapar es la salida más fácil para usted.

*Caso de estudio.* Cuando Jane, agente inmobiliaria, leyó lo de los dramas de control en *La Novena Revelación*, se decidió a cambiar sus viejos hábitos. La determinación fue una verdadera declaración de intención que, sincronizadamente, atrajo oportunidades de romper el esquema. En un par de meses, tuvo dos encuentros con personas muy difíciles que le recordaron a su madre dominante. Se dio cuenta de que en general ella intentaba recibir energía convirtiéndose en una Pobre de Mí rígida y reconoció estos encuentros como oportunidades para cambiar sus viejos hábitos.

En su encuentro más conflictivo, Jane quedó bloqueada con un cliente muy intimidador que se negaba a negociar el precio de su casa. Además, iba poniéndose cada vez más beligerante respecto del tiempo que estaba tardando en vender la casa. La primera reacción de Jane fue defenderse con justificaciones, aduciendo que tenía mucho trabajo y demás (Pobre de Mí). La situación empeoró. Enseguida empezó a concentrarse totalmente en cómo podía probar que él estaba equivocado y ella tenía razón.

Para entonces, Jane había perdido de vista su objetivo, que era vender la casa. Estaba enganchada en su esquema infantil de sentirse criticada por alguien con una personalidad dictatorial (como la madre), lo cual derivaba en tratar de recobrar energía mediante una postura Pobre de Mí.

Primero, Jane observó lo agotada que se sentía y pasó un tiempo en desarrollar su energía diariamente.

Segundo, recordó que se sale de un drama de control identificándolo, o sea, sacándolo a relucir y convirtiéndolo en una situación abierta antes que encubierta. Decidida a intentar un nuevo comportamiento, llamó a su cliente. Fiel a lo que sentía, le dijo que no sabía qué hacer porque estaba empezando a sentirse criticada por las decisiones que había tomado. Le dijo que había hecho todo lo posible por trabajar con su precio y entendía que él no quisiera bajarlo. Su capacidad para expresar claramente su punto de vista preparó el terreno para que ambos empezaran a debatir distintas opciones que les permitieran seguir trabajando juntos.

Ella admitió que le costaba mantenerse centrada cuando él la bombardeaba con sus comentarios interrogadores y no responder al Intimidador/Interrogador con su Pobre de Mí. "Intelectualmente, sé que él está muy presionado para vender y está tratando de ejercer control también. Aun así, en un momento estaba paralizada. Mi mayor fantasma era pensar que la casa no se vendía por algo que yo hacía o dejaba de hacer. En realidad, pensaba que 'yo debía arreglarlo'. Dejé de sentirme culpable por no resolver 'sus' problemas y me di cuenta de que él mezclaba cosas que no tenían nada que ver conmigo. Qué alivio siento." Tratar de resolver el problema de él y "salvarlo" era literalmente una repetición del rol de su infancia de hacerse cargo de su madre disfuncional. En este caso, dejó de lado la necesidad de sentir que controlaba una situación que no podía controlar. Al darse cuenta de que esa venta no era la única que iba a hacer en su vida, empezó a tomar distancia del resultado.

## Qué pueden enseñarnos nuestros dramas

A partir del ejemplo de Jane, tomémonos un momento para hacer una recapitulación de los principios que actuaban en este caso.

*Las relaciones parentales se reflejan en otras relaciones*. La revisión parental permitió que Jane adquiriera una mayor percepción de la forma en que se repiten los viejos dramas. "Hice mi revisión parental, pero me pareció algo más bien chato hasta que empecé a reflexionar sobre el drama de control con mi cliente. Fue una lección directa respecto de lo que tenía que aprender después de haber empezado a rever mi pasado. Una vez que vi la dinámica de cómo entraba en un modo Pobre de Mí, realmente entendí el efecto que había tenido mi madre en mí. ¡Con todo, retrospectivamente, es posible que fuera un buen entrenamiento para mi trabajo en el sector inmobiliario!"

*Cada situación tiene un mensaje*: Al prestarle más atención a su interrogante actual sobre las influencias parentales, la sincronicidad le brindó a Jane un cliente que era un reflejo perfecto de sus creencias interiores y sus juicios sobre sí misma.

*El cuerpo le daba pistas*. Jane se dio cuenta de que es importante prestar atención a las intuiciones y a las sensaciones corporales de malestar. Estos indicios físicos le hicieron saber que estaba cayendo en un comportamiento reactivo. Cuanto más aprenda a confiar en sus impresiones, más rápido podrá frenar el comportamiento reactivo.

*Dijo la verdad y no murió nadie*. Se dio cuenta de que tenía que verbalizar su malestar y comunicarlo de una manera apropiada a los demás aun sin saber si encontraría las palabras correctas. Aprender a confrontarse y dar respuestas sin caer en el antagonismo es necesario si queremos abandonar el comportamiento encubierto.

*Pidió ayuda*. Se dio cuenta de que no tenía por qué resolver la situación sola. Al concientizar la situación y mantenerse sincera, tiene la posibilidad de incluir a la otra persona en la solución. Se dio cuenta de que ella sólo puede ser responsable por sí misma. No es necesario que tenga todas las respuestas.

*Adquirió una visión más amplia*. Jane volvió a analizar su revisión parental y logró nuevos *insights*. Dijo: "Algunas de mis percepciones estaban enterradas a tal profundidad que tardé en ver".

## Progreso, no perfección

La vida es un viaje, no un resultado final, y es importante que nos aceptemos a nosotros mismos y a los demás como somos. Tal vez otras personas no nos gusten o no aprobemos su comportamiento, pero la vida tiene que ver con la experiencia y el logro de una unidad en el amor. Culpar, juzgar y compararnos con el "progreso" o el nivel de iluminación de otros no sirve para nada. Al trabajar para liberarse de su drama de control, tenga esto presente y conservará su sentido del humor. Siempre que pueda, busque recogerse en su identidad.

## No se exija demasiado

Cuando trate de tomar una mayor conciencia de los dramas de control, por favor tenga presente que esta información es una herramienta para la transformación, no un arma para "iluminar" a los demás o para frustrarse usted. No se exija demasiado cuando empiece a cambiar su comportamiento. Recuerde que siempre es más fácil ver los dramas en otros. Si se siente enojado, rígido, cerrado, deprimido o aislado, es porque trató de buscar soluciones y energía en viejas actitudes.

Si siente sinceramente que su corazón está abierto y en paz con lo que le ocurre en la vida, está conectado con su propia energía. Si tiene dudas, respire, busque el aspecto humorístico de lo que está pasando y haga algo para levantar su energía.

> *La conciencia es un espejo*
> *que refleja los cuatro elementos.*
> *La belleza es un corazón*
> *que genera amor*
> *y una mente que está abierta.*
> THICH NHAT HANH,
> *Present Moment*
> *Wonderful Moment*[9]

## RESUMEN DE LA SEXTA REVELACIÓN

La Sexta Revelación es la conciencia de que perdemos nuestra conexión interior con la energía divina. A menudo, vemos que en esas ocasiones recurrimos a nuestra forma personal (e inconsciente) de manipular a los demás para quitarles energía. Estas manipulaciones son generalmente pasivas o agresivas. La mayoría de las pasivas pueden resumirse en la actitud de la víctima o el Pobre de Mí: siempre califica los hechos de negativos, pide ayuda a los demás, describe los hechos de tal manera que los demás se sienten culpables (y así los fuerza a prestarle atención y darle energía).

Menos pasiva es la estrategia indiferente o Distante: responde las preguntas en forma vaga, nunca se compromete con nada, hace que los demás estén pendientes tratando de entender. Cuando los demás están pendientes de nosotros, tratando de ver qué nos pasa, atraemos su atención y por ende su energía.

Más agresivo que estos dos es el método del crítico o Interrogador: trata de encontrar algo malo en lo que los demás hacen, inspecciona constantemente. Si los pescamos en lo que consideramos un error, los ponemos incómodos, excesivamente prudentes, preocupados por lo que podemos pensar. Nos miran por el rabillo del ojo y así nos prestan atención y nos dan energía. El estilo del Intimidador es más agresivo: parece descontrolado, explosivo, peligroso y beligerante. Otros nos observan de cerca y así recibimos su energía.

Como tendemos a repetir estas manipulaciones con todos los que encontramos, y a estructurar los hechos de la vida en torno de estos patrones, pueden entenderse como "dramas de control", esquemas repetidos que provocan las mismas situaciones una y otra vez. De todos modos, una vez que traemos nuestros dramas de control a nivel de la conciencia, empezamos a reconocer cada vez que recurrimos a ellos y así permanecemos más conectados con la energía interior. Un análisis de nuestra infancia temprana puede revelar cómo evolucionaron nuestros dramas de control y una vez superado esto, descubrir motivaciones más profundas en cuanto al hecho de pertenecer a determinada familia. De las fuerzas de nuestros padres y de los aspectos particulares del desarrollo que ellos no completaron podemos inferir el interrogante de nuestra vida y nuestra tarea o "misión" en el mundo.

## Estudio Individual de la Séptima Revelación

### Revisión parental

*Objetivo*: El objetivo de este ejercicio es hacer un perfil de los logros, actitudes, filosofía, puntos débiles y actividades inconclusas de sus padres tal como los veía en la infancia. Si puede encontrar un significado más alto en sus vidas, se inclinará más a ver de qué manera sus vidas lo prepararon para su misión en la vida. El mejor enfoque es asumir que, en las circunstancias que lo rodearon de chico, existía una intención positiva.

*Indicaciones*: Haga este ejercicio cuando no vayan a interrumpirlo durante una o dos horas.

Lea las siguientes preguntas y escriba las respuestas en su diario. Responda las preguntas desde el punto de vista de su infancia.

## A. Observe al maestro de lo masculino (su padre)

Usted formó sus ideas respecto de cómo funciona su energía masculina a partir de su padre u otros modelos masculinos significativos. El rol del padre en nuestras vidas es el de ayudarnos a conectarnos con nuestro poder y liderazgo. El objetivo de la paternidad es hacernos autosuficientes. A través del lado masculino de nuestra naturaleza emprendemos la acción hacia nuestros objetivos.

Si no se relacionó bien con su padre, tal vez tenga dificultades con las figuras de autoridad en su vida o le cueste encontrar su identidad. Sea como fuere, usted no aceptó totalmente su propio poder.

*Logro laboral*
1. ¿Qué tipo(s) de trabajo hacía su padre cuando usted era chico?
2. ¿Se sentía orgulloso de lo que hacía?
3. ¿En qué se destacaba?

*Carácter propio afirmativo*
4. Enumere las palabras positivas que mejor describan a su padre (por ejemplo: inteligente, audaz, cariñoso, etc.)
5. ¿Qué una o dos palabras son las que mejor describen su personalidad?
6. ¿Qué era lo más singular en él?

*Carácter propio negativo*
7. Haga una lista de palabras que describan rasgos negativos en su padre (por ejemplo: crítico, autoritario, obstinado, etcétera)
8. ¿Qué desencadenaba el comportamiento negativo?
9. ¿Qué una o dos palabras describen sus peores rasgos?

*Infancia del padre*
10. Describa lo mejor posible la infancia de su padre.
11. ¿Fue feliz? ¿Despreciado? ¿Empezó a trabajar siendo muy joven? ¿Pobre? ¿Rico?

12. ¿Qué drama de control cree que usaban sus padres?
13. ¿De qué manera influyó su infancia en las opciones de su vida?

*Filosofía del padre*
14. ¿Qué era lo más importante para él?
15. ¿Qué aseveración o credo es el que mejor expresa la filosofía de vida de su padre?

*Elementos ausentes*
16. Enumere qué considera que faltó en la vida de su padre.
17. ¿Qué habría hecho si hubiera tenido más tiempo, dinero o educación?

## B. Análisis energético de lo masculino

¿Cuál es la descripción que retrata con mayor exactitud la actitud general de su padre hacia usted? Si se aplica más de una, escriba un porcentaje en las descripciones correspondientes (o sea, Pobre de Mí 60%; Distante 40%).

_____ Intimidador: A punto de estallar; amenazador; daba órdenes; inflexible; enojado; egocéntrico; me daba miedo.

_____ Interrogador: Indagaba qué estaba haciendo; crítico; destructivo; fastidioso; lógico infalible; sarcástico; me vigilaba.

_____ Distante: Tendía a ser distante; ocupado; fuera de casa; no se interesaba en mi vida; insensible; reservado; preocupado.

_____ Pobre de Mí/víctima: Siempre veía lo negativo; buscaba problemas; siempre decía que estaba ocupado o cansado; me hacía sentir culpable por no resolverle sus problemas.

## C. Su reacción a lo masculino

¿Cómo reaccionaba cuando su padre estaba en su drama de control?

Elija entre estos modos similares el que mejor describa cómo reaccionaba con él cuando era chico o ponga porcentajes en el caso de dos o más métodos.

_____ Intimidador: ¿Enfrentaba a su padre y adoptaba una posición fuerte o rebelde?

_____ Interrogador: ¿Trataba de atraer su atención haciéndole preguntas?

¿Trataba de ser más vivo que él o encontrar escapatorias en las discusiones?

_____ Distante: ¿Se encerraba en sí mismo o se escondía en su cuarto para hacer algo solo? ¿Pasaba mucho tiempo fuera de su casa? ¿Escondía sus verdaderos sentimientos?

_____ Pobre de Mí/víctima: ¿Trataba de hacer que su padre pensara que usted necesitaba ayuda, dinero, apoyo, atención para que se fijara en sus problemas y así le prestara más atención?

## D. Análisis de lo que aprendió de su maestro masculino

COMO MI PADRE

Sus observaciones respecto de la vida de su padre pueden funcionar como creencias positivas o negativas con las que usted carga todavía.

1. Termine esta oración con características positivas que haya sacado de su padre: *Como mi padre, soy...*
2. Termine esta oración con características negativas que haya sacado de su padre: *Como mi padre, soy...*
3. De mi padre, aprendí que para tener éxito, debo:
   a.
   b.
   c.

*Estos son valores y creencias que influyeron en muchas de sus decisiones ya sea positiva o negativamente.*

PARA CRECER A MI MANERA

4. Viendo la vida de mi padre, quiero ser más:
   a.
   b.
   c.
5. ¿De qué le está agradecido a su padre?
6. ¿Qué desearía perdonarle a su padre?
7. De su lista de lo que faltó en la vida de su padre, ¿qué eligió desarrollar, si es que eligió algo?
   a.
   b.
   c.

*Los elementos ausentes en su padre son orientaciones en las que tal vez usted ya esté trabajando o desee desarrollar. Es probable que estos elementos influyan en sus decisiones respecto de su carrera, estilo de vida, relaciones, paternidad y contribución espiritual.*

## A. Observe a la maestra de lo femenino (su madre)

Usted formó sus ideas respecto de cómo funciona la energía femenina a partir de su madre y otras mujeres significativas en su crianza. El rol de lo femenino en nuestras vidas es el de ayudarnos a relacionarnos con los demás. En general, pero no siempre, nuestra madre es la que nos muestra cómo conectarnos con nuestra capacidad para sanar, consolar y cuidar a otros. Por ejemplo: si usted no se relacionó bien con su madre, es posible que tenga dificultades para las relaciones íntimas o falta de capacidad para cuidarse bien. El sentimiento de privación respecto de la madre puede incluso implicar una actitud de despilfarro o de ingresos bajos. La energía femenina es la creadora de sus objetivos y revela qué tiene valor y significado para usted.

*Logro laboral*
1. ¿Qué tipo(s) de trabajo hacía su madre cuando usted era chico?

2. ¿Cree que se sentía realizada en sus actividades?
3. ¿En qué se destacaba?

*Carácter propio afirmativo*
4. Enumere las palabras positivas que mejor describan a su madre (por ejemplo: inteligente, creativa, cariñosa, etc.)
5. ¿Qué una o dos palabras son las que mejor describen su personalidad?
6. ¿Qué era lo más singular en ella?

*Carácter propio negativo*
7. Haga una lista de palabras que describan rasgos negativos en su madre (por ejemplo: estricta, insegura, obstinada, etcétera)
8. ¿Qué desencadenaba el comportamiento negativo?
9. ¿Qué una o dos palabras describen sus peores rasgos?

*Infancia de la madre*
10. Describa lo mejor posible la infancia de su madre.
11. ¿Fue feliz? ¿Despreciada? ¿Empezó a trabajar siendo muy joven? ¿Pobre? ¿Rica? ¿Protegida? ¿Ambiciosa?
12. ¿Qué dramas de control cree que usaban sus padres?
13. ¿De qué manera influyó su infancia en las opciones de su vida?

*Filosofía de la madre*
14. ¿Qué era lo más importante para ella?
15. ¿Qué aseveración o credo es el que mejor expresa la filosofía de vida de su madre?

*Elementos ausentes*
16. Enumere qué considera que faltó en la vida de su madre.
17. ¿Qué habría hecho si hubiera tenido más tiempo, dinero o educación?

## B. *Análisis energético de lo femenino*

¿Cuál es la descripción que retrata con mayor exactitud la

actitud general de su madre hacia usted? Si se aplica más de una, escriba un porcentaje en las descripciones correspondientes (o sea, Pobre de Mí 60%; Distante 40%).

_____ Intimidadora: A punto de estallar; amenazadora; daba órdenes; inflexible; enojada; egocéntrica; me daba miedo.

_____ Interrogadora: Indagaba qué estaba haciendo; crítica; destructiva; fastidiosa; lógica infalible; sarcástica; me vigilaba.

_____ Distante: Tendía a ser distante; ocupada; fuera de casa; no se interesaba en mi vida; insensible; reservada; preocupada.

_____ Pobre de Mí/víctima: Siempre veía lo negativo; buscaba problemas; siempre decía que estaba ocupada o cansada; me hacía sentir culpable por no resolverle sus problemas.

## C. Su reacción a lo femenino

¿Cómo reaccionaba cuando su madre estaba en su drama de control?

Elija entre estos modos similares el que mejor describa cómo reaccionaba con ella cuando era chico o ponga porcentajes en el caso de dos o más métodos.

_____ Intimidador: ¿Enfrentaba a su madre y adoptaba una posición fuerte o rebelde?

_____ Interrogador: ¿Trataba de atraer su atención haciéndole preguntas?

¿Trataba de ser más vivo que ella o encontrar escapatorias en las discusiones?

_____ Distante: ¿Se encerraba en sí mismo o se escondía en su cuarto para hacer algo solo? ¿Pasaba mucho tiempo fuera de su casa? ¿Escondía sus verdaderos sentimientos?

_____ Pobre de Mí/víctima: ¿Trataba de hacer que su madre pensara que usted necesitaba ayuda, dinero, apoyo, atención para que se fijara en sus problemas y así le prestara más atención?

## D. Análisis de lo que aprendió de su maestra de lo femenino

### COMO MI MADRE

Sus observaciones respecto de la vida de su madre pueden funcionar como creencias positivas o negativas con las que usted carga todavía.

1. Termine esta oración con características positivas que haya sacado de su madre: *Como mi madre, soy...*
2. Termine esta oración con características negativas que haya sacado de su madre: *Como mi madre, soy...*
3. De mi madre, aprendí que para tener éxito, debo:
a.
b.
c.

*Estos son valores y creencias que influyeron en muchas de sus decisiones ya sea positiva o negativamente.*

### PARA CRECER A MI MANERA

4. Viendo la vida de mi madre, quiero ser más:
a.
b.
c.
5. ¿De qué le está agradecido a su madre?
6. ¿Qué desearía perdonarle a su madre?
7. De su lista de lo que faltó en la vida de su madre, ¿qué eligió desarrollar, si es que eligió algo?
a.
b.
c.

*Los elementos ausentes en su madre son orientaciones en las que tal vez usted ya esté trabajando o desee desarrollar. Es probable que estos elementos influyan en sus decisiones respecto de su carrera, estilo de vida, relaciones, paternidad y contribución espiritual.*

## Todo aunado

Como fruto de dos ramas parentales, su camino implicará trabajar tanto en los aspectos positivos como negativos que lo condicionaron durante su crianza particular. Tome lo que descubrió en su análisis anterior y sintetícelo aquí.

| Características Paternas | Caraterísticas Maternas |
| --- | --- |
| Credo personal | Credo personal |
| Valores | Valores |
| Logro principal | Logro principal |
| Decepción | Decepción |
| Elementos ausentes | Elementos ausentes |
| Cómo me lastimó... y qué me enseñó. | Cómo me lastimó... y qué me enseñó |
| Cómo me inspiró | Cómo me inspiró |
| Don que me legó | Don que me legó |

Termine estas oraciones:

1. La intención positiva detrás de mi infancia y la influencia de mis padres fue...

2. Al observar las lecciones inherentes a las vidas de mis padres (y abuelos quizá), veo que sus vidas me prepararon para...

3. Mi interrogante vital tiene que ver con...

Declaración de intención

*Estoy evolucionando de acuerdo con las necesidades de mi alma, integrando todo lo que aprendí desde mi infancia hasta el presente.*

## La relación de sus influencias tempranas con su tiempo personal

Asegúrese de contestar la pregunta 3 del cuadro anterior sobre el interrogante vital que recibió de sus dos padres. Aunque no lo sepa con claridad, escriba la idea que tenga al respecto y responda las siguientes preguntas en su diario:

- Si pudiera tener la vida que usted quisiera, ¿cómo sería? Escríbalo en un párrafo corto.
- Revise su lista de momentos decisivos en la página 65. ¿Qué inquietudes, actividades, trabajos, relaciones en su Tiempo Personal (del Capítulo 2) indican que usted ha estado trabajando en su interrogante vital original?
- ¿Cómo describiría en qué punto de su viaje está actualmente?
- ¿Qué es lo que más le gusta de su vida?
- ¿Qué es lo más le gustaría cambiar de su vida?
- ¿De qué manera afectó su avance su(s) drama(s) de control?
- ¿Ha pedido orientación a su guía intuitiva superior para llevar una vida más gratificante?
- ¿Qué está haciendo para mantenerse conectado con el sentimiento de amor y unidad apacible?
- ¿Qué coincidencias se han dado últimamente?

## Personas claves en su vida

Haga un cuadro con los títulos que aparecen a continuación. Anote los nombres de personas claves en su vida en la columna más a la izquierda. Verifique el tipo de energía predominante que le mostraron. ¿Cuáles fueron las lecciones que aprendió de cada una?

NOMBRE POBRE DE MI/REFORMADOR DISTANTE/MAESTRO INTERROGADOR/ABOGADO INTIMIDADOR/LÍDER

# GRUPO DE ESTUDIO PARA LA
# SEXTA REVELACIÓN

## Sesión 10

2 horas 30 minutos

*Objetivo de la sesión*: Esta sesión permite que las personas hablen de sus revisiones parentales y de su drama de control particular.

*Preparación*: Cada uno debe traer hecho de su casa el trabajo de la Revisión parental (de la sección del Estudio Individual).

### Discusión general

*Tiempo*: 15-20 minutos

*Indicaciones*:
1° Paso: Leer en voz alta la recapitulación de la Sexta Revelación en la página 150 (hasta la referencia a Albert Camus).
2° Paso: Compartir ideas sobre la Sexta Revelación en general. (Dejando las partes específicas para el Ejercicio 1). Convendría empezar la discusión con una de estas preguntas:
- ¿Cuántos creen saber cuál es su drama de control? (Levantar la mano.)
- ¿Cuántos son (a) Intimidadores, (b) Interrogadores, (c) Distantes, (d) Pobre de Mí? (Levantar la mano para cada uno)
- ¿Cuántos pudieron encontrar el interrogante de su vida viendo las influencias de la infancia? (Levantar la mano.)

## Ejercicio 1. Encontrar un propósito en las influencias de la infancia

*Objetivo*: Este ejercicio da a todos la posibilidad de hablar de las influencias de su infancia con otros y adquirir nuevos *insights* respecto del interrogante vital.

*Tiempo*: Establecer cuánto tiempo habrá disponible para las historias individuales y cuánto para la discusión general.

*Preparación*: Si en el grupo hay entre cuatro y ocho personas conviene trabajar en un solo grupo. Si hay más, una buena idea es dividirse en grupos de dos o cuatro para la discusión, reuniéndose luego en uno solo para compartir las experiencias.

*Indicaciones*:
1° Paso: En el grupo pequeño, cada uno comparte las intenciones positivas de sus influencias parentales y cómo marcaron su destino. Conviene leer directamente la sección "Todo aunado" con los ítems completados.
2° Paso: Después de las discusiones, se vuelve a formar el grupo grande. Los voluntarios comparten lo que descubrieron sobre sí mismos. Cuando una persona habla, los demás se ejercitan en prestarle total atención. Pueden proponerse *insights* si alguien los tiene y considera correcto hacerlo.

## Cierre

Pedidos de apoyo y transmisión de energía afectiva.

Para la próxima sesión
- Leer el Capítulo 7 como preparación para el próximo encuentro.
- Traer música rítmica y un grabador y hojas en blanco suficientes para cada participante.

# CAPÍTULO 7

# Fluir

*En este capítulo, nuestro personaje recibe instrucciones para mantener su energía alta y así poder unirse al flujo de la evolución y recibir la información que necesita para tomar decisiones. Cuando debe decidir adónde ir, recibe la advertencia de no caer en su drama de Distante y la exhortación de mantenerse conectado a la experiencia de la emoción del amor. Empieza a observar pensamientos e imágenes que surgen en su mente cuando se siente confundido. Sus interrogantes actuales son cómo encontrar a Marjorie y cómo mantenerse alejado del peligro mientras rastrea las Revelaciones. Confía en su intuición para elegir un camino en un cruce pero no obstante lo capturan. Lo que parece un desastre contiene la clave de más de una de sus dudas. Un compañero de celda indio lo ayuda a comprender los mensajes orientadores en los sueños y las intuiciones.*

## LA SÉPTIMA REVELACIÓN

La Séptima Revelación nos dice que podemos evolucionar conscientemente. Señala que así como evolucionamos físicamente, los seres humanos también evolucionamos psicológica y espiritualmente. La Séptima Revelación nos muestra cómo hacerlo en forma activa ingresando en el flujo. El Padre Sánchez le dice a nuestro personaje que el primer paso es desarrollar energía, el segundo es recordar nuestras cuestiones vitales básicas y el tercero es descubrir las cuestiones inmediatas más pequeñas. Observando nuestros pensamientos, nuestras ensoñaciones y nuestros sueños podemos encontrar mensajes que nos dicen cuáles son nuestras cuestiones y qué debemos hacer.

## Desarrollar energía

El Padre Sánchez da instrucciones muy claras para mantener la energía en su nivel máximo. Practique este método diariamente y se convertirá en su segunda naturaleza. Es especialmente importante que desarrolle su energía cuando se sienta temeroso, confuso o abrumado. No obstante, no pase demasiado rápido por sobre sus sentimientos. Es posible que necesite algún tiempo para integrar y admitir lo que pasó. Cuando esté listo, aparte su atención de los sentimientos negativos y ponga en práctica lo siguiente:

- Concéntrese en el medio ambiente o en un objeto bello.
- Recuerde cómo eran las cosas cuando usted estaba energetizado antes.
- Trate de ver belleza, formas y colores únicos y un brillo alrededor de todo.
- Respire hondo varias veces, en forma consciente, conteniendo el aire cada vez cinco segundos antes de exhalar.
- Inhale la belleza que hay a su alrededor hasta que se sienta pleno.
- Visualice que cada inhalación lo colma como un globo.
- Sienta energía y levedad.
- Verifique si siente el amor como una emoción de fondo.
- Imagine que su cuerpo está rodeado por un halo vibrante de luz.
- Imagine que es un ser radiante, que inhala y exhala energía en el universo.
- Adopte una perspectiva de observador y recuerde que lo que ocurre tiene un propósito.

- Observe que los pensamientos parecen distintos cuando usted está en la vibración más alta. En un drama de control, los pensamientos insisten en luchar. Conectado a su energía superior, se siente abierto, pase lo que pase.
- Cuantas veces sea necesario, tómese tiempo para reconectarse. "Si se mantiene plenificado, en un estado de amor, nada ni nadie puede quitarle más energía de la que usted puede reponer. La energía que fluye de usted crea una corriente que vuelve a darle energía al mismo ritmo."[1]

## La pregunta correcta

A lo largo de todo el viaje, nuestro personaje llega muchas veces a un punto en el que no sabe qué hacer. Cuando esto ocurre, generalmente llega alguien a su vida que le hace preguntas tales como "¿Por qué estás aquí?" "¿Qué quieres saber?" "¿Qué interrogante se te plantea?". Esto lo centra y lo ayuda a poner sus planteos en la mira, en el primer plano de su atención. Enseguida, empiezan a aparecer mensajes. Por ejemplo: durante su permanencia en la cárcel, su compañero de celda, Pablo, le pregunta: "¿En qué estabas pensando? ¿Qué está pasando en tu vida en este momento?".

Una de las cosas que señala el Padre Sánchez es que si no tenemos un presentimiento respecto del siguiente paso que debemos dar es porque hicimos una pregunta que no forma parte de nuestra evolución. Dice: "El problema en la vida no radica en recibir respuestas. Una vez que los interrogantes son los correctos, las respuestas siempre llegan".[2] Las preguntas pueden ser concretas y referidas a hechos externos, como la pregunta de nuestro personaje, "¿Dónde está Marjorie y Wil?" o abstracta, como "¿Por que los sacerdotes están en contra del Manuscrito?"

Al prestar atención a nuestra intuición y nuestros sentimientos, nos conectamos con una corriente universal que nos muestra dónde estamos paralizados, felices, tristes, confundidos, o enojados.

# Sondeo de las coincidencias

Esté alerta a los mensajes que le trae una coincidencia. Aprenda a extraerle su significado. ¿Qué ideas relaciona para usted? ¿Por qué se produce en este momento? Si resulta una decepción, ¿qué consecuencia positiva podría tener? ¿Qué acción sugiere?

A un famoso concertista de piano que vive en Nueva York le ofrecieron trabajar en el exterior. Pese a que la oferta era muy atractiva, no sabía si aceptar o no. Con este interrogante en su mente fue al correo. Se dio la coincidencia de que justamente lo atendió un hombre del país en el que estaba pensando. Decidió sondear un poco el hecho, y mencionó al pasar la coincidencia al empleado postal, quien comentó: "Bueno, tiene que ir adonde están sus amigos". De alguna manera, el comentario tocaba una cuerda sensible y le dio una idea de dónde se sentía más en su casa, ¡y era en Nueva York.

> *Los sentimientos vienen*
> *y van como nubes*
> *en un cielo ventoso.*
> *La respiración*
> *consciente es mi ancla.*
> THICH NHAT HANH,
> *Present Moment*
> *Wonderful Moment*[3]

# Cuándo actuar

Su conclusión ha de ser seguramente que la intuición para la acción viene realmente de una inteligencia superior. No obstante, a menos que usted se sienta en sincronización, la acción puede no dar fruto. Sanaya Roman, en su libro *Spiritual Growth* dice:

> Actúe solamente cuando su sentimiento sea atractivo, abierto y positivo. Entonces, las acciones que realice estarán en armonía con la Voluntad Superior. Necesitará un menor esfuerzo para obtener resultados positivos. Por ejemplo: después de hacer su trabajo energético para crear resultados, es posible que sienta el impulso de llamar a alguien.

Antes de llamar a esa persona, deténgase un momento, serénese e imagínese llamando. Si llamar es algo agradable, bueno y atractivo, entonces llame. Si siente resistencia, si su energía baja, o tiene alguna otra sensación negativa al pensar en hacer algo, espere.[4]

## Haga lo que le gusta

Sus sueños y objetivos más acendrados forman parte del propósito que lo trajo a esta vida. A veces dejamos de lado nuestros sueños y fantasías como si fueran imposibles de alcanzar por tentadores que sean. A lo mejor pensamos que en realidad no merecemos tener una vida tan buena.

Usted ya encontró su camino hacia las Revelaciones, como lo hizo nuestro personaje a esta altura del libro. Su deseo de cambiar el mundo *se relaciona con los talentos que tiene y los hechos que influyeron en usted hasta ahora.* Al abrirse más a las coincidencias y estar más dispuesto a examinar cuál es su mensaje, le resultará más fácil saber qué acciones realizar.

Carol Roghair, consultora privada en Mill Valley, California, nos contó esta historia: "Estaba en la pileta de un club cuando oí a una mujer hablando de *La Novena Revelación* y *The Right Use of Will.* Empezamos a conversar y a pensar que seguramente debíamos de tener algún mensaje mutuo. Bueno, no recuerdo exactamente cómo salió, pero mencioné que siempre había querido ayudar a la gente a encontrar su manera de expre-

> Las revelaciones pueden ser simples o complejas. Normalmente, contienen un sentimiento especial; a algunos se les pone la carne de gallina, otros tienen cosquilleos u otras sensaciones físicas. A veces no hay sensaciones físicas, pero se siente un "clic" mental, como si una pieza se pusiera en su lugar. Podemos recibir revelaciones de muchas formas, como *insights* directos o canalizadas, leyendo libros o escuchando algo.
>
> SANAYA ROMAN
> *Spiritual Growth*[5]

sarse. Entonces me dijo que era lo que ella hacía. Se me llenaron los ojos de lágrimas y se me puso la piel de gallina. Creo que un cambio muy grande se produjo en mí cuando reconocí lo importante que había sido esa idea para mí cuando era chica. Simplemente suponía que no podía hacerlo. También está pasando algo distinto con mi meditación. Tengo la sensación de una mayor conexión pero no sé por qué. Es sutil, pero me siento más viva".

Recuerde que cada momento es una oportunidad para que usted esté presente, aun cuando signifique sufrir un dolor físico o emocional. Por más que luchemos por hacer "progresos" y "alcanzar" la iluminación, a menudo nuestras numerosas fragilidades humanas nos hacen retroceder y en ellas encontramos nuestra verdadera naturaleza, nuestra verdadera vivencia. Thomas Moore escribe en *The Care of the Soul*:

> Esta es la "meta" del camino de nuestra alma: *sentir la existencia;* no vencer las luchas y angustias de la vida, sino conocer la vida en forma directa, existir totalmente dentro del contexto... Pero lo único que podemos hacer es estar donde estamos en este momento, a veces buscando a la luz plena de la conciencia, otras parados cómodamente en las profundas sombras del misterio y lo desconocido... Tal vez no sea totalmente correcto hablar del *camino* del alma. Se trata más de un peregrinar y vagar.[6]

## La diferencia entre deseos impulsivos e intuición

Usted se halla en el proceso de discernir entre los mensajes provenientes de su propia inseguridad y los que vienen de la guía de su yo superior. A medida que adquiera una mayor conciencia y se armonice con su centro interior, aprenderá a distinguir entre deseos impulsivos y conocimiento intuitivo. Al comienzo, es posible que no sepa cuál es cuál. No sea demasiado exigente si los confunde. Un consejo práctico para tener en cuenta es no actuar impulsado por una sensación de urgencia. Según Nancy Rosanoff, autora de *Intuition Workout*: "El impulso siempre marca que algo debe ser inmediato; si uno espera, pierde su oportunidad. Con un impulso, nos sentimos presionados a actuar. Después de actuar impulsivamente, nos sentimos vacíos. El problema no se resolvió. Los impulsos son, como la palabra lo indica, un arranque fuerte de energía seguido por tranquilidad. Los impulsos surgen con fuerza y después se desvanecen".[7]

El conocimiento interior generalmente florece con el tiempo e influye sutilmente sobre nuestro rumbo. Si bien los pensamientos intuitivos pueden ser igualmente intensos, siempre hay tiempo para reflexionar antes de actuar. Rosanoff propone lo que denomina la Ley Universal del Tres:

> Si (un pensamiento) me viene a la mente tres veces, lo hago. Las intuiciones son insistentes y persistentes. Si es importante, no lo va a olvidar. Volverá constantemente. Será un fastidio... Tengo varios agentes de bolsa como alumnos. En su ramo, tienen que actuar rápido. Pero aun bajo intensa presión, pueden usar la Ley de los tres. En unos instantes, pueden abandonar una idea, y esperar. Si vuelve enseguida, la abandonan otra vez y esperan. Aprendieron a percibir la diferencia entre una reacción de pánico y una Intuición. Sus intuiciones generalmente surgen antes de un cambio en el mercado de valores. El pánico se produce una vez que ya hubo un cambio.[8]

A medida que empecemos a prestar más atención a nuestro centro interior, iremos notando las diferencias entre los mensajes de nuestro intelecto y nuestra intuición:

*Los mensajes centrados en el intelecto pueden:*

> *Atención antes que eficiencia.*
> *Fluir suave antes que velocidad.*
> Kazuaki Tanahashi,
> *Brush Mind*[9]

- basarse en la carencia, el miedo o la culpa
- basarse en la autoprotección
- ser apremiantes, sin tiempo para reflexionar
- ser respuestas rápidas y estar fuera del contexto de su fluir
- ser lo primero que viene a la mente
- presentarse como una necesidad desesperada

*Los mensajes centrados en lo intuitivo son:*
- buenos y tranquilizadores
- persistentes
- alentadores y positivos
- no exigen en general una acción inmediata
- rara vez radicales sin pasos más pequeños para iniciar el cambio

## Cómo manejar las imágenes de miedo

El personaje de la novela pregunta: "¿Qué pasa con los pensamientos negativos?". Esas imágenes aterradoras de que va a ocurrir algo malo, como que alguien a quien queremos resultará lastimado o que no lograremos algo que deseamos mucho?".[10]

Pablo le responde: "La Séptima Revelación dice que las imágenes de miedo deben ser frenadas en cuanto aparecen. Entonces, hay que introducir en la mente otra imagen, con un resultado bueno. Muy pronto las imágenes negativas casi dejan de surgir. Las intuiciones se remitirán, a partir de allí, a cosas positivas. Cuando, después de esto, aparecen imágenes negativas, el Manuscrito dice que deben tomarse con mucha seriedad y no ceder a ellas. Por ejemplo: si se te ocurre la idea de que vas a sufrir un accidente en una camioneta y viene alguien y te ofrece dar una vuelta en camioneta, no aceptes".[11]

El miedo es parte natural de la vida y es un aliado cuando ayuda a evitar el peligro. Aprender a ver cómo funciona el miedo en la vida puede ser una importante información. El miedo, junto con sus derivados de angustia y preocupación, es un impedimento para la evolución, si permitimos que se convierta en nuestra primera y principal forma de procesar nueva información o elecciones. Nos aparta del presente centrándonos en problemas pasados o futuros que pueden no ser relevantes. El consejo de la Séptima Revelación es que cambiemos nuestros procesos negativos de pensamiento frenando las imágenes de miedo y reemplazándolas. No obstante, podría ser importante reconocer el miedo antes que tratar de negarlo o lisa y llanamente ignorarlo.

Una vez que comprenda el mensaje implícito en el miedo, ejercítese abandonando esos pensamientos e imagine el desenlace positivo que usted desearía. Por ejemplo: a John, estudiante de ingeniería civil, lo aterraban los exámenes. Recordar su época de colegio y los problemas que tenía en los exámenes de matemática no hacía más que aumentar su angustia. Pero se sentía motivado por la idea de tener su propia empresa. Estaba decidido a prepararse lo mejor posible y esto lo impulsó a cambiar de actitud para enfrentar el miedo. Todos los días, antes de ponerse a estudiar, empezó a hacer varios minutos de relajación. Se imaginaba recibiendo el título, feliz y orgulloso. Cuando de vez en cuando surgía el miedo al fracaso, recordaba que su padre siempre había menospreciado sus capacidades y que sin embargo era un adulto capaz y deseoso de progresar en su vida laboral. "Pensé: 'John, la gente necesita casas bien construidas para vivir y tú eres el tipo indicado para hacerlas.' Eso me ayudaba a levantarme el ánimo y seguir adelante." El trabajo sobre sus actitudes y creencias dio sus frutos y aprobó sus exámenes.

Note cuándo tiende a sentir miedo. Durante el día, observe qué cosas hacen bajar su energía. Por ejemplo: a lo mejor se siente agotado después de hablar con alguien sobre sus tragedias pasadas, sus pesares actuales o sus miedos futuros.

## Cómo manejar el miedo y la duda

Cuanto más sienta la energía, mejor podrá distinguir entre los miedos autonegadores y las verdaderas advertencias de peligro.

Al principio, tal vez no confíe demasiado en la información que recibe. Si es así, pida informaciones más precisas.

Vea cómo se relaciona su miedo con su drama de control. Por ejemplo: si aprendió a atraer energía siendo Pobre de Mí, ¿su imaginación busca los problemas como una forma de seguir siendo Pobre de M í? Si es Distante, ¿sus miedos a ser invadido le impiden pedir ayuda a los demás? Como Intimidador, ¿el miedo a no ser tomado en serio lo impulsa a buscar resistencia donde no la hay? Si es Interrogador, ¿teme que si no tiene todo vigilado, lo abandonarán y se quedará solo?

## El Mensaje en el Miedo

- Reconozca el miedo.
- Siéntese con su miedo, y siéntalo de veras. Las sensaciones de pesadez en general son signos de miedo y preocupación.
- Traiga las sensaciones a la conciencia. Pida una guía.
- Escriba precisiones sobre lo que teme.
- Hable con su miedo y descubra qué mensaje tiene para usted. ¿Es realista?
- Observe los pensamientos negativos concomitantes que tiene respecto de usted mismo cuando tiene miedo, como: "Todo es muy complicado. Estoy empantanado. Ojalá nunca hubiera hecho esto. Soy tan lento. Soy tan estúpido". El diálogo interior negativo ("autoconversación") vuelve a usted en sentimientos negativos y miedos, amén de desenlaces negativos.
- Exagere los miedos. Vea si encuentra en ellos algo de humor.
- ¿En qué sentido se siente inepto?

## Cómo Descargar el Miedo

- Concéntrese unos minutos en su respiración.
- Serénese todo lo que pueda. Permanezca unos minutos solo.
- Despeje su mente y relájese.
- Pida hallar una guía, en la forma que fuere, en ese momento.

- Cuando surjan los pensamientos de miedo y duda, sáquelos a la luz.
- Concéntrese en lo que quiere. Vea claramente el resultado de su deseo.
- Recuerde que siempre tiene opciones y puede decidir.
- Cuando haya alcanzado cierta calma, vuelva a pensar en las señales sutiles que recibió antes de que empezaran los miedos en toda su magnitud. Recuerde que siempre contienen mensajes en su beneficio.
- Cuando sienta miedo, desvíe su atención hacia su propósito más elevado. Imagínese en la mejor situación, rodeado de belleza y de amigos.

## Cómo deshacerse del control

Si usted se esfuerza, lucha y trabaja en exceso para lograr que ocurran las cosas, no está siguiendo el fluir universal. Ejercítese preguntándose en tiempos de confusión: "¿Por qué estoy aquí (en esta situación, ahora)?" y "¿Qué le ocurre a mi vida en este momento?". Esté un tiempo serenamente con usted. ¿Qué sucede cuando se deshace de la ansiedad y el control?

Un empresario llevaba dos años trabajando en el desarrollo de un programa de software. Trató de establecer su negocio en un lugar y no funcionó, de modo que se mudó. Siguieron surgiendo problemas con la gente que contrataba y no lograba que el producto se comercializara. Volvió a mudarse y al cabo de varios meses de complicaciones constantes de una u otra índole, empezó a preguntarse: "¿Qué hago aquí? ¿Será éste el trabajo que supuestamente debo hacer?".

En el fondo, sabía que había iniciado ese negocio úni-

> El mayor obstáculo para resolver problemas en nuestras vidas es que los enfrentamos como si fueran algo ajeno a nosotros. La verdad es que cada problema es una manifestación exterior de nuestro estado de conciencia. Cuando nuestra conciencia es clara y está en paz, el problema desaparece.
>
> ARNOLD PATENTE,
> *You Can Have It All*[12]

camente para ganar dinero y tener tiempo de escribir un libro. Pese a lo doloroso que resultaba admitir que sus luchas de dos años no lo habían conducido hasta su meta, decidió dejar de lado su interés en el negocio. El alivio que sintió fue tan grande que se puso a escribir y terminó su libro en menos de tres meses. En este caso, se había concentrado en un medio para un fin y no estaba realmente en el fluir de su destino.

A veces necesitamos perseverancia para trabajar pese a los obstáculos, pero si libramos una batalla condenada al fracaso, algo no está en armonía.

Deje de hacer lo que está haciendo, especialmente si considera que no tiene otra opción. Si se siente encajonado e impotente, es probable que esté atrapado en una lucha interna que se manifestó en su mundo exterior. Abandónela. Pida ayuda. Acepte no hacer nada por un tiempo, o acepte *no saber la respuesta ya mismo*. La actividad más práctica es observar la belleza que hay a su alrededor y conectarse con ella para poder abrirse a las coincidencias y a los nuevos mensajes.

## ¿Cuál es la pieza que falta en el rompecabezas de su vida?

Fluir generalmente significa tener lo que necesitamos para prepararnos a dar el siguiente paso en la vida. Se presenta una oportunidad y, luego, tenemos que hacer el trabajo. Mantenernos en contacto con nuestros sueños, esperanzas y necesidades ayuda a que éstos se concreten. Judith O'Connor, hipnoterapeuta de Richmond, California, cuenta la siguiente historia:

"Asistí a un seminario nocturno, cosa que normalmente no hago. Una de las últimas personas con las que hablé esa noche fue una mujer que me pidió mi tarjeta profesional. Al intercambiar tarjetas, vi que era ortokeratóloga y se especializaba en el tratamiento de los ojos. Por alguna razón, le hablé de lo frustrada que estaba por no poder leer y hasta qué punto la lectura había sido una lucha durante por lo menos quince años. Me quedé helada cuando me dijo que el problema es tratable y que era el núcleo de su práctica. Tuve la sensación inmediata de haber ido al seminario para poder encontrar a esa médica. Más adelante, noté que su tarjeta tenía como logo un ojo. ¡Yo tengo casi el mismo logo en mi tarjeta!

"Esta cuestión de no poder concentrarme y leer me frenó mucho y realmente me hizo sentir muy intimidada. Después de trabajar con ella, descubrí que mi ojo izquierdo no trabaja ni se conecta con el cerebro o sea que toda la función del cerebro derecho se ve disminuida. Esta cura me parece la pieza que faltaba en el rompecabezas a esta altura de mi vida. Casualmente, cuando la llamé para pedir turno, descubrí que las dos acabábamos de leer *La Novena Revelación*, lo cual me pareció otra coincidencia increíble que me ayudó a sentir que había encontrado un sanador con mi misma mentalidad."

¿Qué es lo que le causa el mayor problema en este momento? Sea muy específico. Ahora formule una pregunta que lo ayude a abordar el problema. Imagine que la pregunta está en el primer plano de su conciencia, en algún lugar de su frente. Ábrase a un signo o mensaje inmediato.

Jean Price Lewis es abogada, tiene dos hijas grandes y un estudio conocido en Marin County, California. Un fin de semana asistió a un seminario de Gary H. Craig, consultor en el área de personal. Craig preguntó: "¿Qué haría si supiera que no puede fallar?". "La pregunta me abrió todo un campo de nuevas posibilidades que nunca se me habrían ocurrido —nos contó—. Hice una lista, y puse cosas como que quería ser arquitecta, Secretaria de Estado, tener una isla tropical, ser una modelo top, hacer algún invento notable, aprender a volar, tener mi propio avión, viajar por el mundo y tener buenas ubicaciones en la entrega de los Oscar." ¿Cómo le va? "Bueno, creo que la lista fue como un menú inconsciente. En realidad, recién cuando leí *La Novena Revelación* me di cuenta de las extrañas coincidencias que estaban ocurriendo, aparentemente como consecuencia de mi lista. Por ejemplo: conocí a un hombre que enseña a volar y conocí a otro que tiene en venta un avión. ¡No sé si estoy lista para comprarme uno todavía, pero la lista parece tener vida propia!"

# Estudio de los sueños

Los sueños son vida vivida en el interior sin restricciones de tiempo, espacio o medida. ¿De qué manera, entonces, podemos explicar esta realidad interior multidimensional y cambiante en unas pocas páginas o incluso en algunos volúmenes? La mayoría de las veces salimos de la cama vagamente conscientes del viaje desconcertante de la noche anterior a lugares en los que nunca estuvimos y gente que puede o no estar viva, amistosa o lo que fuere. Cada tanto nos sorprende alguna sensación maravillosa de asombro, alegría y amor ardiente o nos destruye un terror increíble o una pérdida enorme. Imposible saber cómo resultará cada noche. Al igual que la sincronicidad, este carnaval nocturno de imágenes puede tener un mensaje si lo miramos más detenidamente.

En general, no nos detenemos a analizar un sueño a menos que sea tan claro y excepcional que el sueño nos atrape, no a la inversa. La Séptima Revelación nos dice que nuestros pensamientos, ensoñaciones y sueños nocturnos vienen a ayudarnos a intuir nuestro camino y a decirnos algo sobre nuestras vidas que nos estamos perdiendo.

# Los sueños como mensajeros

La Revelación dice que debemos comparar el sueño con la historia de nuestra vida. Revisemos la situación y los interrogantes actuales de nuestro personaje y cómo le habló de ellos su sueño.

- Buscaba respuestas sobre el Manuscrito.
- Se sentía perdido.
- Estaba en la cárcel, y se sentía atrapado pese a sus esfuerzos por elegir la ruta correcta.
- Pensaba que su única opción era convencer a alguien de que lo dejara volver a su casa.
- Luchaba por no estar preso.

En el sueño:

- Buscaba una llave en plena jungla (buscaba respuestas sobre el Manuscrito; la selva es un símbolo de Perú, de espiritualidad y de estar perdido).
- Estaba perdido y deseaba una guía.
- Durante una tormenta eléctrica (un acto de Dios y fuera de su control, como su arresto), caía por una barranca abrupta hasta el río, que fluía en dirección contraria y amenazaba ahogarlo (sentía que había tomado la ruta equivocada).
- Pese a todos sus esfuerzos por aferrarse a la orilla rocosa, no pudo seguir adelante (estaba en la cárcel).
- Se dio cuenta de que el río que trataba de remontar salía de la selva y desembocaba en una bella playa donde vio la llave que había estado buscando (toma conciencia de que tendrá claro lo que necesita saber exactamente en el lugar al cual llegó, la cárcel).

Ahora bien, por suerte, Pablo le hace la pregunta crucial: "¿Si tuviera que experimentar otra vez el sueño, qué cambiaría?". Él responde: "No me resistiría al agua, aunque me diera la impresión de que podría matarme. Elegiría mejor".[13]

Vale la pena señalar que nuestro personaje se siente excitado después de comparar el sueño con su vida, señal de que está conectado con el verdadero significado del sueño. En lugar de limitarse a analizar los elementos del sueño, hizo una comparación entre esos elementos con lo que estaba ocurriendo en su vida. Pablo lo mantuvo en su rumbo sugiriendo que empezara por el comienzo, que observara la progresión de los hechos y después mirara el final del sueño. Tal vez le convendría poner en práctica este método la próxima vez que se despierte con un sueño o un fragmento de sueño. En la sección de Estudio Individual de la página 211 se dan detalles para hacer la comparación de sueños.

*Caso de estudio.* Estábamos escribiendo este capítulo cuando nos relataron el siguiente sueño que más adelante resultó profético. Christy Roberts, que vive en Kansas City, Missouri, contó que tuvo este sueño el 4 de abril de 1993: "Acababan de echarme de mi empleo a principios de 1993. Estaba tratando de encontrar otro trabajo en promoción de música cuando tuve este sueño muy vívido: Vi cuatro delfines nadando en un acuario, como el de Mundo Marino. Les dije: 'Ey, muchachos, vengan a darme un beso'. Uno por uno, todos los delfines se acercaron y me besaron en los labios. Después, vi inmediatamente escrita en mi sueño la fecha 19 de mayo. Incluso en el sueño pensé: '¿Qué significará? 19 de mayo, pero, ¿de qué año?' A los pocos días de ese sueño, me invitaron por casualidad a la fiesta de despedida de alguien en la empresa discográfica A&M. Corría el rumor de que no iban a reemplazarla pero alguien me dijo que estaban haciendo entrevistas, de modo que llamé. Me entrevistaron cuatro personas, y el 19 de mayo me dieron el empleo. Un año más tarde, supe que el fundador de la compañía, Jerry Moss, es un gran defensor de los delfines y contribuyó a que se pusieran las etiquetas de advertencia en las latas de atún".

A partir de ese momento, Roberts empezó a prestar más atención a sus sueños y contó que exactamente un año más tarde, el 4 de abril de 1994, tuvo otro sueño que le dio un nuevo punto de vista para manejar una antigua relación personal.

*Caso de estudio.* Robert K., dueño de cuatro negocios de automotores en la zona de Forth Worth, Texas, recuerda un sueño que tuvo la noche previa a decidir la compra de su primer negocio.

"Acababa de dejar de trabajar en una cadena nacional de tiendas y trataba de decidir si iba a comprarme o no mi propio negocio. Mi padre y yo íbamos a ir a Texas juntos para ver un negocio que yo había ayudado a levantar cuatro años antes. La noche previa a nuestra llegada a Texas, soñé que él y yo discutíamos el contrato y que salíamos de la galería de su casa para emprender el regreso. Al final de la cuadra, vi que la iglesia que estaba ahí se había convertido en un negocio Kmart. No pensé mucho en el sueño hasta que fuimos al negocio en Fort Worth y en la esquina, justo en la misma posición que la iglesia en el sueño, había un nuevo Kmart, que cuatro años antes no estaba. Yo no lo sabía y me sorprendió tanto la coincidencia de anticiparlo que lo tomé como un signo importante de que estaba en el camino correcto y debía iniciar esta nueva actividad. Confirmó lo que yo quería hacer."

En este caso, el sueño de Robert usó ideas paralelas (hablar con su padre sobre el contrato y las ubicaciones exactas de los Kmarts) para reafirmar que estaba en la senda correcta.

## Lista de control para unirse al fluir de la evolución

*Mantenga la energía alta*
- Esté abierto y sienta cómo entra el amor.
- Observe la belleza para aumentar la energía.
- Haga un alto siempre que sea necesario para desarrollar energía.
- Manténgase todo lo posible en un estado de amor.

*Pida respuestas*
- Ubíquese en el presente.
- Recuerde el interrogante esencial de su *vida* (a partir de los padres).
- Manifieste claramente cuáles son sus interrogantes *actuales*.
- Manténgalos en el primer plano de su atención. Vigile sus sueños y pensamientos.

*Manténgase alerta*
- Adopte el punto de vista de un observador, como si viera cómo se devela un misterio (esto lo ayudará a liberarse de su necesidad de controlar).
- Observe si algo es más brillante o más colorido como señal que lo ayude a tomar una decisión.
- Esté atento a los pensamientos y presentimientos (es una información que ahora necesita conocer).
- Compare sus sueños con su situación actual y vea qué revelan que usted haya pasado por alto o ignorado.
- Si no entiende la información que está recibiendo o le parece que no recibe ninguna, asegúrese de estar haciendo la pregunta correcta. Haga otra pregunta.

*Sondee las coincidencias*
- Observe cómo lo llenan de energía las coincidencias.
- ¿Qué trae la coincidencia a la conciencia?
- ¿Debe seguir trabajando todavía con esa persona?
- Si tiene un presentimiento sobre algo o pensamientos recurrentes, esté atento a la próxima coincidencia o el próximo mensaje. Generalmente lo moverán en la dirección del pensamiento o el presentimiento.

*Transmita energía a otros*
- Preste su total atención y su energía a las personas que encuentra porque todas tienen un mensaje para usted y usted para ellas.
- Recuerde que no tiene por qué usar su drama de control para competir por la energía.
- Recuerde que la energía que fluye desde usted crea una corriente que hace ingresar energía en usted a la misma velocidad, o sea que está continuamente abastecido.

# RESUMEN DE LA SÉPTIMA REVELACIÓN

La Séptima Revelación es la conciencia de que las coincidencias nos han conducido todo el tiempo al cumplimiento de nuestras misiones y a la búsqueda de nuestros interrogantes vitales. No obstante, día a día, crecemos comprendiendo y siguiendo los interrogantes más pequeños derivados de nuestras metas más amplias. Una vez que formulamos bien las preguntas, las respuestas siempre aparecen a través de oportunidades misteriosas. Cada sincronicidad, independientemente del crecimiento que pueda significar para nosotros, nos deja otro interrogante primordial, de modo que nuestras vidas siguen un proceso de pregunta, respuesta, nueva pregunta a medida que vamos evolucionando en nuestros caminos espirituales. Las respuestas sincronizadas nos llegan de muchas fuentes: sueños, ensueños y ensoñaciones, pensamientos intuitivos y, en la mayoría de los casos, otras personas que sienten la inspiración de traernos un mensaje.

# Estudio Individual
## de la Séptima Revelación

*Reunir información para tomar una decisión*

La próxima vez que deba tomar una decisión sobre su carrera, casa, familia, crecimiento personal, relación, le conviene seguir estas simples pautas.

1. Analice la lista de control que aparece anteriormente, Unirse al fluir de la evolución.
2. Formule sus interrogantes actuales y escríbalos en una ficha de 6 por 13 para llevar en su bolsillo o cartera. Mírelas durante el día.
3. Pida mensajes.
4. Una vez que escriba sus interrogantes, esté particularmente atento las 72 horas siguientes.
5. Registre todos los mensajes u hechos excepcionales en su diario.
6. Observe si los objetos adquieren otra fuerza o si las cosas tienen un brillo o una iridiscencia especiales.
7. Practique sentir su cuerpo abierto, relajando los músculos tensos cada vez que lo recuerde.
8. Transmita energía a quienes encuentre personalmente o por teléfono.
9. Esté dispuesto a compartir sus interrogantes si intuitivamente así lo siente.
10. Esté atento a sus pensamientos y ejecute las decisiones que toma.
11. Si se siente desbordado o sumamente confundido, deje de tratar de imaginar las cosas. Pregunte: "¿Qué debo hacer ahora?".

*Pruebas de ensayo o Pregunta y respuesta*
*Aprender a interpretar los signos*

Otro método que puede probar es el de tomar una *decisión de prueba* y ver qué clase de respuesta recibe. Por ejemplo: si quiere cambiar de trabajo, comente su decisión a su familia y amigos y espere novedades. Observe qué pasa. ¿Recibe apoyo de la gente? ¿La vida fluye mejor en cosas pequeñas? ¿Algo relacionado con su interrogante llega por correo? ¿Recibe escasas confirmaciones del universo en el sentido de que es la decisión correcta? O, ¿tiene pequeñas "desgracias" como golpearse el dedo del pie, recibir una multa, perder la billetera, enfermarse u otros hechos que parezcan indicar un "no"?

Un ejemplo de signos sincrónicos de que algo importante está preparándose lo da una mujer que tiene su propio negocio de venta de cosméticos. "El día que tuve mi primera cita con una cliente importante había estado escuchando la ópera *Tristán e Isolda* justo antes de salir de casa. Cuando llegué a la casa de ella, estaba escuchando la misma ópera. Hubo muchas otras similitudes que realmente me sorprendieron."

De todos modos, no atribuya a los hechos más significado del que tienen. La significación de los hechos sincrónicos se percibe casi inmediatamente y no requiere un análisis elaboradísimo. Si invierte mucha energía mental tratando de extraer algún significado de un hecho, olvídelo. Si hay algún significado tratando de abrirse paso, recibirá otros mensajes. Aténgase al momento.

## El propósito en acción

Cuanto más integre y practique las Revelaciones más crecerá espiritualmente. Al aumentar la conciencia personal, adquirir una visión más amplia de los hechos y las actividades pasará a ser una segunda naturaleza.

- ¿Qué otro posible significado hay detrás de ese hecho o actividad?
- ¿De qué manera se relaciona con un propósito más amplio?
- ¿Cómo estoy ayudando a otros?
- ¿Me siento energizado por esta actividad?
- ¿Cuán elevada es esta prioridad?

Cuanto más ejercite esta manera reflexiva de reunir información, más descubrirá acerca del propósito de su vida. El trabajo para el cual usted está aquí tal vez no se resuma en un título en especial o una puerta de oficina.

## Gratitud y reconocimiento

Si hace un avance creativo capital, reconózcalo y atribúyase todo el mérito que le corresponde por la parte que le haya tocado. Cuanto más crea en sí mismo como un ser total, intacto y creativo, más sentirá que está cumpliendo con el propósito de su vida.

Expresar gratitud por los dones grandes y pequeños que recibe cada día lo ayuda a mantener armonizado con el presente y contribuye a reemplazar hábitos de preocupación y pesimismo.

## Perdón

Si se siente atrapado o encerrado en una lucha de poder, deténgase un momento y trate ver el cuadro general. Pregúntese: ¿Quiero o puedo perdonar a las personas implicadas, incluido yo mismo?

Una vez que usted tome la decisión de perdonar, verá claramente a quién está perdonando y cómo hacerlo.

## Buena comprensión

A veces, empezamos a pensar que si simplemente podemos encontrar "la" gran respuesta, o alcanzar "el" gran logro, se producirán milagros y tendremos éxito. Manténgase abierto a todas las cosas extrañas y maravillosas de su vida, y ámese y acéptese a sí mismo exactamente como es ahora, aunque no haya hecho ninguno de los ejercicios de este libro, ni analizado sus sueños o llevado un diario.

## Ponerse en observador

Recuerde que, según el Manuscrito, las ensoñaciones y los pensamientos vienen a guiarnos. Cuando se le ocurra un pensamiento, adquiera el hábito de preguntarse por qué. ¿Por qué ese pensamiento aparece ahora? ¿De qué manera se relaciona con mi interrogante? *Adoptar una posición de observador reduce nuestra necesidad de controlar todo y nos ubica en el fluir de la evolución.*

## Atraer mensajes

Cuando tratamos de exigir una respuesta o nos mantenemos distantes, creamos una competencia entre nosotros y los demás que les impide transmitirnos un mensaje. Para atraer más mensajes, acuérdese de mantenerse abierto para descubrir qué quiere pasar ahora. Dé energía a los demás y piense que los encontró por alguna razón en este momento. Si se produce una coincidencia, pase unos minutos preguntando: ¿Qué pasó exactamente? ¿De qué manera se relaciona esto con alguno de los interrogantes que me hago en este momento? ¿Tengo que seguir adelante con algo a partir de esto?

## Trabajo de consolación

Al tener un arrebato del tipo que fuere, usted no queda al margen del flujo. No dé por sentado que fluir es un jardín de rosas y música bella. Las Revelaciones nos dicen que cada hecho tiene un propósito. Para fluir, es necesario prestar mucha atención a los hechos aparentemente negativos. Los reveses, las decepciones, las frustraciones y hasta las multas de tránsito podrían contener importantes mensajes para usted. Cada vez que experimente una situación realmente enervante, tómese algunos momentos para escribir sus pensamientos y sensaciones al respecto en su diario. Piense algunas perspectivas consoladoras. Pregúntese:

- ¿De qué manera puede servirme esta pérdida?
- ¿Cómo se relaciona este revés con el interrogante de mi vida?
- ¿Cómo puedo verlo de otra forma?
- Si hay una intención positiva en todo, ¿qué hay de positivo en esto?
- ¿Qué estoy tratando de lograr realmente?

Si se siente totalmente acorralado, reúnase con un amigo y vea su cuestionario de Obstáculos autoimpuestos (página 112) e imagine algunas opciones nuevas, ¡aunque suenen ridículas! Activar la mente para encontrar nuevas respuestas ayuda a destrabar el miedo y generalmente restablece el sentido del humor.

## Trabajo con los sueños

Si enfrenta una decisión difícil, trate de pedir un sueño esclarecedor cada noche cuando se disponga a dormir. Para alentar a su subconsciente a responder, ponga su diario y una lapicera junto a su cama para poder registrar la información del sueño. Los estudios han demostrado también que la meditación el día antes de soñar permite recordar mejor los sueños.[14] El siguiente método puede resultar útil, pero siéntase con libertad para improvisar de cualquier manera que le dé resultado a usted. Responda estas preguntas en su diario:

### COMPARACIÓN DE LOS SUEÑOS

1. ¿Cuáles son los puntos salientes del sueño?
2. ¿Qué detalles parecen significativos? ¿Por qué?
3. ¿Qué título de una frase le pondría a este sueño?
4. ¿Qué título de una sola palabra le pondría a este sueño?
5. ¿Qué pasa al comienzo?
6. ¿Qué acciones se realizan?
7. ¿Quién está en el sueño?

8. Si las personas del sueño fueran partes de usted, ¿qué le dirían?
9. ¿Cuál es el tono general del sueño?
10. ¿En qué se parece este sueño con su vida en este momento?
11. ¿Qué le dice el sueño respecto de su vida que tal vez esté descuidando?
12. ¿Cómo termina el sueño?
13. Si llegara a vivir el sueño en la vida real, ¿qué haría de otra manera?

A menudo, los sueños nos dan el mismo mensaje de distintas maneras a lo largo del tiempo. Son insistentes y persistentes como la intuición. En épocas de estrés o en cualquier otro momento que quiera más información, hágase el propósito de escribir títulos de sueños nocturnos en forma de lista en una página separada de las respuestas que escribe a las preguntas mencionadas más arriba. Es posible que los títulos solos ya le den una pista de la dirección en la que está yendo o de la toma de conciencia que está produciéndose.

Micael McCore, que trabaja en la industria de la computación y además es novelista, nos da un buen ejemplo de comparación de sueños. Un sueño reciente le dio un nuevo impulso de energía para seguir escribiendo:

"Soñé que tenía un colibrí que volaba entre las palmas de mis manos. Mientras lo sostenía, se convirtió en un animal peludo. Había una mujer que me avisaba. Me desperté lleno de esperanza y excitación y decidí analizar el sueño." Esto es lo que observó:

1. ¿Cuáles son los puntos salientes del sueño? "El colibrí, el animal, la transformación y la mujer."
2. ¿Qué detalles parecen significativos? "El colibrí, porque lo había usado como un detalle en mi novela para expresar la belleza del día. También había visto un par de colibríes hacía poco tiempo."
3. ¿Qué título de una frase le pondría a este sueño? "Capturo un colibrí."
4. ¿Qué título de una sola palabra le pondría a este sueño? "Colibrí."
5. ¿Qué pasa al comienzo? "Sostengo el pájaro (vuela en el

espacio entre mis dos manos)."

6. ¿Qué acciones se realizan? "El pájaro se convierte en un animal peludo."

7. ¿Quién está en el sueño? "Yo, un colibrí, un animal peludo, que le recuerda a un personaje de *Viaje a las estrellas* —símbolo para él de la reproducción exponencial— y una mujer consejera."

8. Si las personas del sueño fueran partes de usted, ¿qué le dirían? "Que una mujer está ayudándome en esta transformación; que logré capturar al colibrí con mi arte; y que tengo que trabajar para crear éxito exponencial (el animal peludo) como base de mi arte.

9. ¿Cuál es el tono general del sueño? "Esperanzado, energetizado."

10. ¿En qué se parece este sueño con su vida en este momento? "Acabo de terminar mi primera novela y tengo que publicarla, y he estado paralizado en ese asunto. Podría decir que he seguido a mi "mujer interior" o Musa femenina pese a las exigencias de mi ajetreada carrera, y que he creado un símbolo vivo del espíritu con mi trabajo (el pájaro) que aparentemente va a "volar".

11. ¿Qué le dice el sueño respecto de su vida que tal vez esté descuidando? "Que tal vez pueda vender lo que escribo."

12. ¿Cómo termina el sueño? "Escribiendo con éxito."

13. Si llegara a vivir el sueño en la vida real, ¿qué haría de otra manera? "Me parece completo tal como está."

## GRUPO DE ESTUDIO
## PARA LA SÉPTIMA REVELACIÓN

*Sesión 11*

2 horas 30 minutos

*Objetivo de la sesión*: Discutir la Séptima Revelación —Fluir— y poner en práctica los conceptos de este capítulo.

*Preparación*: Traer música rítmica y un grabador y hojas en blanco suficientes para todos los participantes.

## Check In

Al comienzo del encuentro, cada uno puede expresar brevemente cómo se siente en este momento. Es importante que todos sean breves pero que participen.

## EJERCICIO 1. Elevar la energía

*Tiempo*: 5-10 minutos para la música con ejercicio y movimiento o 15-20 minutos para la Meditación en la cima de la montaña.

*Indicaciones*: Decidir cuál de los ejercicios para aumentar la energía se va a hacer: Meditación en la cima de la montaña en la página 147 o escuchar música durante 10 minutos moviéndose en el lugar.

## EJERCICIO 2. Discusión general de la Séptima Revelación

*Tiempo:* Las ponencias individuales deben ser breves y referidas a esta Revelación. Cuando la discusión parece concluida, pasar al siguiente ejercicio.

*Indicaciones*: Una persona lee la recapitulación de la Séptima Revelación en la página 189 y la Lista de control para unirse al fluir de la Evolución en la página 205. No olvidar (1) mantener la concentración; (2) prestar total atención a los que hablan; y (3) hablar cuando la energía lo impulsa. Conviene utilizar las siguientes preguntas para animar la discusión:

- ¿Qué se destaca en esta Revelación?
- ¿Alguien se sintió "fluir" últimamente?

- Si alguien se siente "al margen del fluir", tratar de que encuentre una intención con un fin determinado o una perspectiva consoladora. ¿Realmente está descarrilado o simplemente buscando otra pieza de su rompecabezas?
- ¿Las Revelaciones cambiaron algo significativamente en la vida de alguno del grupo?
- ¿Coincidencias o sueños interesantes? (¡Ser breve y concreto!) Si el grupo quiere trabajar sobre el sueño de algún participante de la reunión, remitirse a la sección Estudio Individual anterior para ver cómo se comparan los sueños con una situación de vida.

## EJERCICIO 3. Un juego de intuición [15]

*Objetivo*: Ejercitarse para abandonar el control y armonizarse con la intuición permitiendo que afloren sensaciones relacionadas con la pregunta de alguien.

*Tiempo*: 15 minutos por persona y unos 20 minutos para la discusión grupal. Respetar el tiempo y marcar 15 minutos por persona.

*Indicaciones*:

1° Paso: Distribuir hojas y pedir que cada uno escriba una pregunta; doblarla luego para que no se vea lo que está escrito. Esta pregunta debe ser algo para lo cual la persona debe tener una fuerte intención de hallar una respuesta, como por ejemplo: "¿Qué puedo hacer para mejorar la relación con mi marido?" o "¿Cuál es la mejor manera de buscar un trabajo mejor?" o "¿Pinto otra vez la casa o la vendo así?". Asegurarse de que la pregunta sea realmente significativa en este momento. *Ninguna otra persona la verá*.

2° Paso: Elegir un compañero. Usando la intuición.

3° Paso: En el trabajo con el compañero, una persona (la que contesta) sostiene el papel doblado y se concentra unos minutos, permitiendo que imágenes, sensaciones y sentimientos fluyan en su mente y su cuerpo sin censurar lo que recibe.

4° Paso: La persona debe dar la respuesta transmitiendo las sensaciones e impresiones a quien formuló la pregunta tal como se presentan. No debe preocuparse por lo que recibe *aunque parezca totalmente carente de significado.*

5° Paso: La persona que recibe la información puede tomar nota ya que tal vez sea útil para la reflexión posterior sobre los mensajes. La persona que pregunta puede o no replicar, según le parezca. Toda la información se da con la intención de generar *un conocimiento interior en la persona que pregunta.* Obviamente, quien responde ni siquiera sabe cuál es la pregunta, o sea que no hay una forma de hacerlo bien o hacerlo mal. Debe ser divertido. Que resulte un juego, manteniendo el ánimo alegre, pero hablando en voz baja para no perturbar la concentración de los demás.

6° Paso: Pasados los 15 minutos, cambiar de parejas.

7° Paso: Una vez que todos completaron sus 15 minutos, volver a reunir todo el grupo e intercambiar las impresiones del ejercicio.

## Cierre

Pedido de ayuda. Transmisión de energía afectiva.

Para la próxima sesión
Lea el capítulo siguiente para preparar su próximo encuentro.

# CAPÍTULO 8

# La ética interpersonal: Una nueva perspectiva respecto de las relaciones

*Aquí, nuestro personaje principal encuentra a Marjorie, y juntos logran una fuga sorprendente a la casa de una mujer llamada Karla, que parecía estar esperándolos. Karla explica la Octava Revelación mientras lleva a nuestros dos aventureros a un refugio seguro. La Séptima Revelación mostraba cómo unirse al fluir escuchando los mensajes interiores y exteriores. La Octava trata de cómo acelerar ese fluir adoptando un nuevo enfoque respecto de los demás, niños, amantes, amigos y extraños.*

*En este capítulo de la novela, nuestro personaje aprende a encontrar las respuestas a los interrogantes actuales de su vida de gente que cruza en su camino. También toma conciencia del poder misterioso que parece tener Marjorie sobre su vida y cómo puede frenar su evolución.*

## LA OCTAVA REVELACIÓN

A esta altura del viaje, el Manuscrito predice que el ritmo evolutivo se acelera cuando las personas empiezan a usar la energía de otra manera al relacionarse con los demás. Teniendo en cuenta que nuestras coincidencias nos llegan en general a través de los demás, la Octava Revelación subraya cómo resaltar esos encuentros para que la información pase con mayor facilidad de uno a otro. Si aprendemos a tener relaciones más conscientes, nuestra evolución personal y la de la próxima generación —nuestros hijos— se acelerarán porque todos funcionaremos en forma más plena, como personas totales. Esta Revelación menciona muchos tipos de relaciones, incluidas las románticas, las de padre a hijo, y dinámicas de grupos. Algunos de los puntos salientes de esta Revelación son:

- Podemos ayudarnos unos a otros en lo que hace a dar y recibir mensajes proyectando energía. Cuando nos levantamos mutuamente, evitamos la competencia por la energía mencionada en la Cuarta Revelación.
- Cada persona que encontramos tiene un mensaje para nosotros.
- A medida que vayamos evolucionando espiritualmente, formaremos grupos de conciencia donde podremos elevarnos mutuamente a una vibración o una conciencia superiores y acceder a una mayor sabiduría y sanación.
- El amor romántico retrasa nuestra evolución cuando es usado como sustituto de nuestra conexión con la energía universal.
- Las raíces de la adicción romántica radican en no tener una relación totalmente integrada con el padre del otro sexo.
- Las relaciones platónicas con el sexo opuesto pueden ayudarnos a integrar esta energía y convertirnos en un todo.
- Llegar a ser un "círculo perfecto" con energía afirmativa y receptiva totalmente integrada nos permite recibir la energía universal y esto nos ayuda para evitar que tratemos de controlar a nuestros compañeros.
- Es importante que pasemos todo el tiempo necesario para estabilizar nuestro canal de comunicación con el universo.
- Para evolucionar, tendremos que reconocer y reformar nuestras formas codependientes de relacionarnos con los demás.
- La evolución espiritual exigirá que criemos a nuestros hijos para que sean totalmente integrados con una experiencia de amor constante y atención con el fin de que desarrollen su conexión con la energía universal.

# Cómo podemos ayudarnos mutuamente en nuestra evolución

El proceso de ayudarnos mutuamente a desarrollar nuestros destinos se señala en la Octava Revelación como ver más allá del yo ordinario de las personas que encontramos. En lugar de ver solamente la personalidad superficial, la Revelación nos dice que nos concentremos en la belleza singular de cada persona que encontramos, viendo la gloria más profunda de su ser. Al hacerlo, proyectamos energía. Con el aumento de la energía que le llega, la persona podrá sentir que es su yo superior. Desde esta vibración más alta, tendrá más claridad respecto de sí mismo y podrá decir su verdad con mayor facilidad. Así, se intercambiarán los mensajes que ayudarán a las dos personas a unirse al fluir de la evolución.

En la novela, a nuestro personaje le dicen: "Cuando la energía entra (en los otros), les ayuda a ver su verdad. Entonces, ellos pueden darte esa verdad a ti".[1] Sentir ese haz de energía los abre y aumenta la posibilidad de que sepan qué decirnos. No obstante, este intercambio mutuo de energía sólo es posible cuando no hay programas ocultos o dependencias de desenlaces específicos.

Se trata de un proceso que usted debe aprender a partir de su propia experiencia. No hay reglas respecto de cómo ocurren los encuentros o cómo dan frutos. Al adquirir el hábito de apreciar a las personas que encuentra o conoce, empezará a notar cambios en sus relaciones y en su vida.

# Cada persona que encontramos tiene un mensaje para nosotros

El Manuscrito afirma que no existen los encuentros casuales. Cada persona llega a nuestra vida por un motivo y tiene un mensaje para nosotros. Es absolutamente importante que estemos atentos a las personas con las cuales necesitamos conectarnos. Ya aprendimos lo importante que es mantener nuestra

...lo Divino que ve en sí mismo, lo ve también en todos los demás y como el mismo Espíritu en todos. De ahí que la mayor unidad interior con otros sea una necesidad de su ser y la unidad perfecta el signo y la condición de la vida perfecta.

SRI AUROBINDO
*The Essential Aurobindo*[2]

energía alta y los interrogantes de nuestra vida en el primer plano de nuestra atención. En ese estado, atraeremos las condiciones que necesitamos para evolucionar.

El Manuscrito nos dice que estemos atentos al contacto visual espontáneo con otros, o a las sensaciones de familiaridad. Una persona puede recordarnos a alguien que conocemos, y esta intuición actúa como un impulso para explorar el significado de la conexión. ¿Qué nos dice esa persona respecto de nuestro(s) interrogante(s) actual(es)?

Si tenemos una conversación con alguien que se cruza en nuestro camino y no vemos un mensaje oportuno para nuestro interrogante actual, no significa que no hubo ninguno. Significa solamente que en esa oportunidad no pudimos sacarlo a relucir. Si tenemos reiterados encuentros con alguien, tenemos que descubrir el motivo detrás de la coincidencia.

A medida que seamos más conscientes de las oportunidades en encuentros aparentemente casuales, tendremos que ejercitarnos en dejar de lado los dramas de control para evitar luchas de poder que impidan que se intercambien los mensajes. Habiendo aprendido a identificar el drama y mantenernos centrados en el presente, no asumiremos el drama correspondiente. Al mirar más allá del drama y transmitir a la persona toda la energía posible, aumentamos la posibilidad de recibir mensajes significativos.

## La formación de grupos conscientes

Si evolucionamos espiritualmente, empezaremos a formar grupos conscientes con personas de igual mentalidad. Hay quienes ya están haciéndolo al formar sus propios grupos de estudio de las Revelaciones.

En los grupos pasan cosas sorprendentes cuando todos tienen la intención de levantarse mutuamente. Trabajar en conjunto nos eleva a una vibración más alta. Hay, incluso, más sabiduría y sanación disponibles porque pasamos a ser más que la suma de los individuos.

*Ser una persona superior.* La clave para interactuar en grupo es no ser tímido. Este proceso depende de que cada uno tenga una energía clara, sin drama de control.

En cualquier grupo, mantenga su atención en el momento presente, y cuando sienta el impulso de hablar, hágalo. De lo contrario, concéntrese en enviar energía a los que se sienten movidos a hablar. En un grupo consciente, cada persona tendrá una parte de la verdad en distintos momentos y sabrá cuándo expresarla. Las ideas surgen de una manera ordenada. No parecerá que las personas están pensándolas sino más bien que esperan que se produzcan.

Con el objetivo de elevarse unos a otros, se evitan las viejas formas de interacción, tales como tratar de sonar brillante, concentrarse en los propios pensamientos en vez de escuchar activamente, sentirse intimidado o tratar de controlar al grupo. Todos tienen la experiencia de sentirse llenos de energía y *ser su yo superior*. Tienen una intuición más marcada y una visión más clara de sí mismos.

*Usar la energía del grupo.* Todo grupo en armonía con su propósito de elevarse mutuamente y alcanzar el yo superior puede lograr una creatividad sorprendente. Con un grupo informal de amigos, usted puede empezar a llevar al grupo cualquier problema que deba resolver. *Cuanto más específico sea, más posibilidades tendrá de recibir información relevante.* Un hombre que tuvo problemas de próstata durante quince años, preguntó: "¿Qué me hace falta saber para curar mi problema de próstata?". Los miembros del grupo, que se habían armonizado anteriormente mediante una breve meditación, empezaron a emitir mensajes tales como "Siempre estuviste demasiado concentrado en tus logros intelectuales. Este dolor es un signo físico de tu incapacidad para aceptar totalmente y usar tu cuerpo y no sólo tu mente" y "Nunca te permitiste expresar bronca con la gente fuera de tu familia" y "Reprimes tus sentimientos, especialmente tu rabia, y minimizas todo con sarcasmo". Más tarde, el grupo le envió colectivamente energía sanadora para que la usara como él quisiera. Esto plantea la cuestión de que la energía debe enviarse como un don, con el fin de que sea utilizada para el bien más elevado, sin un resultado específico.

En su grupo, exhorte a sus miembros a que presten toda la atención posible a su área de preocupación y piensen en el dolor como un farol que señala una pepita de energía atascada que tiene algo que decir.

Por cierto, no estamos sugiriendo que reemplace la ayuda médica calificada por trabajo mental en grupo. Este método constituye un complemento de los procedimientos de sanación y puede echar luz sobre alguna información complementaria.

*Problemas en los grupos*. Al ir evolucionando, los seres humanos aprenderán a dominar las técnicas enseñadas en la Octava Revelación. No obstante, todavía estamos avanzando hacia esa evolución y es posible que, al trabajar juntos, encontremos problemas. Recuerde que todo grupo presenta una combinación de personas con diversas tendencias de dramas de control.

Si alguien tiene una energía de Intimidador o Pobre de Mí que monopoliza al grupo, éste se fragmenta. ¿Qué hacer? Aunque el grupo tenga un facilitador, es importante que cada miembro se mantenga en contacto con sus propios sentimientos. Si una persona habla mucho o se explaya en temas personales durante un tiempo excesivo, los otros deben estar dispuestos a señalar de manera agradable que la energía parece haberse estancado. El objetivo general es hacer que la energía del grupo se mantenga fluida para que puedan intercambiarse los mensajes. Conviene preguntar a los otros si sienten las necesidades de energía para volver a ponerse en movimiento o ir en otra dirección. El tema debe mantenerse lo más abierto y explícito posible y todos deben estar atentos a algún mensaje dentro de ese "problema". Las personas Distantes tienden a no hablar, y ésta puede ser una buena oportunidad para que esas personas se ejerciten en la verbalización de sus ideas.

Si hay alguien en el grupo que no es aceptado por los demás, habrá una tendencia a concentrarse en sus rasgos irritantes. En lugar de ver la belleza más profunda de la persona, cosa que le daría energía, en realidad, al demorarnos en sus rasgos negativos, lo que hacemos es absorberle la energía y dañarla. Si esta persona tiene un rasgo particular, como criticar a otros, entonces está allí para señalarle al grupo su propio potencial de actitud crítica. Cada persona tiene un mensaje. Si el grupo puede hablar de sus sentimientos en forma comprensiva con la otra persona presente, y procesarlo dentro del grupo, hay posibilidades de crecimiento para todos los involucrados. Si, no obstante, la persona sigue bajando la energía del grupo, éste tiene todo el derecho a pedirle que se vaya.

# La adicción a la energía del amor romántico

Hasta este punto de la novela, nuestro personaje fue aumentando en forma constante su capacidad para evolucionar. Sin embargo, como todavía no estabilizó su canal de comunicación con la energía universal, sigue siendo vulnerable a tratar de obtener energía del sexo opuesto, en su caso, Marjorie. En la novela, siente esa energía expandida como: "Una oleada de pasión llenó mi cuerpo". "Me sentía distinto, energetizado cuando ella estaba cerca". "Mi cuerpo latía". "No podía creer la cantidad de energía que sentía en su presencia cuando me tocaba". ¡Piense en la última vez que tuvo esa sensación!

La Octava Revelación nos recuerda que podemos postergar nuestra evolución si nos convertimos en adictos a obtener energía de otra persona antes que de nuestra conexión divina interior. Por ejemplo: en el estado exaltado de "enamorarnos" nos sentimos energetizados y expandidos. De repente, todo parece especial. Los colores son más brillantes. Nos sentimos más inteligentes y atractivos. La vida tiene una nueva promesa. Como queremos más de esta energía vigorizante, decidimos que debemos tener a esa persona mágica en nuestra vida para conservar la conexión con esa sensación.

Cuando limitamos nuestro flujo de energía a esta persona,

nos desconectamos de nuestra fuente universal y esperamos que esa persona satisfaga todo. Estas expectativas tarde o temprano agotan a las dos personas y se reanuda la vieja competencia por la energía. Como bebés hambrientos, queremos satisfacer nuestras necesidades. Nos concentramos en la otra persona como fuente de nuestro problema y usamos nuestros dramas de control para intimidar, interrogar, ser distantes o gritar Pobre de Mí. Juzgando y culpando, sentimos que tal vez elegimos a la persona equivocada. Si al menos hubiéramos elegido una pareja mejor —alguien que notara y satisficiera inmediatamente cada una de nuestras necesidades— no tendríamos este problema.

## Las raíces infantiles del romanticismo mágico

Un niño es arquetípicamene energía masculina y femenina. Idealmente, ella o él es criado con las energías de ambos padres hasta ser lo suficientemente independiente como para recibir energía directamente del universo, que ya es una unión de lo masculino y lo femenino.

En general, el niño se identifica más fácilmente con el padre del mismo sexo, cuya energía es más fácil de integrar que la del género opuesto. Por ejemplo: una chica armoniza con las cualidades femeninas de la madre e instintivamente se siente atraída por el padre para complementar su propio sexo y formar su todo. Esto la hace sentir completa y eufórica. En el caso del varón se da lo contrario.

Al principio, ella ve al padre como mágico y omnipotente. Piensa que esa energía existe fuera de ella y quiere poseerlo y dirigir y comandar esa energía maravillosa. Cuando madura, y con la ayuda de él, supera esta visión infantil y lo ve tal como es, con todas sus capacidades y limitaciones. Mediante la verdadera identificación, puede encontrar esta energía realista dentro de sí misma. En el mundo ideal, los dos padres le brindan atención y energía, lo cual permite que ella crea que siempre va a tener suficiente. No necesita desarrollar dramas de control para conseguirla. La experiencia de energía suficiente crea la creencia de que es autosuficiente y dueña de sí misma. Esta creencia permite una transición fácil de recibir energía de los adultos a recibir energía directamente de la fuente universal. Sin embargo, con demasiada frecuencia, las familias no siempre pueden dedicar atención suficiente a cada hijo. En ese caso, ella debe competir por la energía emocional. Si es despreciada o criticada, se siente agotada y lucha por atraer la atención mediante los dramas de control.

Con un padre ausente o intimidador, no completa el importante proceso psicológico de integrar su lado masculino. Supone, erróneamente, que la única forma de obtener energía masculina es poseerla sexualmente. Por lo tanto, la parte faltante se convierte en un imán para la relación adictiva. Es como una mitad de círculo, paralizada en la etapa de buscar la otra mitad en el mundo exterior. Es así como nace la relación adictiva o codependiente.

*La pareja.* En su libro *Getting the Love You Want: A Guide for Couples*, el psicólogo Harville Hendrix describe el proceso de la búsqueda de la pareja ideal como una búsqueda de cierta mezcla de rasgos que denomina la *imago*. Afirma que todos buscamos la mezcla familiar de características tanto positivas como negativas con las cuales nos criaron. En nuestro cerebro está registrado hasta el detalle más insignificante de cómo nos hablaban, nos tocaban y nos enseñaban, así como los atributos físicos, emocionales y mentales de nuestros padres. Al conocer gente, nos sentimos atraídos hacia aquellos que más se parecen a ese retrato inicial en nuestro inconsciente. Hendrix dice: "...independientemente de sus intenciones conscientes, la mayoría de las personas se sienten atraídas hacia compañeros que tienen los rasgos positivos y negativos de quienes las cuidaron y, normalmente, los rasgos negativos tienen una mayor influencia."[3]

*El vínculo con la supervivencia.* Las heridas que recibimos, las experiencias negativas, quedan profundamente marcadas en nuestro subconsciente. Como el esquema complejo de rasgos se armó en la infancia cuando dependíamos tanto de nuestros padres, la parte más profunda de nuestro cerebro conecta *todos* los rasgos positivos y negativos con nuestra supervivencia. Por lo tanto, cuando conocemos a ese alguien irresistible que responde a nuestro cuadro interior, empezamos a pensar que nuestra vida depende de él o ella.

*Llenar el vacío.* No sólo nos sentimos atraídos hacia la otra persona debido a que se ajusta a nuestros cuidadores originales, sino que la psiquis trata de llenar el vacío dejado por el padre del sexo opuesto. El impulso por recuperar la parte faltante, pero necesaria, de nuestro yo alimenta la adicción. No sólo buscamos la mitad sexual complementaria desde la infancia, sino que tendemos a atraer nuestros rasgos faltantes complementarios. Por ejemplo: una persona que es prudente y un poco metódica puede sentirse deslumbrada por otra que es decidida, competitiva y audaz. De repente, se ve a sí misma con más opciones y apoyo para hacer cambios. *En lugar de desarrollar esos rasgos en sí misma, se vincula con otra que los muestra.* Según Hendrix, "entramos en la relación con la suposición inconsciente de que nuestro compañero se convertirá en un padre adoptivo y cubrirá toda la privación de nuestra infancia. Lo único que tenemos que hacer para sanarnos es formar una relación estrecha y duradera".[4]

*Sanar la herida.* No es ningún secreto que el amor romántico no se basa en el pensamiento lógico. Si fuéramos lógicos, elegiríamos personas que no tuvieran los aspectos negativos de nuestros padres y pudieran compensar nuestras heridas tempranas. Sin embargo, el impulso de ganar energía y convertirnos en un todo no es una elección consciente en la medida que es una necesidad inconsciente. Si vemos este impulso como un intento por sanar las viejas heridas, entonces nuestras atracciones podrían ser más lógicas. Hendrix escribe:

> Sin embargo, la parte de nuestro cerebro que dirigió nuestra búsqueda de compañero, no fue nuestro nuevo cerebro lógico y ordenado; fue nuestro viejo cerebro fijado en el tiempo y miope. Y lo que nuestro viejo cerebro trataba de hacer era recrear

las condiciones de nuestra crianza para corregirlas. Habiendo recibido suficiente alimento para sobrevivir pero no el suficiente para sentirse satisfecho, trataba de volver a la escena de nuestra frustración original para que pudiéramos resolver nuestro asunto inconcluso.[5]

# Las relaciones platónicas

La Octava Revelación indica que si no tuvimos una paternidad positiva con modelos de roles saludables, debemos fortalecer nuestra energía del sexo opuesto creando relaciones platónicas conscientes. Llegar a conocer cómo piensa y siente alguien del sexo opuesto nos ayuda a alcanzar integración y unidad. Esto se logra con alguien que esté dispuesto a revelarse honestamente y que sea consciente de su propia evolución. Es algo que nos ayude a romper nuestra proyección de lo que *pensamos* que es el sexo opuesto.

Desarrollar relaciones platónicas es muchas veces más fácil para las personas solas y más difícil para las que tienen relaciones comprometidas. Toda búsqueda de una amistad platónica debe ser tratada con el cónyuge o la pareja en caso de tenerlos. A veces, trabajar con nuestra pareja para mejorar la relación debe ser prioritario. Si surgen problemas en la comunicación, conviene que ambos miembros de la pareja trabajen con un asesor profesional.

¿Tiene buenas amistades con personas del sexo opuesto? ¿O a veces piensa que tienen menos prioridad si no conducen a una relación sexual? ¿Su relaciones platónicas con el sexo opuesto se limitan a los cónyuges de sus amigos?

El Manuscrito indica que debemos resistirnos al "enamoramiento" romántico y llegar a

> Cuanto más tiempo no estamos en pareja, más privados de intimidad estamos. Cuanto más privados de intimidad estamos, más vulnerables somos al tipo de persona que puede valorizarnos.
>
> TERENCE T. GORSKI,
> *Getting Love Right*,[6]

conocer primero a la otra persona sin el componente sexual. Llegar a conocer bien a una persona del sexo opuesto nos ayuda a mantener nuestro centro. Una vez que establecimos una verdadera compatibilidad, tenemos más posibilidades de crear una relación duradera.

## El círculo completo

La Octava Revelación también nos dice que además de estar cómodos con el sexo opuesto, tenemos que ser capaces de experimentar bienestar e incluso euforia cuando estamos solos. En la Quinta Revelación ya vimos cómo se sintió nuestro personaje al conectarse con la energía en la cima de la montaña. Cuando podemos mantenernos conscientemente solos en el flujo de la energía universal es porque entramos en el estado unificado de energía masculina y femenina. Hemos cerrado el círculo, desde adentro.

> Cuando estoy sola las flores realmente son vistas. Puedo prestarles atención. Son sentidas como una presencia.
>
> MAY SARTON,
> *Journal of a Solitude*[7]

¿Cómo se siente cuando pasa tiempo solo? ¿Qué hace normalmente cuando está solo? ¿Tiende a refrescar su energía en soledad o en compañía de otros? ¿Cuándo fue la última vez que se sintió realmente feliz solo?

## Estabilizar nuestra conexión con nuestro centro interno

Esta parte de la Revelación dice que al empezar a evolucionar, automáticamente recibimos la energía de nuestro sexo opuesto. No obstante, debemos tener mucho cuidado. El proceso de integración tarda en establecerse, y si viene alguien que parece ofrecer esa energía directamente, es posible que desviemos toda nuestra atención hacia esa persona. Apartados una vez más de nuestro centro, regresamos al comportamiento de control. Una vez que nos estabilicemos, no correremos el riesgo de abandonar nuestra auténtica fuente.

¿Ha vivido solo durante algún tiempo? ¿Cuánto tiempo? ¿Tiene algún método para mantener su centro interior? Quienes cosen, pintan, escriben, hacen trabajos manuales, ejercicios o meditación saben cuán enriquecedor es pasar tiempo consigo mismo.

> Cuando amamos a una persona no la amamos todo el tiempo exactamente de la misma manera, instante tras instante... Tenemos tan poca fe en el flujo y reflujo de la vida, el amor, las relaciones... la única certeza real no está en poseer o tener, tampoco en exigir o esperar, ni siquiera en esperar.
>
> ANNE MORROW LINDBERGH, *Gift from the Sea*[8]

Estabilizar nuestro canal de comunicación exige escuchar nuestro interior y sentir nuestros sentimientos. La estabilización está relacionada con la autoestima y la aceptación personal y la descarga de pensamientos negativos constantes. Estabilizarnos significa que podemos reconocer nuestros dramas de control antes de vernos atrapados en ellos. Podemos pedir ayuda al universo sin esperar que alguien se ocupe de nosotros.

## ¿Qué es la codependencia?

Las relaciones que se basan en el control y en impulsos y necesidades inconscientes son el blanco de la Octava Revelación. A fines de la década del '70, la palabra "co-dependencia" empezó a utilizarse para describir a alguien que vivía o tenía que ver con un alcohólico. El codependiente, era la persona que trataba de manejar y controlar una situación intrínsecamente fuera de control. Desde que se estableció esa primera definición, el término "codependencia" se aplica a menudo a un espectro más amplio de relaciones que las químicamente adictivas. Ahora, podemos decir que toda nuestra sociedad está al borde de ser codependiente. Ciertamente, se ha escrito mucho sobre la forma en que esta actitud modela nuestras instituciones y empresas.

Mucha gente pregunta: "¿Cómo sé si soy codependiente? Tal vez sólo me preocupa alguien y quiero ayudarlo".

*El comportamiento codependiente.* El principal indicador de la codependencia es el concentrar más atención en las acciones y los sentimientos de otra(s) persona(s) que en los propios y sentir que hay que controlar todo lo que pasa. Cuando nuestros pensamientos están dominados por lo que otras personas hacen, no estamos, por definición, centrados en nuestro propio proceso interior. Si su nivel de energía fluctúa en base a lo que otros dicen o hacen, es probable que sea codependiente. Si siente que debe vigilar todo y hacer que funcione, es probable que sea codependiente.

Cuando luchamos por controlar, no permitimos que las sincronicidades del universo nos ayuden a desarrollarnos. Por ejemplo, una mujer reveló: "Mi marido era siempre el tipo brillante y no tenía tiempo para cosas triviales como pagar cuentas o sacar el perro a pasear. Yo pensaba que de alguna manera era más importante que me hiciera cargo de esas cositas, para que él no se sintiera atado. Muchas veces no podía hacerme tiempo para ver a mis amigas porque sabía que él quería que estuviera en casa al llegar. Ahora veo que hacía todo eso para que no me dejara y, con ello, simplemente abandonaba mi vida. Todo el tiempo esperaba que se diera cuenta, y nunca lo hizo."

Un hombre que vivió con una mujer durante cinco años, contó: "Realmente estaba obsesionado con todo lo que hacía. Quería saber exactamente cuándo estaría en casa. Odiaba que tomara clases nocturnas y le hice la guerra por hacer algunos cursos los fines de semana. Cuando no estaba conmigo, me sentía abandonado, pero nunca lo admití. Tenía que hacerla sentir mal, simplemente porque hacía su vida".

Una mujer de cincuenta y cinco años relató lo siguiente: "Mi madre siempre me dijo que yo era su mejor amiga, y en cierto modo me hice cargo de ella desde que tenía siete años. Era taciturna y bebía a la noche hasta que se quedaba dormida. Recién entonces yo podía leer mis libros o llamar a alguna amiga. Fui a la universidad, pero llamaba a casa todos los días y me ponía muy ansiosa cuando empezaba a estar mal de salud. Me casé con un hombre que se parecía mucho a ella y ¡pasé a tener dos preocupaciones! Toda mi vida sentí que algo me pesaba debajo del cuello. Lo único que esperaba era tener una vida propia. La idea de que ahora soy libre de hacer lo que quiera me resulta amenazadora. Llevo un año haciendo terapia y últimamente me intrigaron un par de coincidencias. Siento que me orientan a poner mi propia veterinaria, cosa que siempre quise hacer".

*Los temas de la codependencia*. Estas historias ilustran algunos elementos comunes de las relaciones desequilibradas:

- Toda la atención se centra en las acciones de otra persona.
- Hay necesidad de energía del otro.
- El control es un comportamiento esencial.
- La vida del codependiente está en suspenso o trabada.
- La persona perdió de vista sus propias metas.
- La relación tiene expectativas y roles rígidos.
- La sensación de ser absorbido es fuerte.

La Octava Revelación es muy clara cuando afirma que para poder avanzar en nuestra evolución debemos estar dispuestos a reconocer dónde tenemos estas codependencias y estar dispuestos a cambiar nuestra conexión con esas personas. Para más sugerencias en cuanto a la forma de reconocer y superar la codependencia en las relaciones, por favor analice la sección Estudio Individual más adelante en este mismo capítulo.

> ...la forma más segura de volvernos locos es involucrarnos en los asuntos de otros, y la forma más rápida de ser sanos y felices es apuntar a nuestros propios asuntos.
>
> MELODY BEATTIE, *Codependent No More*[9]

# El verdadero romanticismo

¿Qué pasa cuando estamos listos para tener una relación romántica? Tal como nos dijo la Revelación, no hay esperanzas de que tengamos una relación que tarde o temprano no termine en una lucha de poder hasta que no hayamos hecho nuestro trabajo de sanación psicológica y vivamos nuestra conexión espiritual. Estará mucho más cerca de tener la relación que quiere si:

- puede vivir satisfactoriamente sin una relación
- no trata de llenarse con la energía de otra persona
- no necesita controlar las acciones de la otra persona
- sabe cómo mantenerse centrado en su propia energía
- sabe honestamente cuáles son sus sentimientos
- se comunica sin culpar y manipular
- no usa su drama de control
- puede mantenerse apartado de los problemas de la persona que quiere
- está abierto a los mensajes de las coincidencias
- se siente cómodo siendo tanto firme como receptivo
- puede avanzar hacia sus metas

# La educación de los hijos

*"Vaya, me encanta mis pinturas nuevas." Seis años*
*"Y a mí me encanta el lío que hiciste. Ve a tu cuarto ya mismo y no salgas hasta que yo te diga." Mamá*

*La necesidad de energía disponible e incondicional.* La Octava Revelación hace hincapié en que, para evolucionar, los chicos, como puntos extremos en la evolución, necesitan un flujo de energía incondicional hacia ellos. Para prosperar, necesitan estar cerca de adultos que les brinden un cuidado físico, emocional y mental. Como bien señala la Revelación, absorberles la energía al corregirlos crea dramas de control . Para desarrollarse y llegar a ser a su vez adultos plenos, exigen interacciones de uno a uno con personas de niveles superiores de madurez. Los niños aprenden a confiar en el mundo y en su lugar en él cuando se les habla honestamente y se los incluye en conversaciones y tomas de decisión adecuadas a su nivel de comprensión.

Los problemas que experimentan actualmente los chicos son fruto de un profundo cambio en la crianza. En las últimas seis décadas, la urbanización de nuestra sociedad alteró totalmente el fundamento de cómo aprenden los chicos a hacerse adultos. Hasta los años '30, los chicos se criaban sobre todo en familias con un espectro de adultos en distintas etapas de la vida —tíos, tías, primos, padres y abuelos— que pasaban hasta tres y cuatro horas juntos. Un 70 por ciento de los chicos se criaban en el campo. Trabajaban a la par de los padres y participaban en los asuntos cotidianos de la vida. Actualmente, la interacción entre hijo y padre se ha reducido a unos pocos minutos y este tiempo a menudo se invierte en asignar tareas o en un diálogo negativo y acusador ("¿Dónde estuviste?" "¿Por qué no haces los deberes?" "Guarda la ropa"). En muchos casos, el niño no siente amor o aceptación incondicionales y, en el mejor de los casos debe competir por robar atención a los padres.

En el libro *Raising Self-Reliant Children in a Self-Indulgent World*, los autores, H. Stephen Glenn y Jane Nelsen ayudan a identificar el origen de nuestro dilema actual: "Las investigaciones confirman actualmente que el diálogo y la

> Una buena relación tiene un esquema como lo tiene un baile y se arma siguiendo más o menos las mismas reglas. Los compañeros no necesitan tomarse con fuerza, porque se mueven confiados en el mismo esquema, intrincado, pero alegres y sueltos y libres... tocar con demasiada fuerza implicaría quebrar el esquema y congelar el movimiento, contener la belleza eternamente cambiante de su desarrollo... saben que son compañeros que se mueven al mismo ritmo, que crean juntos un esquema y son alimentados en forma invisible por él.
>
> ANNE MORROW LINDBERGH, *Gift from the Sea*[10]

colaboración forman los cimientos del desarrollo moral y ético, del pensamiento crítico, de la madurez del juicio y la efectividad de la enseñanza. En cambio, la falta de diálogo y colaboración entre los más maduros y los menos maduros amenaza los vínculos de afecto, confianza, dignidad y respeto que mantienen unida a nuestra sociedad".[11]

Como ecos de la Séptima Revelación, estas ideas reiteran la importancia de que los chicos aprendan de los adultos, y de que debemos estar dispuestos a brindarles nuestra atención directa.

*Autoestima.* Los chicos no sólo tienen que valerse por sí mismos mientras los padres trabajan, sino que a menudo su autoestima también sufre de una falta de actividad significativa. Antiguamente, los chicos y las chicas tenían trabajos que constituían un importante aporte para el mantenimiento general de la familia. Cuidar el jardín, atender a los animales, cocinar, lavar y colgar la ropa, cuidar a los hermanos, y cortar el pasto eran actividades que tenían consecuencias si no se hacían. Hacerlas automáticamente creaba un sentido de competencia y enseñaba el valor de completar una tarea.

Los chicos de hoy se crían con demasiada frecuencia de una forma pasiva con casi ninguna o muy pocas posibilidades de encontrar su identidad y reconocer sus talentos antes de lanzarse a una sociedad que es cada vez más especializada y técnica. A través de la televisión, las películas y los video games participan en la vida sólo como espectadores o consumidores de entretenimiento. Las ideas en cuanto a resolver problemas y enfrentar la vida les vienen de héroes sobrehumanos que salen airosos de las experiencias con arrogancia, violencia y magia.

Antes, en una familia grande, los chicos tenían más oportunidades de aprender del sexo opuesto e integrar ambos lados de su naturaleza. Sin estas opciones, los chicos se desvían de las conexiones inadecuadas con los adultos hacia sus pares, entre los cuales se sienten significativos y energetizados. Sin embargo, es imposible que aprendan a ser adultos de quienes saben tanto como ellos.

En muchos sentidos, parecería que las causas de la delincuencia, la violencia y el deterioro intelectual están misteriosamente fuera de control. Pero si estamos dispuestos a invertir tiempo y energía en la crianza adecuada de los hijos, a respaldarlos en su evolución hacia la totalidad, la Octava Revelación predice que reduciremos enormemente el malestar en nuestra sociedad actual. Lo que debemos compartir con nuestros hijos es nuestro propio proceso espiritual —enseñarles nuestra comprensión del mundo. Luego de esto, debemos dejarlos avanzar por su propio camino. A veces, puede parecer que se van a los extremos. No obstante, si hicimos bien las cosas y creen en sí mismos y en su capacidad para vivir la vida de acuerdo con sus valores, podemos confiar en que encontrarán el equilibrio.

El Manuscrito nos recuerda que estamos trayendo toda una nueva generación espiritual al mundo y que necesitamos enriquecer nuestra conciencia de los aspectos espirituales de la paternidad. Es importante recordar que cada hijo trae consigo sus propios temas para elaborar en su vida. No nacen simplemente para ser modelados por las influencias de los padres.

El Manuscrito enseña que nuestra nueva forma de paternidad consiste en agregar las dimensiones que no tuvimos cuando crecimos. Si aprendemos a trabajar con la energía y a aceptar el fluir de las coincidencias y los mensajes, nuestros hijos serán capaces de captar estos *insights* aún más rápido ya que seremos los modelos de roles para ellos. Una madre de cuarenta y tantos años, comentó: "Estudio metafísica desde los años '60 y siempre hablé sobre distintas ideas con mis hijos, especialmente sobre el pensamiento positivo y la sincronicidad. Siempre que teníamos que mudarnos hacíamos una lista con las características de la casa que queríamos. Mi hijo tiene ahora más de veinte años y me llamó el otro día, encantado con un nuevo departamento que encontró. Compartí su entusiasmo y le pregunté cómo lo había encontrado y dijo, como si fuera lo más evidente del mundo, 'Bueno, mamá, hice mi lista y conseguí todo, hasta una puertita para gatos'."

Para los educadores Glenn y Nelsen, hay siete factores significativos esenciales para que los chicos salgan adelante y sean productivos y capaces.[12] Las siguientes condiciones son las *capacidades* y *percepciones* que tiene un chico:

## CARACTERÍSTICAS DE LOS CHICOS QUE CRECEN BIEN

1. "Soy capaz."
2. "Contribuyo de maneras significativas y realmente me necesitan."
3. "Incido en lo que me pasa."
4. "Mis sentimientos son importantes, y confío en mí mismo para aprender de mis errores. Tengo autodominio y disciplina."
5. "Puedo hacer amigos. Sé hablar, escuchar, cooperar, compartir y negociar lo que quiero."
6. "Pueden contar conmigo y digo la verdad. Las cosas no siempre salen como quiero pero me adapto cuando hace falta."
7. "Trato de resolver mis problemas, pero sé que si necesito ayuda, la pido."

Con estas percepciones personales, el niño tiene una ventaja enorme, porque sabe que pase lo que pase, tiene los recursos interiores para resolver los problemas en forma creativa. Estas convicciones representan algunas de las metas de la paternidad evolucionada que se desprenden del Manuscrito. Al inculcar las siete convicciones arriba mencionadas a nuestros hijos les estamos haciendo el mejor regalo posible. Si realmente creen que pueden elegir, aprender lo que necesitan saber, y cambiar sus vidas, podrán conectarse naturalmente con el flujo de energía. Al ver cómo responde la energía a su intención, atraerán más coincidencias para sí mismos y tomarán las decisiones adecuadas para seguir fluyendo. Llenos de energía y con un grado más elevado de confianza en sí mismos y en el universo, tendrán más posibilidades de encontrar y realizar su propósito.

## Qué pueden hacer los adultos por los niños en este momento

No tenemos por qué esperar un día en particular para

empezar a poner en práctica estos nuevos comportamientos con los niños. Presentamos a continuación algunas sugerencias para los padres, pero cualquiera puede utilizar estas ideas. Aunque usted no tenga hijos, tendrá sin duda amigos especiales que sí los tienen y con los cuales seguramente debe tratar.

## Para ayudar a los niños a ser adultos plenos

- Esté. Planifique tener solamente la cantidad de hijos a los cuales pueda dedicar una atención personalizada y coherente. Recuerde, su objetivo es darles suficiente energía para hacer la transición a su integridad independiente como adultos.
- Trate a estas personitas como seres espirituales con un destino para cumplir. Puede darles un impulso en la vida pero no puede controlar su destino.
- Deles respeto. Hábleles como seres humanos con un yo superior. "Hola, Molly. Parece que estás de buen humor. ¿Cómo te va?"
- Reconozca que los chicos tienen derechos: a saber la verdad, a que los cuiden, a que les enseñen a ser adultos.
- Insista en el comportamiento indicado para su mayor conveniencia, salud y seguridad. "Siempre usamos nuestros cinturones de seguridad."
- Establezca límites claros mientras están a su cargo y bajo su supervisión. "Si sucede algo inesperado, llámame y házmelo saber, sea lo que fuere."
- Manifieste claramente cuál es su postura respecto de las cosas. Por ejemplo: "Pienso que es importante tener presente que las otras personas tienen derecho a vivir su vida de una manera que no sea la nuestra".
- Manténgase abierto a sus necesidades individuales, sabiendo que nacieron con sus propios temas para elaborar. Si bien los padres constituyen la influencia más significativa en el niño, no es la única. Una madre nos dijo: "Las maestras del jardín de mi hijo de cuatro años piensan que a lo mejor necesita una educación especial porque no se relaciona con los demás

chicos ni se comunica fácilmente. Creo que es más retraído que yo cuando tenía esa edad. Mis padres siempre me empujaban a sonreír más y a ser más extravertida. Me hacían sentir que no estaba bien ser como era. No quiero repetir ese ciclo".

- Comparta su propio proceso espiritual en la medida que sea apropiado para su nivel de edad. "Mamá necesita unos quince minutos de tranquilidad. Yo necesito sentarme con los ojos cerrados y tener pensamientos serenos."

- Déles explicaciones sobre las decisiones que usted está tomando en este momento, adecuadas a su nivel de madurez. Por ejemplo: "Vamos a mudarnos a otra ciudad. Busquemos el mapa y hablemos un poco de lo que podemos encontrar ahí".

- Permita que modifiquen su idea de la realidad, esté dispuesto a *aprender de ellos*.

- Discuta los problemas o cuestiones familiares. Mantener los problemas en secreto implica negarle a su hijo la verdad de lo que está pasando y toda la sabiduría que usted es capaz de compartir sobre el tema. El tono de este tipo de discusión debe evitar todos los elementos de Pobre de Mí y adecuarse al nivel de edad. Por ejemplo: "Sé que estuviste pidiendo zapatos nuevos. No te los compramos hasta ahora porque no tenemos solamente equis cantidad de dinero y la mayor parte se va en los gastos de la casa. Sentémonos y veamos cómo podemos ahorrar dinero para los zapatos y cuánto tiempo nos va a llevar. ¿Qué zapatos tenías en mente?". Introduzca a los chicos en el tema y déles la oportunidad de participar en su solución.

- Dé a los chicos tareas y roles significativos en el manejo de la casa. No les haga todo. Los estudios han demostrado que los chicos que se sienten capaces de manejar tareas significativas tienen una salud mejor y un desarrollo acelerado.

- No se apresure en socorrer. Obviamente, no estamos hablando de cuestiones de vida o muerte. Pero en general, los chicos son mucho más capaces de lo que pensamos. Déles la oportunidad de aprender de sus errores sin hacerlos sentir estúpidos e insignificantes. Aliéntelos a preguntar qué pasó en una situación, qué pensaron o qué aprendieron y qué cambiarían para otra vez. Deje de absorberles la energía y hacerles observaciones críticas. Reconozca que la vida depende de correr algunos riesgos y tener algunos fracasos. A menudo, la experiencia es mejor maestra que las explicaciones autoritarias de los padres.

- Recuerde que las personas avanzan a nuevos niveles sólo en un ambiente de apoyo. El ridículo, la humillación y el castigo físico no son técnicas de crianza aceptables.
- Ábrase al punto de vista de un niño. Escuche atentamente y no dé por sentado que sabe de qué habla.
- Fomente en su hijo un sentido del humor que no se base en la ridiculización de los demás.
- Haga elogios específicos y dé estímulo a menudo. "Realmente eres una persona muy confiable. ¡Qué bueno que te levantes temprano y llegues al colegio a tiempo, y que además tengas tiempo para prepararte el almuerzo!"
- No olvide que sus hijos van a ser espejos importantes de sus cuestiones personales y esté dispuesto a observar de qué manera el comportamiento de ellos puede estar diciéndole algo que necesita saber sobre usted mismo.
- Lo más importante que puede hacer para apoyar a sus hijos y a los hijos de otros es escucharlos, tomarlos en serio y reconocerles su valor personal.

## Crear redes para ayudar a los padres

Los seres humanos han sido tradicionalmente seres tribales, que crearon comunidades para sobrevivir. El Manuscrito predice que evolucionaremos más rápido si nos conectamos con gente de mentalidad similar que evoluciona siguiendo las mismas pautas de interés. En estas últimas décadas, la familia nuclear se ha desintegrado, provocando, en muchos casos, un aislamiento y una fragmentación debilitadores. Para reemplazar la reciente tendencia hacia la familia monoparental, las personas tendrán que desarrollar nuevas vías como grupos de apoyo a los padres y sistemas barriales que fomenten la inter-comunicación.

¿Está conectado con sus veci-nos? ¿Con otros padres? ¿Qué podría hacer para aumentar el apoyo exterior para usted y sus hijos? Si no tiene hijos, ¿cómo se relaciona con los chicos en su barrio o su familia?

> Cada día, en Estados Unidos, 270.000 estudian-tes llevan armas a la escue-la; 1.200.000 chicos que vuelven del colegio antes de que lleguen los padres a casas donde hay un arma.[13]

## Resumen de la Octava Revelación

La Octava Revelación es la conciencia de que la mayor parte de la sincronicidad se produce a través de mensajes que nos llegan por otras personas y que una nueva ética espiritual hacia los demás aumenta dicha sincronicidad. Si no competimos con los demás energéticamente y nos mantenemos conectados con la energía mística interior podemos elevar a los demás con nuestra propia energía, concentrándonos en la belleza de cada cara y viendo el genio superior de otra persona. La energía que damos cuando hablamos con el yo superior eleva a la otra persona a una mayor conciencia de quién es, qué hace y aumenta así la posibilidad de que pueda transmitirse un mensaje sincrónico. La elevación de los demás es particularmente importante cuando se interactúa dentro de un grupo, donde toda la energía del grupo puede entrar en quienquiera que se vea movido intuitivamente a hablar. También es importante usar esta ética cuando cuidamos a los chicos o interactuamos con ellos. Para elevar a los niños, debemos hablar a la sabiduría de su yo superior y tratarlos con integridad. En las relaciones románticas, debemos cuidar que la conexión de amor eufórico no reemplace nuestra conexión con la energía mística interior. Esta euforia de amor siempre degenera en una lucha de poder cuando las dos personas se vuelven mutuamente adictas para obtener energía.

# Estudio Individual
## ·de la Octava Revelación

## Cambie su enfoque con la gente

Ahora mismo puede empezar a usar el poder de la Octava Revelación. Use los siguientes puntos como pautas al poner en práctica este nuevo comportamiento. No hay una manera correcta de convertirse en un ser humano plenamente energetizado, de manera que ¡aprenda de su propia experiencia!

## SIÉNTASE ENERGETIZADO

- Empiece el día con la intención de estar atento a los mensajes.
- Antes de salir de su casa, tómese 5 o 10 minutos para centrarse, concentrándose en su respiración. Imagínese lleno de una luz radiante durante por lo menos 1 o 2 minutos. Imagínese como parte de un círculo de energía que entra y que sale.
- A lo largo de todo el día, conéctese, siempre que pueda, con la belleza que lo rodea.

## ENERGETICE A OTROS

- Al encontrarse y hablar con la gente, vea más allá de su cara común la gloria de su esencia espiritual.
- Concéntrese en sus cualidades singulares. Vea belleza en su cara.
- Al escuchar a una persona, préstele total atención.
- Proyéctele energía mientras habla.
- Recuerde que su yo superior tiene un mensaje para usted y, dándole energía, usted puede ayudar a que la persona se lo transmita.

## RECIBA MENSAJES

- Escuche internamente preguntas u observaciones sobre las cuales quiera consultar a otros... eso podría generar un importante intercambio de información.
- Si se siente energetizado cerca de esa persona, es probable que tenga una conexión importante.
- Si siente que alguien lo absorbe, revea qué le ofrece esa relación. Analice los temas de co-dependencia y los signos de advertencia.
- Observe qué pensamientos se le ocurren después de las conversaciones.
- ¿Qué cambios ve en su vida o sus relaciones al poner en práctica estos nuevos comportamientos?

### Cómo manejar los dramas de control

Si alguien usa tácticas de intimidación con usted en la conversación, desista de continuar si se siente amenazado. En estas circunstancias, hay pocas posibilidades de que se transmita algún mensaje. Si cabe, pregúntele a su interlocutor por qué está enojado y dígale que eso lo asusta. Préstele su total atención y busque la belleza implícita en su naturaleza. No dé por sentado que debe arreglarle todo pero deje que su intuición lo guíe hacia la acción más útil.

Si alguien usa la táctica Pobre de Mí, reconozca comprensivamente que se nota que está pasando un mal momento. Explique que usted ve perfectamente que está tratando de hacerlo responsable de su situación. No piense que debe resolverle los problemas. Pregúntele qué piensa que debería hacer. Apóyelo para que encuentre sus propias respuestas con los recursos que tenga a su disposición. ¡Desista de continuar la conversación si ve que su energía se agota!

Si alguien lo interroga, hágale saber que se siente en la mira o inspeccionado y criticado. Dígale que le cuesta mantener una conversación bajo tales circunstancias, y que eso para usted no camina. Hágale saber que le gustaría seguir hablando pero que le gustaría cambiar el tono, o algo sobre la interacción. Tenga en cuenta que funciona a partir de un esquema arraigado para atraer la atención y probablemente sienta que usted se aparta de su control. Si realmente quiere hablar con esa persona en otras circunstancias, hágaselo saber. Si no, le convendría desistir de seguir hablando en este momento.

Si alguien es distante con usted, no va a llegar muy lejos si empieza a interrogarlo para que se abra y dé un mensaje. No obstante, le convendría hacerle saber que considera importante que hablen (si de veras lo es), pero que, en su opinión, se aleja de usted. Pídale que exprese cómo se siente y cómo le gustaría que fuera la conversación. Reconozca que su necesidad interior es que le llegue su energía y si usted está conectado con su propia fuente, probablemente podrá establecer una comunicación. Si no, le convendría dar por terminada la conversación por el momento.

## Grupos conscientes

### Grupos ya establecidos

Todos los que estén trabajando con las técnicas de la Octava Revelación podrán llevar estos ejercicios a cualquier grupo al que ya pertenezcan. Pueden ser asociaciones de padres y maestros, grupos de hombres y mujeres, asociaciones de propietarios, clubes de lectores, etc. Si se siente impulsado a llevar estas idea al grupo en que esté, recuerde que siempre puede dar y recibir energía solo sin adoctrinar a otros. En la medida que sea apropiado y su intuición lo guíe, puede hablar con cualquier facilitador sobre la forma en que usted utiliza estas ideas. Deje que el cambio se produzca de la manera más orgánica posible. Si se ejercita en apreciar a los demás, podrá ser un buen modelo de rol.

### El inicio de un grupo de apoyo

Si tiene la inspiración de empezar un grupito para aplicar la

Octava Revelación, deje que la intuición y las coincidencias lo guíen hacia las personas indicadas en este momento. Puede ser informal, pero sería útil establecer un día estable para las reuniones así la gente puede planificar con anticipación. Por ejemplo: un grupo de seis personas decidió reunirse durante un tiempo viernes por medio. Iban rotando las casas y comían algo antes de la sesión. Después de cenar meditaban juntos 15 minutos, concentrándose en elevar su energía. Después, la reunión estaba abierta a todo el que quisiera hablar. Utilizaban el "brainstorming" como método para generar mensajes sobre problemas y temas particulares.

## Las relaciones románticas

Si estuvo estudiando las Revelaciones, seguramente verá el romanticismo bajo otra luz. Si acaba o está a punto de enamorarse, recuerde que debe mantener su propia fuente interior de energía. Disfrute del maravilloso intercambio de energía y haga saber a su pareja que pretende tener relaciones más conscientes. Cuando surjan cuestiones de poder, manténgase en contacto con sus propios sentimientos y avéngase a expresarlos de una manera cariñosa. Si la persona le interesa realmente, no dude en consultar a un profesional que lo ayude a aclarar los problemas a tiempo antes que esperar a que se vayan de las manos o se compliquen. Esté atento a los mensajes y coincidencias que le mostrarán los siguientes pasos.

## Las relaciones platónicas

Esté abierto a desarrollar amistades platónicas más profundas. Pase tiempo con algún amigo del sexo opuesto que quiera conocer mejor. Sugiera ir a un lugar en la naturaleza donde puedan compartir serenidad y belleza. Hablen de su experiencia infantil de varón y mujer en sus respectivas familias. Si le gusta escribir en su diario, le conviene describir qué sentimientos le provoca estar con esa persona, qué mensajes le da y qué lo sorprende de ella.

## Signos de advertencia de codependencia

Mientras evoluciona, sobre todo al comienzo, debe evaluar constantemente dónde está poniendo la mira para mantener su centro espiritual. Pregúntese:

- ¿Pienso constantemente en otra persona?
- ¿Trato de atraer la atención de alguien todo el tiempo?
- ¿Atraigo a gente necesitada?
- ¿Aumento mi autoestima resolviendo problemas para otros?
- ¿Minimizo mis necesidades y deseos?
- ¿Postergo a menudo mis planes?
- ¿Estoy siempre mirando qué hacen los otros?
- El comportamiento de otro, ¿me hace tratar de controlar la situación y hacerme cargo de los problemas de esa persona?
- ¿Me siento mal debido a lo que hacen otros?
- ¿Tengo una lucha de poder con alguien?
- ¿Me siento deprimido cuando estoy solo? ¿Evito pasar mucho tiempo solo?
- ¿Puedo ser claro respecto de mis metas?
- ¿Desdeño mis propias coincidencias cuando estoy en una relación para no alterar el status quo?

No hay respuestas fáciles para hacer transformaciones. Si siente que una relación con un padre, hijo, cónyuge o amigo domina su vida, puede hacer cambios sin importar el tiempo que tenga la relación. He aquí algunas cosas que puede hacer:

- Lea algunos libros sobre relaciones humanas
- Mantenga el tema en el tapete. Acepte experimentar sus sentimientos como desesperación, miedo, rabia y resentimiento.
- Contemple la posibilidad de dedicar tiempo a conocerse a sí mismo. Si lleva mucho tiempo casado, esto podría ser un tema delicado. Muchas veces, un cónyuge ya está alejándose y haciendo actividades aparte para distanciarse de su compañero/a. Teniendo en cuenta que la codependencia es compleja, conviene elaborar los cambios con un terapeuta calificado.

- Ejercítese en apartar su energía del otro. Esto no significa que usted no va a cuidar o querer a la otra persona, pero necesita experimentarse a usted mismo separadamente durante un tiempo. Recuerde que no puede resolver los problemas ni vivir la vida de otro.
- Practique los ejercicios de desarrollo de energía que aparecen en este libro.
- Empiece a observar coincidencias que confirmen su nuevo sentido de sí mismo.
- Fíjese algunas metas para usted. No muy ambiciosas al principio.

Para terminar con la co-dependencia, ante todo hay que reconocerla y estar dispuesto a superar las viejas limitaciones. No obstante, para romper esquemas muy arraigados conviene contar con la ayuda de un terapeuta o un asesor calificados. Además, puede obtenerse mucho apoyo de grupos de auto-ayuda basados en el programa de Alcohólicos Anónimos, como Codependientes Anónimos.

## Estar con chicos

Ame y respete a los niños, trátelos como seres iguales, y dígales la verdad. Si no tiene hijos, pregúntese si sinceramente disfrutaría pasando tiempo con chicos. Si es algo que desea realmente, pida a la energía universal que le dé las oportunidades perfectas. Tal vez tenga amigos que disfrutarían mucho de un fin de semana afuera si usted está dispuesto a ser padre/madre por uno o dos días. Existen muchas organizaciones maravillosas que recibirían con gran alegría a un adulto deseoso de trabajar como voluntario y dar su tiempo.

# GRUPO DE ESTUDIO
# PARA LA OCTAVA REVELACIÓN

## Sesión 12

2 horas 30 minutos

*Objetivo de la sesión*: Discutir los distintos temas de la Octava Revelación y seguir practicando las técnicas de grupo consciente.

## Check-In

Al comienzo de la reunión, todos deben expresar cómo se sienten en ese momento. Deben ser breves, pero todos tienen que participar.

## EJERCICIO 1. Elevar la energía

*Tiempo*: 5-10 minutos para la música con movimiento o 15-20 minutos para la Meditación en la cima de la montaña.

*Indicaciones*: El grupo decide qué ejercicio de elevación de la energía hacer: Meditación en la cima de la montaña en la página 147 o escuchar música 10 minutos moviéndose en el lugar.

## EJERCICIO 2. Discusión general de la Octava Revelación

*Objetivo*: Permitir que los participantes compartan sus ideas sobre los temas de la Octava Revelación, y ejercitarse como *grupo consciente.*

*Tiempo*: El resto del encuentro. Hay una profusión de temas para discutir y, si al grupo le interesa, puede optar por dedicar varios encuentros a seguir tratándolos.

*Indicaciones*: Leer la discusión de la Octava Revelación en las páginas 217-218.

## Ejercitación para ser un grupo consciente

- Hable cuando se sienta inspirado y proyecte energía cuando hablen otros.
- En esta sesión, resultará particularmente útil usar todas las Revelaciones y crear un grupo fuerte y unido. Para hacerlo, es necesario que esté atento al momento en que alguien podría dominar el grupo. Observe si la energía se estanca. Si se siente intuitivamente impulsado a hablar, exprese con delicadeza por qué cree que la energía se atascó. Cuando ocurra, si ocurre, conviene que el grupo proceda con los temas que genere esta acción. Por ejemplo: en un grupo, una mujer usaba evidentemente el drama Pobre de Mí para extenderse hablando de un problema personal con su hijastra. Sus observaciones autodesvalorizantes y de culpa y sufrimiento exagerados eran intentos obvios por tratar de ganarse la simpatía de todos y recibir consejo. Otro participante dijo: "Perdón Vera, pero me cuesta concentrarme en lo que dices. Sé que la situación es difícil para ti, pero me gustaría abrir la discusión para que te dieran alguna respuesta y después pasáramos a otra cosa". Una vez puesto al descubierto el drama Pobre de Mí de Vera, se puede neutralizar. De todos modos, en este caso, la demanda encubierta de energía que hacía Vera no se resolvió fácilmente y ella siguió malhumorada durante toda la reunión. Recuerde que los otros sólo pueden crecer a su propio ritmo.
- En su grupo, tendrá muchos tipos de interacciones. Aténgase todo lo posible al consejo de la Octava Revelación en cuanto a sacar los temas a la luz, usando la amabilidad y la comprensión y fijando límites firmes dentro del grupo.
- Considere todos los temas como algo que necesita aprender o a lo cual debe prestarle atención en su vida.
- Su grupo se parecerá de alguna manera a todas las demás relaciones en su vida, y hasta reflejará algunas viejas

cuestiones de su infancia. Por ejemplo: alguien en el grupo, hombre o mujer, podría tener una energía similar a la de uno de sus padres. La irritación con alguna persona puede reflejar su propia irritación en la misma área.

## Discusión de los temas de la Octava Revelación

Si su grupo tiene diez o más miembros, conviene formar grupos más chicos de dos o cuatro para tratar los temas que les interesen particularmente:

- Cómo interfieren las relaciones románticas en su evolución.
- Cómo desarrollar relaciones platónicas. Los miembros pueden hacer planes futuros para pasar tiempo juntos en una "aventura."
- ¿Qué es la co-dependencia? ¿En qué soy codependiente?
- ¿Qué estoy haciendo para ser un "círculo completo" e integrar la energía masculina y femenina?
- ¿Cómo puedo concientizar mi lugar de trabajo?
- Problemas familiares actuales con la educación de los hijos.

Recuerde que sea cual fuere el grupo en que se encuentre, cada persona tiene un mensaje para usted. Eleve a todos a su yo superior y aliéntelos a encontrar su mensaje para usted. ¿Qué información relevante recibió para los interrogantes de su vida?

## Crear un ronda sanadora

Tal vez su grupo quiera hacer una ronda sanadora en un encuentro aparte ya que puede no haber tiempo suficiente después de la discusión de todos los temas anteriores. Las rondas sanadoras pueden constituir un complemento fantástico para su grupo de estudio.

Lo mejor para hacer una ronda son los grupos de cuatro a veinte personas. Si son más de veinte, conviene formar grupos separados. Cada uno debe leer las siguientes instrucciones y después empezar la meditación.

1° Paso: Centrarse con una meditación silenciosa de 5 minutos. Continuar con los ojos cerrados o abiertos. A veces, resulta más fácil que afloren las intuiciones con los ojos cerrados.

2° Paso: Cada uno debe tener la certeza de que cualquier información que surja es para el mayor bien de la persona.

3° Paso: Permitir que empiece quienquiera que se sienta inspirado.

4° Paso: Enuncie lo que tenga para decir con todos los detalles que le resulte cómodo compartir. Recuerde que cuantos más detalles dé, más profundo será el intercambio del grupo.

5° Paso: Todos se concentran en la persona mientras habla y luego esperan una inspiración para responder.

6° Paso: Cuando parezca que el flujo intuitivo se detuvo naturalmente, envíen todos energía neutra y sanadora a la persona. Si ella pidió la cura de un problema físico, visualizar el área, como un órgano, y concentrarse en enviar luz a ese lugar.

7° Paso: Una vez concluido, pasar a la siguiente persona que se sienta inspirada para hablar.

## Cierre

Pedidos de apoyo y transmisión de energía para todos.

Para la próxima sesión
- Leer el siguiente capítulo sobre la Novena Revelación.
- Opcional: fijar encuentros para citas de "aventuras" platónicas.
- Opcional: Explorar formas de pasar un tiempo divertido con chicos o investigar sobre organizaciones de voluntarios que trabajan con chicos.
- Escribir en el diario los mensajes recibidos en esta sesión.
- Analizar las coincidencias que se hayan producido.

# Capítulo 9

# La cultura emergente

En el último capítulo, la Novena Revelación del Manuscrito es descubierta en las ruinas del Templo Celestine y cae en manos del intolerante Cardenal Sebastián. Nuestro personaje se reúne brevemente con Dobson, Phil y el Padre Sánchez y absorbe con entusiasmo las enseñanzas de la Novena Revelación. Ésta describe cómo va a cambiar la cultura en el próximo milenio como consecuencia de la evolución consciente. Al aumentar la tensión con la inminencia de la destrucción de este importante documento, nuestro personaje y el Padre Sánchez, guiados por su intuición, se enfrentan con el Cardenal. No obstante, Sánchez no logra convencerlo de la verdad del Manuscrito. Más tarde, en las ruinas Celestine, los dos hombres encuentran a Julia y a Wil, y el grupo eleva su vibración a un grado en que se vuelven invisibles a un escuadrón de soldados peruanos que los persigue. Salvo Wil, todos se asustan, pierden su vibración y son capturados. Si bien ambos aventureros son liberados, nuestro personaje vuelve a ser capturado una vez más. Lo hacen prisionero y está desalentado hasta que inesperadamente se encuentra con el Padre Carl. Con la aparente destrucción de todas las copias del Manuscrito, el Padre Carl lo exhorta a transmitir el mensaje de las Profecías. En ese momento, sus captores lo liberan, le entregan un pasaje de regreso a Estados Unidos y le dicen que no vuelva nunca más.

# LA NOVENA REVELACIÓN

La Novena Revelación señala hacia dónde se encamina la raza humana en los próximos mil años, una visión del tipo de cultura que puede surgir al fusionar las ocho revelaciones en una forma de ser consciente. Esta Revelación ayuda a crear la confianza que necesitamos para continuar nuestro camino de evolución espiritual.

La Novena Revelación subraya que cuanto más nos conectamos con la belleza y la energía que nos rodean, más evolucionamos. Cuanto más evolucionamos, más alta es nuestra vibración. Por último, nuestra percepción y nuestra vibración aumentada nos permitirán cruzar la barrera entre nuestro mundo físico y el mundo invisible del cual venimos y hacia el cual volvemos con la muerte física. La Novena Revelación nos inspira siempre que dudamos de nuestro camino o perdemos de vista el proceso. Nos dice que estamos evolucionando hacia el día en que podremos alcanzar un cielo vibracional que ya existe exactamente donde estamos.

*Cómo llegar.* Al vivir las ocho Revelaciones, logramos esta vida futura. El Manuscrito empezaba mostrándonos la Primera Revelación, que consiste en reconocer que **el universo misteriosamente presenta las oportunidades coincidentes para que avancemos hacia nuestro destino.** La Segunda Revelación nos permite ver el pasado y reconocer que **en forma colectiva, estamos tomando conciencia de nuestra naturaleza esencialmente** espiritual. La Tercera Revelación nos muestra que **el universo es energía pura que responde a nuestra intención**. La Cuarta Revelación demuestra que los **seres humanos, erróneamente, tratan de obtener energía de los demás**, lo cual trae aparejado un sentido de escasez, competencia y lucha. La Quinta Revelación describe **cómo es la conexión mística con la energía universal y cómo se amplía nuestra perspectiva de la vida**, dándonos una sensación de levedad, expansión y seguridad total. La Sexta Revelación nos ayuda a liberarnos de nuestros **dramas para controlar** y a definir nuestra búsqueda actual en la vida analizando **nuestra herencia parental**. La Séptima Revelación pone en marcha la evolución de nuestro yo verdadero mostrándonos **cómo hacer preguntas, recibir intuiciones y encontrar respuestas.** La Octava Revelación nos da la clave para que el misterio opere y surjan las respuestas mostrándonos **cómo generar lo mejor en los demás**. Estas Revelaciones, fusionadas en la conciencia, crean un sentido exaltado de lucidez y expectativa a medida que vamos avanzando hacia nuestro verdadero destino. Vuelven a conectarnos con el misterio de la existencia.

## Dónde estaremos en el próximo milenio

Al vivir las Revelaciones, la cultura se sostendrá por su conexión espiritual y se transformará rápidamente. Las características de la evolución cultural presentadas en la Novena Revelación incluyen:

### El primer gran cambio

- El cambio esencial será la comprensión de que estamos aquí para evolucionar espiritualmente. Como consecuencia de esta comprensión, habría **cambios en nuestra frecuencia vibracional**.
- Nuestra **búsqueda de la verdad** nos llevará a una nueva forma de vida.
- Al unirnos a la masa crítica de los que captan las Revelaciones, **la información llegará a escala global**.
- Habrá un período de intensa retrospección.
- Ya empezamos a captar **lo bello y valioso que es el mundo natural**, y nuestra comprensión de su esencia espiritual aumentará alentándonos a preservar y respetar selvas, lagos, ríos y lugares sagrados.
- No toleraremos ninguna **actividad económica** que amenace estos tesoros.

## El destino revelado

- Nuestra necesidad de **sentido y propósito** será satisfecha al vibrar con las coincidencias e intuiciones que iluminan nuestro camino.
- Para escuchar atentamente cada nueva verdad, **nos detenemos** y prestamos atención a cada nuevo encuentro significativo que se presenta.
- Cada vez que encontramos a otra persona, intercambiamos nuestros interrogantes y recibimos **nuevas orientaciones y revelaciones**, que alteran significativamente nuestra vibración.
- Al recibir intuiciones claras respecto de quiénes somos, y qué se supone que estamos haciendo, **empezamos a cambiar nuestras ocupaciones** para seguir creciendo. Convendría tener varias ocupaciones en la vida.
- En la medida que cada individuo siga su propio destino, verdad por verdad, aparecerán naturalmente nuevas intuiciones respecto de la **solución de los problemas sociales y ambientales.**

## Vivir en la Tierra

- Superada nuestra necesidad de dominar la naturaleza, **respetaremos las fuentes naturales de energía** de montañas, desiertos, selvas, lagos y ríos. En los próximos quinientos años, las selvas tendrán la posibilidad de madurar y se protegerán intencionalmente los demás paisajes naturales.
- Todos viviremos lo más cerca posible de los **lugares sagrados** pero también estaremos a distancias cómodas de los centros urbanos de la **tecnología verde** que abastecen las necesidades de la vida tales como la alimentación, la vestimenta y el transporte.
- Los jardines serán cultivados con cuidado para **energetizar plantas** para consumo.
- **Guiados por nuestras intuiciones**, todos podremos saber exactamente qué hacer y cuándo hacerlo y esto encajará armoniosamente con las acciones de los demás.

## El próximo gran cambio

- En el próximo milenio **limitaremos voluntariamente la reproducción** para evitar la superpoblación.
- Al entender la verdadera dinámica del universo, veremos el acto de dar como un apoyo universal para todos. Entenderemos que el **dinero es otra forma de energía**. Sabremos que entra en el vacío creado por el dar de la misma manera que la energía fluye dentro de nosotros cuando proyectamos energía hacia afuera. Una vez que empecemos a dar en forma constante, es más lo que nos ingresará que lo que podemos llegar a gastar. A medida que más gente se una a esta economía espiritual, empezaremos un cambio real en la cultura del próximo milenio. Finalmente no tendremos necesidad del dinero como divisa.
- La **automatización de los bienes** permitirá satisfacer las necesidades de todos sin necesidad de intercambio alguno de divisas, aunque también sin pereza y ni demasiada indulgencia.
- Una vez que **dejemos de lado nuestro miedo a la escasez y nuestra necesidad de controlar** para poder dar a los demás, podremos salvar al medio ambiente, alimentar a los pobres y democratizar el planeta.
- Debido a la automatización, **todos tendremos más tiempo libre** para poder dedicar a otras inquietudes. Encontraremos formas de disminuir más las horas de trabajo para buscar nuestra verdad. Dos o tres personas harán lo que solía ser un trabajo *full-time*.
- **Nadie consumirá en exceso** porque todos se habrán despojado de la necesidad de tener y controlar para sentirse seguros.
- Cuanto más dejemos que la energía fluya en nosotros, más **aceleraremos el ritmo de nuestra evolución** y aumentarán nuestras vibraciones personales.

## La evolución de la doctrina espiritual

- Toda nuestra evolución **se basará en principios espirituales,** pero los dogmas de las religiones tendrán que cambiar para incluir la evolución de los individuos. Hasta ahora, toda la religión giró en torno de la humanidad en busca de una relación con una fuente superior. Todas las religiones hablan de una percepción interior de Dios, una percepción que nos llena y nos hace más de lo que éramos. La religión se corrompió cuando se designaron líderes para explicar la voluntad de Dios a los individuos en vez de mostrarles **cómo encontrar esta orientación dentro de sí mismos.**

- La Novena Revelación expresa que el individuo capta la manera exacta de conectarse con la fuente divina de energía y dirección y se convierte en un ejemplo perdurable de que esa conexión es posible. Jesús fue una figura de ese tipo en el sentido de que puso en acción toda la energía hasta ser tan liviano que podía caminar sobre el agua. Trascendió la muerte y fue quizás el primero en expandir públicamente el mundo físico a lo espiritual. **Nosotros podemos conectarnos con la misma fuente** y seguir el mismo camino.

- A medida que los humanos sigan llevando sus vibraciones a una frecuencia más liviana y más puramente espiritual, **grupos enteros de gente que alcanzó cierto nivel se harán invisibles** para aquellos que vibran en un nivel inferior. Los que están en el nivel más bajo pensarán que simplemente desaparecieron, pero el grupo invisible se sentirá como si estuviera en el mismo lugar, sólo que más leve y en forma espiritual.

- La capacidad de elevar la frecuencia para ser invisibles indica que estamos **cruzando la barrera entre esta vida y el otro mundo** del cual vinimos y al cual vamos después de la muerte.

- **Alcanzar el cielo en la tierra** (elevar nuestra vibración) es el propósito de la existencia y la historia humanas.

## Un buen argumento a favor del salto evolutivo

Nuestras vidas y nuestra conciencia presentes son parte del

puente al futuro. Parte de nuestro trabajo como puente será reexaminar los tipos de capacidades y habilidades que el cuerpo humano ya demostró y abrirnos para acelerar estos cambios. Hasta ahora, nuestro descreimiento moderno de todo, excepto los aspectos físicos de la vida, limitó la investigación y el desarrollo de algunas de nuestras capacidades trascendentales.

Con este fin, el libro de Michael Murphy *The Future of the Body* reunió sinopsis de un amplio espectro de capacidades humanas. En base a pruebas ya repertoriadas y documentadas, Murphy considera que existen muchos argumentos a favor de la idea de que los seres humanos tienen una enorme variedad de capacidades paranormales que, desarrolladas a gran escala por muchas personas, crearían un nuevo tipo de vida en el planeta, trascendiendo la vida tal como la conocemos. Esta idea es esencial asimismo para el pensamiento de visionarios de la evolución tales como Pierre Teilhard de Chardin y Sri Aurobindo, para nombrar solamente a dos.

Murphy atrae nuestra atención sobre dos hechos memorables ya ocurridos que trascendieron el desarrollo primordial de la materia inorgánica. El primero fue la aparición misma de la vida. El segundo fue el nacimiento de la humanidad, con sus características psicosociales únicas. Escribe:

> Puede decirse, pues, que la materia inorgánica, las especies animales y las plantas, y la naturaleza humana comprenden tres niveles o tipos de existencia, cada uno de los cuales está organizado según principios distintos. Estos tres niveles comprenden una tríada evolutiva en la cual los dos primeros se trascendieron a sí mismos, los elementos inorgánicos produciendo las especies vivas, los animales dando origen a la humanidad... en cada uno de ellos surgió un nuevo orden de existencia.[1]

Basándose en una amplia documentación de las capacidades transformadoras en los seres humanos y en teorías evolucionistas como la propuesta por G. Ledyard Stebbins,

Murphy cree que un nuevo nivel de existencia ha empezado a aparecer en la tierra.

## Los doce atributos que indican el cambio evolutivo en los seres humanos

Para Murphy, hay doce series de atributos humanos que caracterizan este nivel emergente de desarrollo:

1. Percepciones extraordinarias, incluidas aprehensiones de belleza sobrenatural en objetos familiares, videncia voluntaria y contacto con entidades o hechos inaccesibles para los sentidos ordinarios
2. Conciencia somática extraordinaria y autorregulación
3. Capacidades extraordinarias de comunicación
4. Vitalidad desbordante
5. Capacidades extraordinarias de movimiento
6. Capacidades extraordinarias para modificar el medio ambiente
7. Deleite existente por sí mismo
8. Ideas intelectuales recibidas *tout ensemble* (todas juntas)
9. Voluntad supraordinaria
10. Condición de persona que trasciende y a la vez completa nuestro sentido ordinario del yo al tiempo que revela nuestra fundamental unidad con los demás
11. Amor que revela la unidad fundamental
12. Alteraciones en las estructuras, estados y procesos corporales que respaldan las experiencias y capacidades anteriormente mencionadas[2]

Muchas personas ya experimentaron estos estados o capacidades en la vida cotidiana, desencadenados, a menudo involuntariamente, por crisis personales. No obstante, como prevé el Manuscrito, un número cada vez mayor de personas serán capaces de manifestar estos estados extraordinarios, en forma voluntaria. Al ampliar e integrar este nuevo nivel de existencia, la vida humana se verá drásticamente modificada, aunque mediante la trascendencia de ciertos hábitos como el conflicto y el control y con autodominio. Ámbito reservado durante mucho tiempo a los adeptos espirituales, el desarrollo de las capacidades paranormales está extendiéndose a medida que la gente empieza a practicar meditación, shamanismo, artes marciales, técnicas de movimiento y respiración y otros modos de exploración interior.

## Místicos del desierto, santos y shamanes

Ya en tiempos bíblicos se proclamó un repertorio fascinante de capacidades y habilidades humanas excepcionales, desde los milagros de curación de Jesús hasta su reaparición después de la Crucifixión y los fenómenos subsiguientes en las figuras religiosas: los estigmas de los místicos cristianos, sus auras luminosas, el no ingerir alimentos durante años, la exudación de olores santos y líquidos sanadores, y la telekinesis, o la capacidad de mover objetos materiales sin moverlos. En muchas vidas de los santos, así como entre los maestros Zen, los sufis, los yogis y los shamanes se señalan casos de profecía, telepatía y videncia.

En los años '60, el antropólogo Carlos Castaneda exploró los límites de nuestra comprensión del mundo material con las enseñanzas del shaman Don Juan. Las hazañas shamánicas de viajes al mundo subterráneo, de cura, adivinación y cambios de formas nos obligaron a cuestionar e investigar las capacidades aparentemente ilimitadas que poseen los seres humanos. Por ejemplo: los antropólogos han visto shamanes realizando cirugías rituales en sus propios cuerpos, sin evidencias de dolor o posterior cicatrización. No obstante, más allá de los fenómenos exteriores del shamanismo está la verdadera naturaleza de esta antigua práctica de sanación.

El creciente interés en el shamanismo corrobora el reconocimiento mencionado en el Manuscrito de la necesidad humana de experimentar personalmente estados no ordinarios de conciencia y del deseo de alimentarse de energía divina. El shamanismo es la experiencia directa de comunicación espiritual con la tierra y nos conecta con la sabiduría de la naturaleza. Según Michael Harner, antropólogo y una de las mayores autoridades en shamanismo, "técnicas específicas usadas durante mucho tiempo en el shamanismo, como cambios en los estados de conciencia, disminución del estrés, visualización, pensamiento positivo y asistencia de fuentes no ordinarias, constituyen algunas de las propuestas ampliamente utilizadas en este momento en la práctica holística contemporánea".[3] En su libro *The Way of the Shaman*, Harner describe los métodos shamánicos de curación —ya no limitados a unos pocos iniciados— que pueden ser aprendidos por cualquier persona interesada en practicar esas técnicas. Mediante el conocimiento directo, una persona aprende a mantener el poder personal y a moverse entre los estados de conciencia a voluntad. Estas prácticas espirituales antiguas podrían ser fundamentales para ayudarnos a restablecer un equilibrio con la naturaleza.

Fenómenos asombrosamente similares aparecen a veces en disciplinas muy variadas. Por ejemplo: los santos católicos, los lamas tibetanos y los shamanes esquimales han demostrado la capacidad para producir fenómenos como calor interior intenso (generando temperaturas altas en mares helados o en un clima helado). Se ha visto elevarse en el aire o levitar a maestros taoístas y otros adeptos religiosos, si bien hasta el presente no hay registros científicos de actos de levitación. Los santos hindúes, capaces de vivir en un estado catatónico, han sobrevivido sepultados durante largos períodos. Es sabido que los cuerpos de otras figuras religiosas, como Paramahansa Yogananda y muchos santos católicos, permanecieron incorruptos después de la muerte y el entierro. Hay maestros religiosos que fueron vistos en dos lugares a la vez (bilocación). Exploradores de habla inglesa vivieron fenómenos de comunicación telepática con pueblos aborígenes y tribus del Amazonas que hablaban solamente su lenguaje nativo.[4,5]

En un tiempo, la iglesia católica realizaba investigaciones y trabajos exhaustivos de documentación de capacidades y hechos metanormales para la canonización de los santos. Desde comienzos de este siglo, también ha habido una amplia investigación científica sobre los efectos psicológicos de las prácticas espirituales al igual que de las capacidades y condiciones metanormales. Es imposible hacer aquí una análisis completo de estos estudios, pero para quienes se interesen en esta información específica, no hay mejor compendio que *The Future of the Body*, de Murphy, y sus fuentes de referencia. Todos los datos presentados, las filosofías y teorías analizadas, respaldan una tesis congruente con el Manuscrito, a saber, que algo fuera del yo ordinario influye en nosotros y nos energetiza y el desarrollo de distintas capacidades mentales físicas e intuitivas "proyecta un futuro en el cual los seres humanos podrían lograr una vida extraordinaria sobre la tierra".[6]

## La supermente y la era espiritual

Una figura importante en la convergencia de los métodos orientales y occidentales, el activista político y líder espiritual Sri Aurobindo, muestra una profunda comprensión del alcance de la evolución humana. "El hombre es un ser transicional; no es final... El hombre es en sí apenas un poco más que una ambiciosa nada."

Describe el ascenso psicoespiritual de la humanidad como una expresión ampliada, más rica, sutil, más compleja y luminosa con la chispa de lo divino. Considera que la evolución es inherente a la naturaleza y se desarrolla a través de las mentes individuales, trasladando el pensamiento inconsciente colectivo latente a la conciencia y la creación de nuevas formas de organización psicológica y social. El individuo es, claramente, en su pensamiento, instrumento del Espíritu. "Por lo tanto, todos los grandes cambios encuentran primero su poder claro y efectivo y su fuerza directa de configuración en la mente y el espíritu de un individuo o de un número limitado de individuos."[8]

La primera condición para avanzar es la disposición de la mente común, o quizá, tomando las palabras del Manuscrito, una masa crítica de personas que sean eco de una guía superior. Aurobindo habla del corazón del hombre "agitado por las aspiraciones" del mismo modo que el Manuscrito describe la inquietud interior en la Primera Revelación. Además, el primer "signo esencial debe ser el desarrollo de la idea subjetiva de la vida, la idea del alma, el ser interior, sus poderes, sus posibilidades, su crecimiento, su expresión y la creación de un medio ambiente auténtico, bello y útil".[9] Con la creciente aplicación en el mundo del pensamiento subjetivo o dirigido desde el interior, Aurobindo, al igual que el Manuscrito, supone un aumento de los nuevos descubrimientos científicos que "diluirán las paredes entre alma y materia".[10] Su idea de la Supermente no es un concepto lineal árido, sino que consiste en "poderes de la mente y de la vida hasta ahora nunca soñados" que podrían liberar a la humanidad de las limitaciones de tiempo, distancia y del cuerpo material. Ya a comienzos de la década del '50 sostenía que estas posibilidades no estaban muy lejos. En este desarrollo del dominio psíquico y espiritual veía una "profunda revolución en todo el espectro de la existencia humana".[11] Por otra parte, Aurobindo también estaba convencido de que la Mente era secundaria al poder del Espíritu, que es eterno y original.

A medida que los seres humanos evolucionemos hacia una menor confianza en nuestro yo, empezaremos a lograr una sociedad verdaderamente espiritualizada. Según Aurobindo, "una sociedad espiritualizada viviría como sus individuos espirituales, no en el yo, sino en el espíritu, no como el yo colectivo, sino como el alma colectiva".[12] El primer objetivo en todas las actividades como el arte, la ciencia, la ética, la economía, la política y la educación sería encontrar y revelar el divino Self. Aurobindo enseñó que el paso más importante en nuestra evolución es el de tomar conciencia de nuestro "foco de verdad", concentrarnos en su presencia y convertirlo en un hecho vivo. Para conocer realmente nuestra misión en la tierra, debemos estar dispuestos a eliminar todo lo que contradiga nuestra verdad interior. Nada de esto es impuesto —por una autoridad o por una reglamentación— pero la autodisciplina es absolutamente esencial si queremos avanzar.

En una era espiritual, para Aurobindo la ley más respetada es la de una libertad interior creciente combinada, paradójicamente, con una unidad interior creciente con los demás. El liderazgo político y espiritual de Aurobindo, que se desarrolló a partir de una mezcla positiva de valores occidentales e indios, ejemplifica una filosofía nacida de sus experiencias espirituales personales. Una colaboración esencial amplió su visión cuando conoció a Mira Richar, una artista e investigadora espiritual francesa que más tarde fue conocida como la Madre. Su trabajo en conjunto culminó en el establecimiento de una comunidad espiritual no dogmática basada en la búsqueda de un cambio de conciencia y la evolución de la humanidad. Si bien la aventura estuvo llena de escollos, el objetivo de esa comunidad de vivir una vida consciente fue valiente y pionera en su momento.

## Un nuevo tipo de humanidad

Más o menos en la misma época en que Aurobindo desarrollaba su filosofía de la evolución, un sacerdote jesuita y distinguido paleontólogo, Pierre Teilhard de Chardin, estaba atareado formulando su tesis de la evolución. Su trabajo original, *The Phenomenon of Man*, sondea los estratos anteriores de pruebas físicas pero llega a la conclusión de que los fenómenos evolutivos son procesos que nunca pueden entenderse correctamente mirando sólo sus orígenes. Podemos entenderlos con mayor claridad observando sus direcciones y analizando sus potencialidades.

Según el filósofo Sir Julian Huxley, quien contribuyó a introducir el trabajo de este místico científico, a Père Teilhard "lo preocupaba profundamente establecer una unificación global de la conciencia humana como requisito previo necesario para cualquier progreso real futuro de la humanidad..."[13] Al teorizar sobre el desarrollo de la conciencia humana, el Padre Teilhard visualizó la superficie de la esfera terrestre como un tejido organizador que permite que las ideas se encuentren entre sí, generando un alto nivel de energía psicosocial. Para él, la humanidad se desarrollaba en una sola unidad psicosocial, con un solo fondo colectivo de pensamiento, parecido a una cabeza común, que forjaba una nueva vía evolutiva. En la introducción que escribe Huxley a *The Phenomenon of Man*, subraya la conclusión del Padre Teilhard: "... que debemos considerar a la humanidad interpensante como un nuevo tipo de organismo, cuyo destino es realizar nuevas posibilidades para la evolución de la vida en este planeta".[14] Las condiciones para este avance de la realización de la humanidad son "la unidad global de la organización noética o sistema de conciencia de la humanidad, pero con un alto grado de variedad dentro de esa unidad; amor, con buena voluntad y plena cooperación; integración personal y armonía interna; y creciente conocimiento".[15] La vida "por su estructura misma, habiendo sido elevada a su estadio de pensamiento, no puede seguir adelante sin exigir ascender cada vez más alto".[16]

## Qué estamos aprendiendo sobre las otras dimensiones

El Manuscrito nos dice que a fines del siglo XX, los seres humanos alcanzarán una nueva comprensión *vivencial* de lo que tradicionalmente se denominó la conciencia mística. En el Capítulo 5 describimos algunos de los estados alterados referidos tanto por atletas cuanto por practicantes espirituales. A partir de estos estados de conciencia más elevada, fueron posibles logros y percepciones extraordinarios. Murphy describe relatos de situaciones metanormales, y si bien son espontáneas, parecen ser "(1) activadas por una disciplina intensa; (2) implican un nuevo tipo de funcionamiento (una 'nueva dimensión'); y (3) exigen una entrega ajustada".[17]

La idea de otra vida forma parte de la cultura humana desde la antigüedad. De acuerdo con algunos investigadores del campo de las experiencias extracorporales y de vida después de la muerte, la conciencia personal sobrevive a la transición que denominamos muerte física. Estos informes parecen representar un fuerte argumento a favor de que nuestra conciencia sigue existiendo sin necesidad de un cuerpo físico.

La Quinta Revelación señala que la capacidad de alcanzar esta conciencia y esta comprensión ampliadas será publicitada como una forma de ser que en realidad se puede alcanzar voluntariamente. Pioneros como Robert Monroe, fundador del Instituto Monroe de Virginia, aparentemente ya desarrollaron esta capacidad para explorar las dimensiones no físicas. En un período de meses, en 1958, Monroe, un empresario de éxito, empezó a abandonar en forma involuntaria su cuerpo físico manteniendo no obstante la conciencia. Su reacción inicial fue, lógicamente, el miedo a estar física o mentalmente enfermo. Sin embargo, la experiencia continua de actividad fuera del cuerpo, lo convenció a la larga de que la conciencia existe como un continuum, y es la esencia de quiénes somos, que el cuerpo físico es nada más que el vehículo actual de nuestro espíritu mientras vive y aprende en la dimensión terrenal. Posteriormente, Monroe escribió tres libros detallando las experiencias y los métodos para convertir la especulación y la creencia en datos conocidos susceptibles de verificar empíricamente.

Monroe señala en su último libro, *Ultimate Journey*, que lo que él llama el "segundo cuerpo" de la experiencia extra-corporal es "parte de otro sistema energético que se combina con el Sistema de Vida de la Tierra pero que está desfasado de él".[18] Este plano de existencia está más allá de las limitaciones de tiempo y espacio. En este otro sistema, el pensamiento de una persona crea una acción instantánea, mientras que nuestros pensamientos tardan más en manifestarse en esta atmósfera más densa de la materia física. Tal como predice el Manuscrito, en el umbral del siglo XXI, ya se están desarrollando métodos para acceder e ingresar a estas otras dimensiones. Este tipo de exploración científica ofrece virtualmente una aventura ilimitada y nuevas perspectivas en cuanto a la naturaleza y el propósito de la vida humana, aun cuando en este punto histórico del tiempo, los seres humanos sean capaces de comprender o traducir solamente la porción de este otro plano tal como se relaciona con nuestros conceptos terrenales. En la medida en que muchas personas continúen trayendo información, este conocimiento aumentará la aceleración del ritmo evolutivo. Tal como dice el Manuscrito en la Primera Revelación, cuando formemos una masa crítica de humanos que se den cuenta de que somos más que nuestros cuerpos físicos, la vida cobrará una forma muy diferente de la que conocemos hoy.

En su libro, Monroe ve la conciencia como un continuum que no surge simplemente de nuestro cuerpo humano físico, sino como "un espectro que se extiende, aparentemente sin fin, más allá del tiempo y del espacio a otros sistemas energéticos. También continúa 'hacia abajo' hasta la vida animal y vegetal, posiblemente hasta el nivel subatómico. Cada día, la conciencia humana está activa comúnmente sólo en un pequeño segmento del continuum de conciencia".[19]

De acuerdo con la información que él y otros recibieron durante excursiones extracorporales, el tiempo que dura una vida humana es sumamente valioso y se emplea para adquirir conocimiento y experiencias que sólo pueden ser adquiridos viviendo en un cuerpo físico. Monroe escribe: "Cada cosa que aprendemos, por pequeña o intrascendente que parezca, es de enorme valor Allí, más allá del tiempo-espacio. Esto se entiende totalmente sólo cuando encontramos un graduado del proceso de ser humano del Sistema de Vida de la Tierra que 'reside' Allí. Entonces, sabemos, no sólo creemos, que ser humano y aprender vale cualquier precio".[20] En nuestros cuerpos humanos, aprendemos a dirigir la energía, a tomar decisiones, a conocer y amar a otros, incluso a reír. A través del desarrollo de nuestro cerebro izquierdo analítico y lineal adelantamos la evolución del conocimiento y damos vida a las inspiraciones del cerebro derecho.

Si comparamos los enormes cambios que han ocurrido en menos de un siglo —por ejemplo: en el campo del transporte (desde el desarrollo del coche ligero de un solo caballo hasta los cohetes interplanetarios)—¿qué podemos esperar del desarrollo de nuestras capacidades paranormales? ¿Hasta dónde podemos llegar dentro de nuestra conciencia?

Las investigaciones en otras dimensiones parecen indicar que circulamos a través de distintas vidas, adquiriendo cada vez más experiencia en nuestro afán por desarrollar el alma. Por lo tanto, en la mayoría de los casos es posible que tengamos un propósito en la vida, un objetivo o misión. Es posible que seamos guiados por una serie de influencias seleccionadas a

partir de nuestras vidas anteriores (¿y futuras?) que aparecen
como intuiciones, coincidencias
o milagros menores. Generalmente, tenemos sólo una conciencia vaga de nuestros
"dones", talentos y predileccio-
nes y no percibimos ningún vínculo con una vida pasada.

> *No te preocupes por guardar*
> *estas canciones.*
> *Y si uno de nuestros*
> *instrumentos se rompe*
> *no importa.*
> *Caímos en el lugar donde*
> *todo es música.*
> RUMI, siglo XIII
> poeta sufi

Por extrañas que nos
parezcan estas ideas, pueden ser
parte del potencial evolutivo que existe para la humanidad.
¿Cuánto más podría concretarse si trabajáramos directamente
para acceder a estas capas más profundas de la experiencia?
Como ocurre con las experiencias de vida después de la muerte,
Monroe y sus colegas y alumnos relatan que sus exploraciones
de estos estados no ordinarios cambian directamente sus
percepciones de sí mismos y amplían los límites de sus creencias.
La comunicación directa continua con otros niveles de existencia
está destinada a ser una nueva frontera de desarrollo —similar
al espacio exterior— cuando los seres humanos evolucionen.
Cuantos más de nosotros volquemos nuestra atención a los
principios de la conciencia superior, más rico será el suelo de
concientización en el que todos podemos crecer.

En *Heading toward Omega*, Kenneth Ring cita un discurso que
dio en Chicago en 1980 John White, principal portavoz de la
idea de que una nueva forma de vida está apareciendo en el
planeta:

> *Homo noeticus* es el nombre que doy a esta forma
> emergente de humanidad. La "noética" es un
> término que significa el estudio de la conciencia, y
> esa actividad es característica sobre todo de... la
> nueva raza. Gracias a su conciencia y su auto-
> comprensión más profundas, no permiten que las
> formas tradicionalmente impuestas y las
> instituciones de la sociedad sean barreras para su
> pleno desarrollo. Su psicología distinta se basa en

la expresión del sentimiento, no en la represión. La
motivación es solidaria y afectuosa, no competitiva
y agresiva. Su lógica es de niveles múltiples-
integrada-simultánea, no lineal-secuencial-esto-o.
Su sentido de la identidad es abarcador-colectivo,
no aislado-individual...[21]

Desde la antigüedad, la humanidad recurrió a las capas más
profundas de la conciencia con fines de cura, adivinación, para
contactarse con los seres queridos y buscar el significado de la
vida. Si bien, como nos dice el Manuscrito, nuestra cultura se
interesa cada vez más en explorar todos los reinos del universo,
los antiguos también tenían su "tecnología" para la conexión y
la investigación espiritual. Una de dichas técnicas, llamada del
espejo, fue descripta por el médico Raymond Moody, autor de
varios libros sobre experiencias de vida después de la muerte.
Sus estudios referidos a las prácticas espirituales, los métodos
de adivinación y los encuentros visionarios con seres queridos
muertos de los antiguos griegos desembocaron en su último
libro, *Reunions*. Su trabajo contemporáneo basado en estas
prácticas contemplativas recrea los mismos resultados que
alcanzaron las culturas antiguas en cuanto al acceso a otros
ámbitos de la conciencia. Este tipo de trabajo, amén de ser de
gran valor para ayudar a las personas afectadas por cuestiones
relacionadas con el sufrimiento, podría ofrecer otra oportunidad
para experimentar y estudiar la conciencia más allá del cuerpo físico. La popularidad y la creciente aceptación de
investigaciones y libros como los de Murphy, Monroe, Moody
y muchos otros, indican que tal vez nuestra cultura esté
acercándose a una nueva coyuntura evolutiva.

## ¿Qué, dónde, cuándo y cómo alcanzamos el cielo en la tierra?

La Novena Revelación nos recuerda que estamos aquí para
alcanzar el cielo en la tierra. Desde esta perspectiva histórica de
crisis planetaria, la idea del cielo puede parecer más un cuento

de hadas frente a la enfermedad acechante, el crimen, la pobreza, la guerra y la desesperación, una desesperación que Joanna Macy, una escritora profundamente comprometida con la ecología describe así en *World as Lover, Worls as Self*: "Nos bombardean señales de aflicción, destrucción ecológica, colapso social, y proliferación nuclear descontrolada. Lógicamente, sentimos desesperación... lo sorprendente es hasta qué punto seguimos ocultándonos esta desesperación a nosotros mismos y a los demás".[22] Para Macy, nuestros tabúes religiosos y sociales contra la "pérdida de la fe" y el miedo de que nuestra especie no sobreviva, provocan un entumecimiento psíquico. Paralizados, filtramos nuestra información negativa y perdemos nuestra capacidad para abordar los problemas con creatividad.

> *Vengan, vengan,*
> *espíritus mágicos.*
> *Si no vienen,*
> *yo iré hasta ustedes,*
> *despierten, despierten,*
> *espíritus mágicos,*
> *vengo hacia ustedes,*
> *despierten de su sueño.*
> DAVID PERI y
> ROBERT WHARTON,
> *"Sucking Doctor -*
> *Second Night"*[23]

Como la desesperación, el miedo y la negación se producen dentro de los individuos, parte del trabajo evolutivo que debe hacerse en este momento histórico será tomar conciencia de nuestros sentimientos profundos respecto de los problemas sociales y elaborarlos. Del mismo modo que manejamos la energía paralizada de nuestros dramas de control, para encontrar soluciones a nuestros problemas planetarios debemos percibir y aceptar los sentimientos abrumadores de desesperación y desaliento o impotencia. Identificar y validar nuestras experiencias generará una liberación de energía creativa que de otro modo se centrará en la negación.

## Aprender de los sistemas naturales

En una charla que dio en abril de 1994, Fritjof Capra, autor de *The Tao of Physics*, definió el principal desafío de nuestro tiempo: crear y cuidar comunidades sustentables. Capra traza los ocho principios o leyes naturales de sustentabilidad a los que considera como el esquema básico de vida mediante el cual podemos diseñar nuestras comunidades futuras.

Los ecosistemas naturales existen como telas, redes de partes interrelacionadas que son multidireccionales y no lineales. Tienen ciclos y se autorregulan mediante un proceso de ondas de retroalimentación. Esta retroalimentación crea aprendizaje. Por ejemplo: si tocamos el fuego, nos quemamos. Este es un proceso de aprendizaje que genera crecimiento y creatividad. De ese modo, un individuo o una comunidad de individuos puede autoorganizarse mediante la experiencia directa y no necesita de ninguna autoridad exterior que le señale los errores. Capra adopta el punto de vista de los sistemas: "En cuanto comprendemos que la vida son redes, entendemos que la característica clave de la vida es la autoorganización".[24] Se trata de un nuevo principio operativo para nuestra cultura que, desde la Edad Media, dependió del triunvirato de religión, política y ciencia como guías.

El buen funcionamiento del sistema sustentado depende de la cooperación y la asociación entre sus partes. Capra considera que el flujo cíclico es más importante todavía que la noción darwiniana de competencia. En los ecosistemas de la naturaleza, las especies viven unas dentro de otras, dependiendo una de otra para sobrevivir. El flujo se produce cuando estamos centrados en nuestra energía y somos capaces de dar energía libremente a los demás.

Otras dos leyes naturales en una buena comunidad son la flexibilidad y la diversidad.

Cada sistema vivo está en constante movimiento. Para sobrevivir, cualquier sistema debe responder al cambio. Cuanta más diversidad hay dentro del sistema, más posibilidades hay de que sobreviva a un cambio importante porque puede aprovechar recur-

Un insecto del tamaño de una garrapata, no más grande que el punto al final de esta frase, vive en el pico de un colibrí. Cuando el colibrí se acerca a una flor con el aroma indicado, el insecto corre (¡rápido!) hasta el final del pico y salta dentro de la flor, usando al pájaro como su Learjet privado.

sos distintos. La Primera Revelación nos recuerda el rol natural que desempeña la coincidencia en la introducción de la diversidad. La guía interior intuitiva es la quintaesencia de la flexibilidad y el fluir.

El último principio es la co-evolución. Sustentar a una comunidad exige que "co-evolucione a través de una interacción de creación y mutua adaptación. Tender creativamente hacia la novedad es una propiedad fundamental de la vida..."[25] En tanto seres creativos e intuitivos (y no paralizados por el miedo o la desesperación), ya estamos muy bien adaptados a encontrar las soluciones necesarias escuchando nuestra guía interior.

Los ocho principios de la ecología que se utilizan para diseñar organizaciones son entonces: interdependencia, sustentabilidad, (viendo el impacto a largo plazo), ciclos ecológicos, flujo de energía, asociación, flexibilidad, diversidad y co-evolución.

Paul Hawken, otro importante pensador dedicado a la ecología, en *The Ecology of Commerce*, señala que si queremos hacer los cambios necesarios para sobrevivir y mantener la vida en la tierra, debemos encontrar una manera de trabajar con la confusión, la ignorancia y el asco que tan a menudo sentimos cuando nos damos cuenta del daño a nuestro medio ambiente. Como Macy, considera que una medida crucial será empezar a encontrar formas de introducir principios ecológicos y discutirlos juntos de una manera que acerque a la gente y le dé esperanzas y chances de participar. "La cuestión saliente que debemos debatir en nuestras comunidades y empresas es si la humanidad parti-

> Teniendo en cuenta que la evolución vaga más de lo que avanza, tanto entre las especies animales como entre los seres humanos, es razonable suponer que muy probablemente las evoluciones en el ámbito metanormal están marcadas por altibajos. La decisión de cultivar nuestras mayores posibilidades es nuestra, no de Dios... No habrá un mayor desarrollo humano a menos que algunos de nosotros trabajemos para realizarlo.
>
> Michael Murphy
> *The Future of the Body*[27]

cipará en esa restauración o si está condenada por nuestra ignorancia a desaparecer del planeta."[26]

*La Economía restauradora.* El Manuscrito nos recuerda que conciencia espiritual significa reconocer la interdependencia de toda la vida y la belleza de esta existencia. Estas dos perspectivas nos llevan inevitablemente al trabajo que debemos hacer en esta oportunidad: armonizarnos con nuestro hábitat aprendiendo a vivir según leyes naturales. Está surgiendo un nuevo liderazgo. Alcanzar la promesa de la Novena Revelación exige un paso del uso voraz de los recursos a lo que Hawken denomina la economía restauradora:

> La economía restauradora se reduce a esto: Debemos imaginar una cultura comercial próspera pensada y armada con tanta inteligencia que imite a la naturaleza a cada paso, una simbiosis de empresa y cliente y ecología.... si queremos ser eficientes en nuestras vidas, tenemos que encontrar técnicas y programas factibles que podamos poner en práctica pronto, herramientas para el cambio que sean fácilmente incorporables y entendibles y que se adapten naturalmente al paisaje de la naturaleza humana.[28]

Según Hawken, pese a haber sido con frecuencia explotadora y destructiva en el pasado, la naturaleza de los negocios no es intrínsecamente así. Al entrar en el próximo milenio, la actividad comercial puede —y debe— ser repensada para la sustentabilidad. Escribe:

> Irónicamente, la empresa es nuestra bendición. Debe, porque no hay otra institución en el mundo moderno tan poderosa como para fomentar los cambios necesarios...La empresa es el problema y debe ser parte de la solución. Su poder es más crucial que nunca si pretendemos organizar y satisfacer las necesidades del mundo... Si bien en su aspecto más negativo la empresa a veces parece

confusión y corrupción comparada con la belleza y la complejidad del mundo de la naturaleza, las ideas y gran parte de la tecnología exigida para rediseñar nuestro comercio y restaurar el mundo ya están a nuestro alcance. Lo que hace falta es una voluntad colectiva.[29]

Existe una tendencia generalizada a aplicar los principios espirituales y ecológicos al comercio. Peter M. Senge, autor de *The Fifth Discipline*, considera que la antigua visión de la empresa se ve trabada por la *fragmentación* (falta de retroalimentación y pensamiento totalizador), la *competencia* (la piedra angular de nuestro capitalismo divisor) y la *reacción* (no es suficientemente flexible y creativa para el futuro). El doctor Senge, director del Center for Organizational Learning en la Sloan School of Management del MIT, apunta a descentralizar el papel de liderazgo en una organización para resaltar la capacidad de todas las personas que trabajan productivamente en pos de objetivos comunes. En un artículo reciente, escrito juntamente con Fred Kofman, ambos manifiestan que los cambios en la actividad comercial, que van más allá de la cultura empresaria "penetran en los supuestos y hábitos acendrados de nuestra cultura en su totalidad".[30] Reconocen que nada va a cambiar sin una transformación personal y consideran que es necesaria la creación de una estructura corporativa que engendre creatividad y aprendizaje, en un medio ambiente seguro. Escriben: "Cuando las personas hablan y se escuchan de esta forma, crean un campo de armonización que produce una enorme fuerza capaz de inventar nuevas realidades en la conversación y de llevar esas nuevas realidades a la acción".[31]

*La nueva empresa*. Para que esta visión dé resultado, los seres humanos deben estar comprometidos. Para Senge, una organización de aprendizaje debe tener tres fundamentos: (1) una cultura basada en valores humanos trascendentes como el amor, el asombro, la humildad y la compasión (aspectos de la Quinta Revelación); (2) una serie de prácticas para la conversación generadora y la acción coordinada (eco de la nueva ética interpersonal de la Octava Revelación); y (3) capacidad para ver y trabajar con el flujo de la vida como sistema (abrirse a las coincidencias y fluir).

Utilizando estos principios y reemplazando nuestros métodos dïsfuncionales y de escasa proyección, podemos avanzar hacia la automa-tización mencionada en la Novena Revelación. Tal como enseña, podemos producir todo lo que la cultura necesita para cada uno de nosotros, utilizando fuentes de energía pura y aumentando la durabilidad de los bienes. Llegará el momento en que cada individuo poseerá acciones iguales de industrias automatizadas, lo cual permitirá que cada uno reciba un ingreso, sin una autoridad represiva central. El objetivo de la vida apuntará a dejar que la sincronicidad dirija nuestra evolución espiritual. Los principios espirituales —seguir nuestra guía interior— impedirán que nuestra evolución sea caótica.

> El amor... hace el
>     mortero
> Y el amor amontonó estas
>     piedras
> Y el amor hizo este escenario aquí
> Aunque parezca que estamos solos
> DAVID WILCOX
> "Show the Way"[32]

En el próximo milenio, es posible incluso que esta tecnología verde sea reemplazada por nuestras propias capacidades. Tal vez no necesitemos el aparato tecnológico para producir alimentos, para dar calor, viajar o comunicarnos. Aprenderemos a manifestar lo que necesitamos.

## El diezmo, una nueva perspectiva para la idea de dar

Finalmente, no necesitaremos moneda. Incluso hoy, a fines del siglo XX, no estamos lejos de poder producir el tipo de automatización capaz de liberarnos de trabajar sólo para vivir.

El Manuscrito predice que nos pagarán por nuestras percepciones y por nuestro valor como seres humanos. La clase, el status, el poder y la propiedad ya no serán factores motivadores o definiciones del éxito. En la cultura evolucionada, daremos a aquellos que nos dan inspiración espiritual. El concepto del diezmo significó tradicionalmente dar un porcentaje de los ingresos a una institución, en general una iglesia o una obra de caridad. Al valorar cada vez más el desarrollo sincrónico de nuestras vidas, sentiremos la inspiración de dar a quienes nos dan energía, ideas y oportunidades. El diezmo se convierte así en un intercambio tangible de energía y una expresión de valoración.

## Aprender para el futuro

Para que el futuro sea como lo predice el Manuscrito, debemos empezar a desarrollar un medio educativo enriquecido para que la nueva generación pueda unirse plenamente al proceso evolutivo.

Lógicamente, los mismos principios que rigen a las comunidades sustentables se aplican a la educación. Durante estos años de transición, habrá numerosas teorías y programas para abordar la necesidad de formar niños realmente conscientes. Como ejemplo de ello, un modelo de ese tipo está desarrollándose en Berkeley, California, en el Elmwood Institute, fundado por Fritjof Capra. Denominado "eco-alfabetización, este formato utiliza los ocho principios de los sistemas autoorganizados y sustentables.[33]

*Interdependencia*: "En una comunidad de aprendizaje, todos, maestros, alumnos, administradores, padres, miembros de las empresas y la comunidad, están intervinculados en una red de relaciones que funcionan conjuntamente para facilitar el aprendizaje".

*Sustentabilidad*: "Los profesores ven el impacto a largo plazo que tienen en los estudiantes".

*Ciclos ecológicos*: "Cada uno es a la vez educador y educando".

*Flujo energético*: "Las comunidades de aprendizaje son comunidades abiertas donde las personas entran y salen, encontrando sus propios nichos en el sistema".

*Asociación*: "Todos los miembros trabajan en asociación, lo cual significa democracia y fortalecimiento porque cada parte desempeña un papel muy crucial".

*Flexibilidad*: "Hay una fluidez y un cambio dinámicos. Las actividades diarias son fluidas; cada vez que hay un cambio de materia, se recrea el medio de aprendizaje".

*Diversidad*: "Se alienta a los estudiantes a usar distintos modos y estrategias de aprendizaje... se valoran distintos estilos... es fundamental la diversidad cultural... para que haya una verdadera comunidad".

*Co-evolución*: "Las empresas, los grupos comunitarios y los padres co-evolucionan ya que trabajan en un grado mayor de asociación con la escuela".

## La masa crítica y los campos morfogenéticos

La hipótesis central del trabajo de Kenneth Ring con los protagonistas de experiencias de vida después de la muerte en *Heading toward Omega* es que su transformación espiritual podría representar un vuelco evolutivo general. Pero, se pregunta, ¿cómo se produce un cambio de conciencia con rapidez suficiente para salvar el planeta? Propone una teoría que armoniza con la idea de la masa crítica planteada en la Primera Revelación.

Construye su teoría en base al trabajo de Rupert Sheldrake, un biólogo inglés, cuyo libro *A New Science of Life: The Hypothesis of Formative Causation* apareció en 1981 y aún hoy sigue siendo controvertido. Según la teoría de Sheldrake, existe un campo de organización invisible al que denomina *campo morfogenético*. Sheldrake conjetura que este campo abarcador, sin limitaciones de tiempo o espacio, determina tanto la forma como el comportamiento de todos los sistemas y organismos. Esto significa que cuando se produce un cambio en un sistema o especie en una parte del mundo, el cambio puede afectar a sistemas y especies semejantes en cualquier otra parte del mundo. Curiosamente, la teoría también puede explicar la transmisión del *comportamiento aprendido*. Por ejemplo: en estudios realizados en 1920 por el psicólogo de Harvard William McDougall, se entrenaba a las ratas para atravesar laberintos. Después de varias generaciones, las ratas habían aprendido a atravesarlos diez veces más rápido que la primera generación, lo cual indicaba la retención de las capacidades aprendidas. No obstante, más curioso aún fue el descubrimiento de que, en los experimentos con laberintos en otros países, las ratas *empezaban* al mismo nivel que las ratas avanzadas en los estudios de McDougall. Según la teoría de Sheldrake de la resonancia mórfica, las ratas de McDougall establecían un campo que guiaba a las ratas posteriores permitiéndoles aprender más rápido.

Aplicando esta teoría al campo de la evolución en los seres humanos, Ring cita al escritor de ciencia Peter Russell, cuyo comentario ofrece un sólido fundamento para las implicaciones del Manuscrito de *La Novena Revelación*.

> Aplicando la teoría de Sheldrake al desarrollo de estados superiores de conciencia, podemos predecir que cuantos más individuos empiecen a elevar sus niveles de conciencia, más fuerte será el campo morfogenético para los estados más elevados y más fácil que otros avancen en esa dirección. La sociedad adquiriría nuevo impulso hacia la iluminación. Desde el momento que la tasa de crecimiento no dependería de los logros de los que fueron antes, entraríamos en una fase de crecimiento superexponencial. En definitiva, esto podría traer aparejado una reacción en cadena, en la cual de pronto todos empezaríamos a hacer la transición a un nivel más alto de conciencia.[34]

## Resumen de la Novena Revelación

La Novena Revelación es la conciencia de cómo continuará la evolución cuando vivamos las otras ocho Revelaciones. Al aumentar la sincronicidad, nos elevamos a niveles cada vez más altos de vibración energética. Además, al ser llevados hacia nuestras verdaderas misiones, cambiaremos de profesiones o vocaciones o inventaremos nuestra propia empresa para trabajar en el campo que más nos inspire. Para muchos, este trabajo será automatizar la producción de los bienes y servicios básicos: los alimentos (fuera de los cultivados personalmente), el techo, la vestimenta, los medios de viaje, el acceso a los medios de comunicación, el ocio. Esta automatización se impondrá porque el trabajo de vida de muchos de nosotros ya no estará concentrado en esas industrias. No se abusará del acceso a estos bienes porque todos seguiremos nuestro camino de crecimiento en forma sincronizada y consumiremos sólo cuando sea necesario.

La práctica del diezmo, dando a quienes nos procuran percepción espiritual, complementará los ingresos y nos liberará de las estructuras laborales rígidas. Finalmente, la necesidad de una moneda desaparecerá por completo cuando las fuentes libres de energía y los bienes duraderos permitan la automatización total. Con el avance de la evolución, el crecimiento sincrónico elevará nuestras vibraciones hasta el momento en que atravesaremos la dimensión de la vida ultramundana, fusionaremos esa dimensión con la nuestra y terminaremos el ciclo de nacimiento/muerte.

## Estudio Individual de la Novena Revelación

### Estar en el presente

*Viva las ocho Revelaciones.* Usted forma parte de la aceleración evolutiva. Como muchos de nosotros, puede entusiasmarse con la visión del futuro y querer vivirlo *ahora.* La clave es *estar aquí ahora* (para citar al autor y maestro espiritual Ram Dass) y utilizar las ocho Revelaciones en la vida cotidiana.

En cada lugar de trabajo, en cada disciplina, encontrará cierta resistencia o miedo al cambio así como apoyo y comprensión. La clave es que estemos atentos a las coincidencias y los mensajes, hacer preguntas y actuar siguiendo nuestra guía interior, estar dispuestos a decir la verdad en las luchas de poder y a mantener la energía elevada mediante el contacto con la naturaleza y la belleza.

## Abrirse a nuevas capacidades

*Siga creciendo*. Un punto saliente del Manuscrito es la energía —reconocerla, verla, escucharla, centrarse en ella y desarrollarla—. Observe qué disciplinas energéticas lo atraen. Es posible que muchos de ustedes quieran cambiar de carrera o simplemente profundizar su conocimiento o capacidad en un nuevo campo. En ningún otro momento de la historia hubo tantas ventanas nuevas de sabiduría para estudiar. Virtualmente todos los campos trabajan con la energía de una u otra manera. Por ejemplo: es absolutamente factible que el tipo de cura del futuro se concentre en el cambio vibracional utilizando sonido, luz, movimiento e imágenes mentales así como métodos shamánicos. La nutrición y la agricultura recibieron un impacto muy fuerte del trabajo psíquico con energía y también de los principios biológicos y ecológicos. La psicología está ampliando sus parámetros para incluir la hipnosis y el trabajo de regresión a vidas pasadas con el fin de descubrir experiencias profundamente ancladas. La educación está abierta a más métodos de autofortalecimiento para ayudar a los chicos a realizar su destino y participar en la evolución. El diseño de los lugares de trabajo y las casas está cambiando con la introducción de la psicología del color, la ergonómica, y hasta el feng shui, el antiguo sistema chino de la dinámica energética espacial. Los grupos y las comunidades espirituales, los grupos de recuperación y las congregaciones religiosas de revitalización ofrecen amplias oportunidades de participar en la trama de la evolución. Las artes marciales, la danza y las disciplinas del movimiento generan bienestar personal y poder. Deje que su intuición le muestre el camino y dispóngase a emprenderlo con la acción.

## Use la imaginación para crear nuevas oportunidades

*El viaje personal.* ¿Qué tendría que hacer? A menudo nos sentimos inquietos y no sabemos realmente qué queremos. Después de leer este último capítulo, ¿qué ideas sobre el futuro lo atrajeron personalmente? Describa en su diario una o más vidas ideales que le gustaría vivir.

*Piense a lo grande.* Use las siguientes preguntas que lo ayudarán a imaginarse una nueva vida:

* *¿Quién?* (¿Con qué personas se ve? ¿Artistas? ¿Músicos? ¿Ejecutivos de empresa? ¿Sanadores? ¿Qué clase de marco familiar ve?)
* *¿Qué?* (¿Qué clase de ocupación le gusta? ¿Arriesgada? ¿Enseñar? ¿Curar? ¿Promocionar?)
* *¿Cuándo?* (¿Cuán lejano parece esta vida ideal? ¿Cuándo podría dar un pasito en esa dirección?)
* *¿Dónde?* (¿Dónde quiere estar? ¿Una ciudad grande? ¿Europa? ¿Las montañas? ¿El desierto?)

## Cambie su perspectiva

Si siente un gran deseo de dar más sentido y expansión a su vida, considere los siguientes puntos que vislumbró Robert Monroe a partir de sus experiencias extracorporales.[35]

* Sepa que usted es más que su cuerpo físico.
* Recuerde que está aquí para hacer determinadas cosas, pero no deje que la necesidad de sobrevivir lo desespere. Su objetivo último no es la supervivencia física.
* Entienda que está aquí en la tierra por elección. Una vez que satisfaga su objetivo de aprender puede irse.
* Perciba el mundo tal como es, como un lugar para aprender.
* Participe de la vida y disfrute todo lo que pueda, pero no se vuelva adicto a ella.

Al integrar estas ideas en su pensamiento, observe cambios en sus metas personales o en sus interacciones con los demás.

# GRUPO DE ESTUDIO
## PARA LA NOVENA REVELACIÓN

*Sesión 13*

2 horas 30 minutos

*Objetivo*: Discutir la Novena Revelación

## Introducción

Se piden voluntarios para leer en voz alta la recapitulación de la Novena Revelación en las páginas 252-253 hasta la sección "Un buen argumento a favor del salto evolutivo". Acuérdese de hablar si se siente inspirado y de dar energía y prestar total atención a los que hablan. Para iniciar la discusión, convendría utilizar algunas de las siguientes preguntas:

- ¿Cambió su perspectiva desde que estudia las Revelaciones?
- ¿En qué cambió su comportamiento desde que leyó por primera vez *La Novena Revelación* o empezó a trabajar en la guía de estudio?
- ¿Qué aspecto del futuro le resulta más atractivo en la Novena Revelación?
- ¿De qué manera considera que está contribuyendo al cambio evolutivo?
- ¿Qué temas surgen para usted cuando habla de las Revelaciones con su familia o sus amigos?
- ¿Qué intuiciones tuvo que le parezcan relacionadas con alguna de las Revelaciones, o con la Novena Revelación en especial?
- ¿Cómo hablaría de estos conceptos con los chicos?
- Intuitivamente, ¿cuáles cree que son las verdades más profundas *para usted* en *La Novena Revelación*?

## Ejercicio 1: En el campo de las posibilidades

*Objetivo*: Abrir la imaginación y ejercitarse en la expansión de los límites del autoconocimiento.

*Tiempo*: 1 hora

*Indicaciones*:

1° Paso: Pasar 10 o 15 minutos planeando una vida imaginaria —cualquier alternativa distinta de la vida actual. ¡El objeto aquí es expandirse!

2° Paso: Elegir un compañero y describirse mutuamente la vida imaginaria (unos 15 minutos cada uno).

3° Paso: Volver al grupo principal y compartir las experiencias de acuerdo a cómo lo sienta cada uno.

4° Paso: Si una persona pensó una vida imaginaria similar a la de otra, convendría que vieran qué otros mensajes sugiere esta coincidencia.

## Ejercicio 2. Hablar sobre el medio ambiente

*Objetivo*: Mitigar parte del miedo, la impotencia o la desesperación que sentimos respecto de los problemas ambientales.

*Tiempo*: el disponible

*Indicaciones*: Convendría usar algunas de las siguientes preguntas para iniciar la discusión.

- ¿Cuál es su mayor miedo en términos de problemas planetarios?
- ¿Qué es lo que más lo perturba respecto del futuro?
- ¿Qué inquietudes se plantea respecto de sus hijos y su futuro?
- ¿Qué prioridades considera más apremiantes el grupo (alguien puede hacer una lista).
- ¿Cómo maneja la tensión al oír hablar de derrames de petróleo, de la capa de ozono, los desechos tóxicos, la

pobreza y la superpoblación?
- ¿De qué manera trata de contribuir individualmente a la comprensión o solución de un problema específico?
- ¿Qué libros leyó que lo hayan inspirado?
- ¿Está dispuesto a leer más libros o artículos y a intercambiar información con el grupo en próximos encuentros?

## Cierre

Pedidos de apoyo y transmisión de energía afectiva.

Otras sesiones

Si su grupo quiere seguir encontrándose, podrían empezar a leer algunos de los libros mencionados en esta guía de estudio y debatir las ideas contenidas en ellos. Recuerde, su grupo es un buen lugar para la reflexión y la cura.

> *De modo que tu escenario ya está armado. Siente cómo*
> *late tu corazón en tu pecho. Esta vida todavía no acabó.*
> DAVID WILCOX, "Show the Way"[36]

# Notas

## Capítulo 1

1. Carlos Castaneda, *The Teachings of Don Juan* (Berkeley, California: University of California Press, 1968).

2. C. G. Jung, *Collected Works*, Vol. 14, p. 464. Citado en Aniela Jaffe, "C.G. Jung y la parapsicología", en *Science and ESP*, ed. J.R. Smythies (New York: Humanities Press, 1967), p. 280. Citado también en Alan Vaughan, *Incredible Coincidence, The Baffling World of Synchronicity* (New York: J.B. Lippincott Co., 1979), p. 16.

3. Alan Vaughan, *Incredible Coincidence, The Baffling World of Synchronicity* (New York: J.B. Lippincott Co., 1979), p. 173.

## Capítulo 2

1. Michael Murphy, *The Future of the Body* (Los Angeles: Jeremy P. Tarcher, 1992), p. 173.

2. Philip Novak, Estudios cristiano-budistas, proyecto sobre Religiones orientales y occidentales (Universidad de Hawaii, 1984), pp. 64-65.

3. C.G. Jung, *Dreams* (Princeton: Princeton University Press, 1974), p. 36.

4. Deepak Chopra, *Ageless Body, Timeless Mind* (New York: Harmony Books, 1993), p. 4.

5. Ibid, p. 22.

6. Ibid, pp. 4-5.


**Capítulo 3**

1. Peter Tompkins y Christopher Bird, *The Secret Life of Plants* (New York: Harper & Row, 1973), p. 27.

2. Ibid, p. 38.

3. Ibid, p. 27.

4. Stanislav Grof, *The Adventure of Self-Discovery* (Albany, N.Y.: State University of New York Press, 1988), p. 11.

5. George Leonard, *The Ultimate Athlete* (Berkeley, Calif.: North Atlantic Books, 1990), pp. 62-63.

6. Tompkins y Bird, p. 223.

7. Leonard Laskow, M.D., *Healing with Love: A Breakthrough Mind/ Body Medical Program for Healing Yourself and Others* (New York: HarperCollins, 1992), p. 35.

8. Ibid., p. 70.


**Capítulo 4**

1. Philip R. Kavanaugh, M.D., *Magnificent Addiction: Discovering Addiction as Gateway to Healing* (Lower Lake, Calif.: Aslan Publishing, 1992), p. 115.

2. Anne Frank, *Anne Frank: The Diary of a Young Girl* (Garden City, N.Y.: Doubleday & Co., 1967). Copyright 1952, Otto H. Frank.

3. Eric Berne, M.D., *Games People Play: The Basic Handbook of Transactional Analysis* (New York: Ballantine Books, 1964), p. 46.

4. Kavanaugh, p. 187

5. Melody Beattie, *Codependent No More: How to Stop Controlling Others and Start Caring for Yourself* (San Francisco: HarperCollins, 1987), p. 103.

6. Shakti Gawain, *Living in the Light* (New York: Bantam Books, 1993), p. XIX.

7. Ibid, p. 29.

**Capítulo 5**

1. James Redfield, *La Novena Revelación* (Editorial Atlántida, 1994), p. 136-137.

2. Ibid, p. 137.

3. Ibid, pp. 127-128.

4. Carol Lee Flinders, *Enduring Grace: Living Portraits of Seven Women Mystics* (San Francisco: HarperSan Francisco, 1993), p. 155.

5. Redfield, p. 128.

6. Ibid, p. 128.

7. Thich Nhat Hanh, *Present Moment Wonderful Moment: Mindfulness Verses for Daily Living* (Berkeley, Calif.: Parallax Press, 1990), p. 30

8. Redfield, p. 132.

9. Sanaya Roman, *Spiritual Growth: Being Your Higher Self* (Tiburon, Calif.: HJ Kramer, 1989), p. 113.

10. Redfield, p. 125.

11. Roman, p. 114.

12. Michael Murphy y Rhea A. White, *The Psychic Side of Sports* (Reading, Mass.: Addison-Wesley Publishing Co., 1978), tomado de *"La Segunda Venida de San Francisco"* de Dick Schaap, *Sport*, Diciembre 1972, p. 94.

13. Ibid., p. 21, tomado de *Ski with Yoga* de Arne Leuchs y Patricia Skalka (Matteson, Ill.: Greatlakes Living Press, 1976), p. 5.

14. Ibid., p. 21, tomado de *The Borders of the Impossible* de Lionel Terray (Garden City, N.Y.: Doubleday, 1964), p. 23.

15. Ibid., p. 30, tomado de *Annapurna* de Maurice Herzog (New York: Dutton, 1952), p. 132.

16. Ibid., p. 20, tomado de *The Ultimate Athlete* de George Leonard (New York: Viking, 1975), p. 40.

17. Ibid., p. 28, tomado de *The Joy of Sports* de Michael Novak (New York: Basic Books, 1976), p. 164.

18. Ibid., pp. 30-31, tomado de *Sport and Identity* de Patsy Neal (Philadelphia: Dorrance, 1972), pp. 166-167.

19. Stanislav Grof, M.D., *The Adventure of Self-Dicovery* (Albany, N.Y.: State University of New York Press, 1988), p. 113.

20. Michael Harner, *The Way of the Shaman* (San Francisco, Harper & Row, 1990), p. xv.

21. Ibid, p. 67.

22. Ibid, p. 250.

23. Paramahansa Yogananda, *Autobiography of a Yogi* (Los Angeles: Self-Realization Fellowship, 1993), pp. 166-67. Primer copyright 1946.

24. Robert A. Monroe, *Ultimate Journey* (New York: Doubleday, 1994), pp. 88-89.

25. Ibid, pp. 61-62.

26. Ibid, p. 62.

27. Ibid, p. 71.

28. Godfre Ray King, *Unveiled Mysteries*, 4ta Edición (Schaumburg, Ill.: Saint Germain Press, 1982), pp. 3-4.

## Capítulo 6

1. James Redfield, *La Novena Revelación* (Hoover, Ala.: Satori Press, 1993), p. 151.

2. Thich Nhat Hanh, *Present Moment Wonderful Moment* (Berkely, Calif.: Parallax Press, 1990), p. 32.

3. Joanna Macy, *World as Lover, World as Self* (Berkeley, Calif.: Parallax Press, 1991), p. 96.

4. Redfield, p. 165.

5. Glenn Gould citado en *Thirty-two Films about Glenn Gould*. Dirigido por François Girard. Producido por Samuel Goldwyn Company, 1994.

6. Redfield, p. 227.

7. *The Twelve Steps: A Way Out: A Working Guide for Adult Children of Alcoholic & Other Dysfunctional Families* (San Diego, Calif.: Recovery Publications, 1987), p. 13.

8. Redfield, p. 227.

9. Thich Nhat Hanh, p. 6.

## Capítulo 7

1. James Redfield, *La Novena Revelación* (Editorial Atlántida, 1994), p. 175.

2. Ibid, p. 174.

3. Thich Nhat Hanh, *Present Moment Wonderful Moment* (Berkeley, Calif.: Parallax Press, 1990), p. 29

4. Sanaya Roman, *Spiritual Growth: Being Your Higher Self* (Tiburon, Calif.: HJ Kramer, 1987), p. 53.

5. Ibid, p. 42.

6. Thomas Moore, *The Care of the Soul* (New York: HarperCollins, 1992), p. 260.

7. Nancy Rosanoff, *Intuition Workout: A Practical Guide to Discovering and Developing Your Inner Knowing* (Boulder Creek, Calif.: Aslan Publishing, 1988), p. 121.

8. Ibid, p. 122.

9. Kazuaki Tanahashi, *Brush Mind* (Berkeley, Calif.: Parallax Press, 1990), p. 138.

10. Redfield, p. 189.

11. Ibid, p. 189.

12. Arnold Patent, *You can Have It All* (Piermont, N.Y.: Money Mastery Publishing, 1984), p. 143.

13. Redfield, p. 185.

14. Michael Murphy, *The Future of the Body* (Los Angeles: Jeremy P. Tarcher, 1992), p. 610.

15. Puede encontrarse una versión de este juego en Rosanoff, p. 135.

## Capítulo 8

1. James Redfield, *La Novena Revelación* (Editorial Atlántida, 1994), p. 238.

2. Robert A. McDermott, ed., *The Essential Aurobindo* (Hudson, N.Y.: Lindisfarne Press, 1987), p. 205.

3. Harville Hendrix, Ph.D., *Getting the Love You Want: A Guide for Couples* (New York: HarperPerennial, 1990), p. 35.

4. Ibid, p. 82.

5. Ibid, p. 36.

6. Terence T. Gorski, *Getting Love Right: Learning the Choices of Healthy Intimacy* (New York: Fireside/Parkside, Simon & Schuster, 1993), p. 141.

7. May Sarton, *Journal of a Solitude* (New York: W.W. Norton & Co., 1973), p. 11.

8. Anne Morrow Lindbergh, *Gift from the Sea* (New York: Pantheon Books, 1955), p. 108.

9. Melody Beattie, *Codependent No More: How to Stop Controlling Others and Stard Caring for Yourself* (New York: Hazelden Books, Harper/Collins, 1987), p. 103.

10. Lindbergh, p. 104.

11. H. Stephen Glenn y Jane Nelsen, Ed. D., *Raising Self-Reliant Children in a Self-Indulgent World* (Rocklin, Calif.: Prima Publishing & Communications, 1989), p. 29.

12. Glenn y Nelsen, p. 50.

13. Rick DelVecchio, "Generación de ira", *San Francisco Chronicle*, Mayo 11, 1994, p. A8. Datos del Fondo de Defensa de los niños y de la Asociación Psicológica Norteamericana.

**Capítulo 9**

1. Michael Murphy, *The Future of the Body* (Los Angeles: Jeremy P. Tarcher, 1992), p. 26.

2. Ibid, pp. 27-28.

3. Michael Harner, *The Way of the Shaman* (New York: Harper & Row, 1990), p. XIII.

4. Petru Popescu, *Amazon Beaming* (New York: Viking Penguin, 1991).

5. Marlo Morgan. *Mutant Message from Downunder* (New York: HarperCollins, 1994).

6. Murphy, p. 551.

7. Robert A. McDermott, ed., *The Essential Aurobindo* (Hudson, N.Y.: Lindisfarne Press, 1987), p. 64.

8. Ibid, p. 192.

9. Ibid, p. 194.

10. Ibid, p. 195.

11. Ibid, p. 198.

12. Ibid, p. 200.

13. Pierre Teilhard de Chardin, *The Phenomenon of Man* (New York, Harper & Row, 1959), p. 15.

14. Ibid, p. 20.

15. Ibid, p. 27.

16. Ibid, p. 232.

17. Murphy, p. 66.

18. Robert A. Monroe, *Ultimate Journey* (New York: Doubleday, 1994), p. 13.

19. Ibid, p. 100.

20. Ibid, p. 84.

21. Kenneth Ring, *Heading toward Omega: In Search of the meaning of the Near-Death Experience* (New York: Quill, 1984), p. 256.

22. Joanna Macy, *World as Lover, World as Self* (Berkeley, Calif.: Parallax Press, 1991), p. 15.

23. David Peri y Robert Wharton, "Sucking Doctor -Second Night: Comments by Doctor, Patient, and Singers". Manuscrito no publicado.

Citado en *The Way of the Shaman* de Michael Harner (San Francisco, Harper & Row, 1990), p. 117.

24. Fritjof Capra. Conferencia pronunciada en un retiro de docentes del Mill Valley School District en Walker Creek Ranch en Marin County, California, abril 23-24, 1994.

25. Ibid.

26. Paul Hawken, *The Ecology of Commerce: A Declaration of Sustainability* (New York: HarperBusiness, 1994), p. 203.

27. Murphy, p. 198.

28. Hawken, p. 15.

29. Ibid, p. 17.

30. Peter M. Senge, Ph. D., y Fred Kofman, "Comunidades de Compromiso: El corazón de las Organizaciones de aprendizaje".

31. Ibid, p. 16.

32. David Wilcox, *Big Horizon*, "Show the Way", A&M Records, Los Angeles.

33. "Principios de Ecología - Principios de Educación" (Berkeley, Calif.: The Elmwood Institute, 1994).

34. Ring, p. 263. De *The Global Brain*, de Peter Russell, p. 129.

35. Monroe, pp. 88-89.

36. Wilcox, *Big Horizon*.

# Los autores

**James Redfield** vive con su esposa, Salle, en Florida. Es autor de *La Novena Revelación* y actualmente está trabajando en la continuación llamada *The Tenth Insight*.

**Carol Adrienne, M. A.**, es una intuitiva consultora, escritora y conferenciante en el campo de la autoayuda especializada en ayudar a las personas a descubrir el sentido de su vida.